KB036355

© tomari

친구 여동생이
나한테만
짜증나게
군다

vol. 9

작가
미카와 고스트

일러스트
토마리

"마시로와 헤어져 줬으면 해."

"저기, 죄송해요.
 저기, 괜찮으시면,
 비켜주시지……."

"금방 비킬게요!
   ……어, 이로하?!"

"어…… 서, 선배?!"

"" "어째서 여기에?!" ""

CONTENTS

© tomari

친구 **여동생**이
나한테만
짜증나게
군다

vol. **9**

미카와 고스트 지음
토마리 일러스트
이승원 옮김

억지 친분 사양, 여친 사절, 친구는 진정으로 가치 있는 한 명만 있으면 된다. 『청춘』의 모든 것은 비효율적이며, 가혹한 인생 레이스에서 살아남기 위해서는 낭비를 극한까지 줄여야 한다— 한때 그런 신조를 가슴에 품고 살던 나, 오오보시 아키테루는 현재 『청춘의 폭풍』에 휘말려 있다.

수학여행을 계기로 마시로의 애정공세가 격렬해지는 가운데, 나는 클래스메이트와의 교류 속에서 일을 통해 느끼는 것과는 다른 즐거움을 실감하고 있다.

하지만 그런 나에게, 너무나도 거대한 사건이 발생했다.

그것은 《5층 동맹》의 일원인 일러스트레이터 무라사키 시키부 선생님, 본명 카게이시 스미레의 여동생— 카게이시 미도리에게 고백을 받은 것이다.

"—저는 당신을 좋아해요!! Q.E.D.!!"

첫사랑 특유의 서투름과 강철 배짱이 한 번 폭주하면 멈추지 않는 성격과 합쳐져서 자아낸, 완곡한 표현 따위 전혀 담겨 있지 않은 그 시원시원할 정도로 솔직한 고백⋯⋯. 그것은, 둔해 빠진 나조차도 연애 감정이라는 존재와 마주할 수밖에 없게 만들었다.

그리고 미도리를 향한 감정을 정리하는 도중, 내 머릿속에서 『좋아하는 여자애』의 모습이 떠오른 나는 그녀의 고백을 거절했다.

좋아하는 사람. 그 사람은 대체 누구일까.

그녀는 항상 내 곁에 있고─.

그녀는 내가 손을 내밀어주지 않으면 망가질 것만 같을 만큼 약한 존재이며─.

그녀는 함께 있는 나를 불가사의한 감정에 사로잡히게 만든다─.

눈치채버리면 모든 것이 결정적으로 변해버릴 것만 같아서, 이제까지는 필사적으로 눈을 돌렸다. 하지만 더는 무리다. 그녀와 마주 섰을 때, 나는 내가 아니게 될지도 모른다.

수학여행, 최종국면.

복잡하게 뒤얽힌 인간관계의 실타래가 한 가닥으로 얽히면서, 모든 비밀이 밝혀질 순간이 코앞까지 다가왔다.

등장인물 소개

오오보시 아키테루

주인공. 극도의 효율충인 고2. 「5층 동맹」의 프로듀서. 유원지는 패스트 패스를 활용해 효율적으로 돌고 싶다.

코히나타 이로하

고1. 학교에서는 청초한 우등생이지만, 아키테루에게만 짜증나게 군다. 연기 천재. 유원지 퍼레이드 때 엄청 즐거워하는 타입.

츠키노모리 마시로

고2. 아키테루의 사촌이자 가짜 여친. 아키테루를 좋아함. 실은 작가인 마키가이 나마코. 귀신의 집은 그녀의 홈그라운드.

코히나타 오즈마

고2. 통칭 오즈, 아키테루의 유일한 친구. 「5층 동맹」 소속의 프로그래머. 제트 코스터를 타며 역학 연구를 하는 타입 남성.

카게이시 스미레

수학교사 겸 신급 일러스트레이터 무라사키시키부 선생님. 고카트를 좋아하지만 술에 취해서 타지 않는 분별력을 아슬아슬하게 지닌 25세.

오토이 ●●

고2. 이름은 비공개. 「5층 동맹」에 협력하고 있는 사운드 담당. 유원지에서는 한정 디저트에 주목한다.

카게이시 미도리

고2. 매번 전 과목 만점을 받는 괴물 우등생. 연기 꽝인 연극부 부장. 아키테루에게 차이고 마음에 상처를 입었기에, 관람차를 타며 힐링하고 싶은 기분.

토모사카 사사라

고1. 이로하의 옛 라이벌이자, 현 친구. SNS 인플루언서. 언젠가 제트 코스터에서 라이브 스트리밍을 해보고 싶다.

키라보시 카나리아

마키가이 나마코를 담당하는 수완 좋은 아이돌 편집자. 말끝에 쨱을 붙인다. 유원지의 인기 마스코트를 몰래 라이벌시하고 있다.

낯선 천장이다······.

어렴풋이 눈을 뜨며 스마트폰의 시계를 보니, 오전 여섯 시였다.

습관이라는 건 무시무시한 것이어서, 환경이 완전히 달라지 더라도 육체는 이제까지의 일상과 같은 리듬으로 움직인다.

시차병과 같은 논리다. 여기는 교토니까 시차 같은 건 없 겠지만 말이다.

효율적인 삶을 중시하는 나, 오오보시 아키테루는 매일 같은 시간에 눈을 뜬다. 최근에는 새벽에 러닝 같은 걸 하 면서 심신을 단련하는 것을 루틴으로 삼고 있기에, 무슨 일 이라도 있지 않은 한 오전 여섯 시에는 일어났다. ······얼마 전에 이로하가 죽도록 방해해댄 탓에 늦잠을 잔 적이 있지 만, 그건 걔의 치근덕 탓이니 무효다. 치근덕 무죄.

지금은 수학여행 중이다. 딱히 일찍 일어날 필요는 없지 만, 눈을 떴으니 어쩔 수 없다.

"하암······. 하아, 멍하네."

하품이 났다. 멍한 머리를 가볍게 흔든 후, 눈가를 가볍게 닦았다.

─아니, 정확하게는 일찍 일어난 게 아니다. **오히려 반대다.**

어젯밤에 미도리에게 고백을 받고, 머릿속에 어느 여자애가 떠오른 탓에 눈을 감아도 좀처럼 잠이 오지 않았다.

밤샘해서야 건강 오타쿠 실격이겠지만, 어둠 속에서 눈을 감고 있으면 뇌가 휴식을 취한다고 하니 밤을 지새우며 일을 하는 것보다는 낫다. 건강 잡학에 해박해서 다행인걸.

"다른 애들은…… 뭐, 깼을 리가 없나. 자, 어떻게 한다."

실내를 둘러보니, 오즈와 근육남 스즈키가 각자의 침대에서 늘어지게 자고 있었다.

오즈는 슬립 모드인 컴퓨터처럼 무기질적으로, 스즈키는 코를 마구 골면서 말이다.

잠들었을 때도 참 개성적인 녀석들이라니깐.

일단 멍한 머리를 개운하게 만들고 싶었기에, 세면장에서 세수를 했다. 거울에 비친 얼굴을 보니, 눈 밑에 옅은 다크서클이 있었다.

건강과는 거리가 먼 그 모습을 보고 질린 나머지, 나는 추리닝으로 갈아입고 방을 나섰다.

앞뒤가 안 맞는다고? 그렇지 않다. 몸이 안 좋다면 새벽 러닝으로 고치면 되는 것이다. ……책임은 못 지니까, 착한 아이는 절대로 흉내를 내지 말아줬으면 한다.

어제 수학여행 실행위원이 해준 설명에 따르면, 숙박 중에는 이 호텔의 다양한 시설을 학생들이 이용해도 된다고 한다.

호텔 실외 부지에는 테니스 코트와 러닝 코스가 있으니, 이른 아침에 혼자 뛴다고 해서 거동 수상자 취급을 당할 염려는 없다.

　룸메이트를 깨우지 않기 위해 조용히 방을 나선 후, 발소리를 죽이며 호텔 로비로 향했다.

　인솔 교사의 모습도 보이지 않는 로비는 인기척 없이 정적만 감도는 공간이었다.

　마침 잘 됐다고 생각한 나는 아무도 없는 라운지를 힐끔 쳐다보며 밖으로 나가려 했다.

　데스크의 호텔 직원에게 학생증을 보여준 나는 러닝 코스를 달리고 싶단 뜻을 밝힌 후, 밖으로 나갔다.

　호텔 직원이 약간 놀란 듯이 눈을 치켜뜬 게 좀 의외였다.

　사용 허가는 내려졌지만, 그래도 진짜 달리는 사람은 적은 걸까?

　데스크 종업원의 반응에 고개를 갸웃거리며 밖에 나간 나는— 곧, 그 미묘한 반응의 의미를 깨달았다.

　"같이 달려도 돼?"

　마시로가 있었다.

　러닝 코스의 입구 벤치에 앉아서, 추리닝 차림으로 신발 끈을 묶고 있었다.

호텔맨이 이상한 표정을 지을 만도 하네.

"……그래."

수학여행 중인데 새벽에 달리기를 하려고 하는 건강 중독자를, 연달아 두 명이나 봤으니 말이야.

*

우리는 호텔 외곽을 느긋한 페이스로 나란히 뛰고 있었다.

가을의 시원한 바람과 나뭇잎이 스치는 소리가 들리는 가운데, 아무도 없는 테니스 코트를 왼편에서 쳐다보고 있을 때, 마치 인류 멸망 후의 세상에 단둘만 남은 시추에이션 같은 느낌이 들었다.

옆에 있는 마시로의 얼굴을 힐끔 쳐다봤다.

어젯밤에 미도리에게 고백을 받아서 그런지, 눈에 익은 마시로의 얼굴이 괜히 더 예뻐 보였다.

그런 눈길로 마시로를 쳐다보는 시점에서, 오늘 나는 어딘가 이상하긴 했다.

이렇게 평소 러닝을 할 때보다 페이스를 늦춰서 체력이 없는 마시로가 따라올 수 있도록 배려해주는 것도, 효율을 가장 중시하는 나답지 않은 행동이었다.

어울리지 않는 짓을 하는 자기 자신을 비웃으며, 나는 놀리는 듯한 투로 물었다.

"무슨 바람이 분 거야? 은둔형 외톨이 생활을 졸업하면서, 운동에도 눈 뜬 거야?"

"아냐. 운동은 싫어. 운동을 강요하는 자식들은 다 뒈져버렸으면 좋겠어."

"사상이 참 과격하네……."

"할 이야기가 있어."

"그럴 줄 알았어."

안 그러면 이런 새벽부터 나를 기다렸을 리가 없다.

"마시로와 재회한 날의 일, 기억해?"

"그래. 당연하잖아."

"뭐? 마시로의 속옷을 기억하는 거야? 저질이네."
"인마, 이런 식의 함정은 좀 너무한 거 아냐?!"

그러고 보니 그런 일도 있었다.

츠키노모리 사장에게 불려서 간 패밀리 레스토랑의, 자물쇠가 망가진 남녀 공용 화장실에서 딱 마주친다고 하는 불행한 사건 말이다.

그 바람에 꽤 서먹한 재회를 경험했다고 생각한다.

"재회한 상황은 최악이야. ……하지만 재회한 것 자체는 정말 기뻤어."

"미안해. 그때, 나는……."

"알아."

마시로는 사과하려 하는 내 말을 끊었다.

"《5층 동맹》 밖에 머릿속에 없었잖아. 《5층 동맹》에 있어서 더 좋은 미래를 실현하기 위해, 그 이유만으로 아빠와 계약을 맺은 거지?"

"나는 정말 최악이야."

"그건 기억해? 아키가 끈질기게 나를 스토킹했던 걸……."

"환영회를 열어주고 싶은데, 네가 무시해서 그런 거야."

"그렇다고 보통 그렇게까지는 안 할걸? 남의 집 우편함을 전단지로 가득 채우질 않나, 방과 후에 쫓아오질 않나……. 덕분에 강에 빠져서 흠뻑 젖었잖아."

"아, 그건, 저기…… 젊은 날의 치기랄까……. 마시로를 우리 모임에 끼워주고 싶었거든."

"알아. 아키는 그런 사람이잖아. ……하아, 하아."

마시로는 웃음을 흘렸다. 달리고 있는 탓에 약간 숨이 찬 것 같지만, 표정에는 아직 여유가 있었다.

은둔형 외톨이를 관두고 규칙적인 생활을 하고 있어서 그런지, 예전보다 체력이 꽤 붙은 것 같았다.

"저기, 그건 기억해? 카나리아 씨의 별장에서—."

추억은 바닥날 줄 몰랐다.

이제까지 우리가 그려온 궤적이, 마시로의 입을 통해 끊임없이 흘러나왔다.

주마등처럼……

마치 여행을 떠나기 전에 짐을 정리하듯, 우연히 펼친 앨범을 뚫어지게 쳐다보고 있는 것처럼……

끈질기게 이어진 추억을 다 이야기했을 지음에는, 둘 다 꽤 숨이 찼다.

"아키는 마시로의 남친이지?"

"설정상으로는 말이야."

"그럼 여친의 부탁은 꼭 들어주겠네?"

"법률상으로는 아무런 의미도 없지만, 그래도 가능한 한 들어주자고 생각해."

"그렇구나. 그럼—."

아까까지 옆에서 들려오던 마시로의 목소리가 약간 뒤편에서 들려온 듯한 느낌이 들었다.

나는 그걸 눈치채고 걸음을 멈췄다. 그리고 뒤를 돌아보니, 마시로도 멈춰 서 있었다.

떠오르는 아침햇살을 받아 빛나는 앞 머리카락 사이로 드러난, 보석 같은 눈이 나를 지그시 응시하고 있었다.

"마시로와 헤어져 줬으면 해."

츠키노모리 마시로는…….

친구 여동생이자 사촌이자 소꿉친구이자 가짜 연인인 소녀는, 나에게 작별을 고했다.

*

『우유부단하기 그지없는 아키에게 질린 걸까?』

『가능성 있어…….』

『가능성 있다고 생각하는 점이 참 아키다워. 하아, 이래서 둔감 젠장남은 문제야.』

『오즈, 요즘 들어 마시로의 독설에 전염된 거 아냐?』

『에이, 나는 대변자일 뿐이야. 다양한 이들의 대변자, 말이지.』

　우리가 묵고 있는 호텔 1층에는 넓은 레스토랑이 있다.

　대기업의 신입 사원 연수, 유서 깊은 식전이나 유명 가수의 디너쇼, 그리고 맞선 파티에까지 쓰이는 좌석이 100개가 넘는 공간이다. 아침과 밤에 내부 장식과 메뉴가 달라지며, 아침에는 뷔페 스타일이다. 공간 중앙에 놓인 전시용 식판 위에는 다양한 요리와 과일이 담겨 있었다.

　지금은 오전 여덟 시. 아침 식사는 세 반씩 일곱 시, 여덟 시, 아홉 시에 한다. 그리고 우리 반은 이 시간에 배정됐다.

　학생이라면 일어나는 게 당연한 시간이지만, 아무래도 전날에 좀처럼 잠을 못 잔 건지 졸려 보이는 학생들이 비틀거리며 요리를 담고 있었다.

　아무리 특별한 행사 중이라고 해도 수면 부족이라니. 요즘 젊은것들은 참 못났네.

　내가 한 말이 부메랑이 되어 되돌아와 꽂힌 것 같지만, 사소한 것은 신경 쓰지 않기로 했다.

　출혈 과다로 죽었더라도 눈치 안 채면 안 죽은 거다, 라는 게 내 신조다. 무슨 소리를 하는 건지 이해가 안 되겠지만, 실은 나도 무슨 소리인지 모르겠다. 수면 부족으로 머리가 안 돌아가는 데다, 아침에 마시로에게 차인 충격으로 뇌가 버그를 먹은 것 같다.

"아키, 무슨 일 있었던 거지?"

음식을 담아서 우리 조의 자리로 향하고 있을 때, 오즈가 말을 걸어왔다.

"가, 갑자기 무슨 소리야?"

"아니, 네 접시를 보니 정상이 아닌 것 같거든."

그렇게 말하며 손가락으로 가리킨 것— 내가 들고 있는 쟁반 위에는 닭튀김, 피시앤칩스, 전갱이 튀김, 감자튀김, 새우튀김, 그리고 일본식 튀김까지 있었다. 튀김옷을 입은 음식이 쟁반을 완전히 뒤덮고 있었던 것이다.

"건강한 생활을 지향하는 아키가 아침부터 튀김을 이렇게 먹으니…… 에러가 발생했나 의심하는 게 당연하잖아?"

"진짜네……. 전혀 눈치 못 챘어……."

"무의식적으로 한 거구나……."

"몸이 자연스레 자멸을 바라는 걸지도 몰라."

"흥흥한걸."

오즈는 그렇게 말하면서도 빙그레 웃었다.

사람이 꽤 진지하게 고민하고 있는데, 재미있어하는 거냐.

"그런데, 무슨 일이 있었던 건데?"

"실은…… 마시로와 헤어졌어."

"뭐?"

오즈는 놀란 듯이 눈을 동그랗게 떴다.

"아니, 애초에 가짜 커플이었잖아. 《5층 동맹》 멤버의 취직을 위한 계약이었지?"

"그래. 그 관계를 끝냈으면 한다는 말을 들었어."

"으음, 그건…… 꽤 갑작스러운 일이네."

"맞아. 너무 갑작스러워서, 나도 아직 상황을 이해하지 못했어."

오늘 아침에 마시로와 나눈 대화를 떠올렸다.

너무나도 갑작스러운 말이었다.

왜 갑자기? 나를 좋아한다고 말했던 마시로가, 왜 자기 입으로?

이제 나 같은 건 아무래도 상관없다는 의미일까?

아니면 다른 이유가 있는 걸까?

마시로에게 헤어지고 싶다는 말을 들은 후, 내 머릿속에서는 의문이 계속 소용돌이쳤다.

어젯밤에 미도리에게 고백을 받았을 때, 머릿속에 떠오른 『좋아하는 사람』인 듯한 여자애의 얼굴─.

자기 자신의 연애 감정과 마주하며, 그 의미에 대한 답을 찾아내야만 한다고 하는 익숙하지 않은 짓을 하느라 혼란스러운데…….

마시로에게 차이기까지 하다니, 정말 어처구니없는 전개다. ……이래서야 뇌가 파괴되고 만다.

"하지만 멋대로 헤어질 수는 없는 거잖아?"

"잘은 모르겠지만, 츠키노모리 사장이 인정했나 봐. 가짜 연인 관계를 끝내도 《5층 동맹》의 조건을 유지해주기로 말이지."

"그래. ……너무 우리 쪽에 유리해서, 다른 꿍꿍이가 있는 건 아닌지 의심스러울 지경인걸."

"맞아."

실제로, 나도 의심했다.

하지만 진실을 추궁하려 한 나를 향해, 마시로는 여유 넘치는 미소를 지어 보이며…….

『곧 알게 돼.』

……하고 말한 후, 호텔로 돌아가 버린 것이다.

그 의미심장한 발언 탓에 골머리를 썩인 나머지, 나는 아침 식사 시간이 됐는데도 정신 상태가 불안정했다.

"츠키노모리 사장에게 확인해봤어?"

"응, LIME으로 말이야. 자세한 건 가르쳐주지 않았지만, 마시로의 말은 사실인 것 같아. 『어엿하게 홀로서기를 한 마시로는 이제 아키테루 군의 보호가 필요 없다는 거겠지』— 남 일인 것처럼 그렇게 말하던데, 솔직히 말해 뭔가 숨기는 게 있는 눈치였어."

"수완 좋은 사장이잖아. 잔꾀나 꿍꿍이 같은 것도 자신 있을 거야. 으음, 고민되네."

"맞아. 그리고 가장 고민되는 건—."

"야! 늦었잖아, 오오보시! 여친 님인 마시로찡을 언제까지 기다리게 할 건데~!"

"—애들한테 뭐라고 설명하면 좋을까, 야……."

한발 먼저 요리를 담고 자리에서 기다리고 있던 다른 조원들이 감질난다는 투로 나와 오즈를 맞이했다.

조원들이라기보다, 야생의 감과 기세만으로 사는 듯한 여학생— 타카미야 아스카가 말이다.

"어? 뭐야, 오오보시. 되게 구시렁거리네. 불만이라도 있어~?!"

"없어. 그리고 목소리 좀 낮춰."

"그렇구나! 뭐, 됐어! 빨리 밥이나 먹자! 괜찮지? 마시로찡, 쿄코찡!"

"응, 잘 먹겠습니다."

"……네엣?! 미미미, 미안! 먼저 먹고 있었어^{먼쩌 머꼬 이써써!}"

잘 먹겠다고 말한 후에 조용히 식사를 시작하는 마시로의 옆에서, 문학소녀 같은 인상의 여자애— 마이하마 쿄코는 수저를 입에 문 채 허둥지둥 사과했다.

"어이어이, 쿄코찡~. 얌전하게 생겨 가지고 식욕 마신이었냐고~."

"으윽, 부끄러워. 너무 그런 소리 하지 마~."

"괜찮잖아, 타카미야. 사소한 건 신경 쓰지 말라고. 안 그래? 마이하마!"

"어, 그러는 스즈키도 먼저 먹고 있네. 예의라는 걸 아는 건 나와 마시로찡 뿐이라니, 요즘 젊은것들은 대체 어떻게 되어 먹은 거야."

조별 행동을 하면서 여자애들의 대화를 언뜻 듣고 안 건데, 타카미야는 육상부원이라고 한다. 야생미 넘치는 언동이 돋보이면서 의외로 예의를 차리는 건, 운동부 타입이라서일 것이다.

수학여행에서 행동을 같이하다 보니, 그들에 대해 꽤 알게 된 듯한 느낌이 든다.

개성은 세세한 부분에서 자연스럽게 드러나기 마련이다.

예를 들어 뷔페에서 담아온 요리의 라인업에서도 드러난다. 타카미야는 붉은 살 고기를 중심으로 한, 단백질 듬뿍인 메뉴다. 마이하마는 스크램블 에그와 빵 같은 여성스러운 메뉴이며, 스즈키는 요거트와 바나나와 프로틴 같은 근육을 배려한 초이스다.

마시로가 생선구이를 먹고 있는 건, 그녀의 평소 이미지대로였다.

오즈는…… 의외로 영양 균형을 맞춘 평범한 메뉴였다.

아니, 사실 거기에는 트릭이 존재한다. 내 절친은 평소 아침 식사 같은 건 영양분만 섭취할 수 있으면 뭐든 괜찮다며 영양제로 때우는 편인데, 남들이 보기에는 기괴하기 그지없는 광경이다. 그래서 수학여행 때는 그러지 말라고 미리 말해둔 것이다.

식습관까지 참견하는 건 좀 그렇지만, 이것도 오즈가 집단 안에 녹아들게 하기 위해서다. 뭐, 보는 사람이 없는 데서는 얼마든지 영양제로 때워도 되지만 말이다.

하지만 그렇게 남의 식사에 참견한 내가—.

……역시, 튀김만 산더미처럼 쌓여 있는 내 접시도 참 기괴한걸.

남 말할 자격 없네.

마시로의 얼굴을 힐끔 쳐다본 나는 약간 머뭇거리며…….

"맞은편에 앉을게."

"일일이 허락받을 필요 없어. 빨리 앉아."

"……응."

나는 머뭇머뭇 앉았다.

마시로의 매몰찬 태도에 익숙한데도 이렇게 거북한 건, 역시 아침에 일어난 일 때문일까.

아니면 어제 미도리가 한 말을 듣고 자각한, 그 감정 탓일까.

후자라면 태도에 드러나지 않도록 조심하는 편이 좋겠지.

이 감정을 남에게 들켜봤자 좋을 게 없다.

"오오보시, 혹시 특별진학반의 카게이시 양과 무슨 일 있었어?"
"이이이이이이이이이이이이이있었을 리가 없잖아아아아아아앗?!"

대뜸 정곡을 찔린 탓에 목소리가 떨리고 말았다.

제발 부탁이니까 야생의 후각으로 정답을 맞히지 말아줬으면 한다.

"무, 무슨 근거로 그런 소리를 하는 거야?"

"바보 취급하지 말아줄래? 나도 근거 없이 그런 소리를 하는 게 아냐. 저쪽 좀 봐."

타카미야는 그렇게 말하며 한곳을 가리켰다. 그곳은 특별진학반 학생들이 모여 있는 좌석이며, 당연히 **그녀도** 거기에 있었다.

"우와~. 엄청나네, 카게이시 양. 이렇게 튀김을 좋아하는 줄 몰랐어."

"어…… 아, 정말이네……. 왜 머리 회전에 안 좋은 것만……. 자기 자신의 파멸이라도 바라는 걸까……. 아하, 아하하하……."

산더미처럼 쌓인 튀김 산 앞에서, 미도리는 빛을 잃은 눈을 치켜뜨며 웃었다.

그 모습을 본 후, 나는 내 앞에 있는 접시를 쳐다봤다.

완 전 일 치 ☆

미도리 못지않은 튀김 산이었다.

"어때?"

"으그극……."

타카미야는 그럴 줄 알았다는 듯이 의기양양한 표정을 지었다.

물론 이딴 공통점으로는 아무것도 증명되지 않지만, 논리는 틀렸는데도 결론이 맞는 것을 보면 타카미야는 정말 감이 좋은 것 같다.

카게이시 양과 무슨 일이 있었는지 말해보라며 몸을 쑥 내미는 타카미야와, 입으로는 아무 말도 안 하지만 흥미에 가득 찬 눈빛을 머금은 마이하마, 그에 편승해 내 옆구리를 팔꿈치로 계속 찔러대는 근육 나라의 주민 스즈키.

궁지에 몰린 내가 대답을 못하자, 뜻밖의 인물이 도움의 손길을 내밀었다.

"아키가 이상한 건 마시로 때문이야."

바로 마시로다. 조원들은 일제히 그녀를 쳐다봤다.

마시로는 구운 생선의 뼈를 능숙하게 젓가락으로 발라내면서, 담담하게 설명을 시작했다.

"우리, 헤어졌어. 아키의 식생활에 문제가 생긴 건, 아마 마시로한테 헤어지잔 소리를 듣고 동요해서야. 미도리 부장과는 상관없어."

"뭐야~, 그렇게 된 거구나. 마시로찡에게 차였다면, 오오보시가 이상해지는 것도 당연해. 납득했어~."

"잠깐만, 아스카. 엄청 중요한 이야기를 흘려넘겼거든?! 어, 어, 마시로 양. 방금 한 말, 진짜야? 오오보시와 헤어졌다니……."

"뭐, 헤어져?!"

"애초에 방금 이야기의 요점은 거기인데, 아스카는 남의 이야기를 안 듣는 경향이 있다니깐……."

"미안해. 너무 말도 안 되는 이야기라서 뇌가 무시해버렸어! 대체 왜 헤어진 거야? 그렇게 사이좋고 러브러브했잖아. 그거야?! 신혼여행 이혼 같은 거야~?!"

저기, 우리는 신혼여행을 온 게 아니거든?

시추에이션적으로는 비슷하긴 하지만…….

"헤어졌어. 그 이상도 그 이하도 아냐."

타카미야와 마이하마는 당혹스러워했지만, 마시로는 무덤덤한 태도를 보였다.

옆에서는 스즈키가 걱정스러운 시선을 보내면서 소매를 걷더니, 은근슬쩍 드러낸 알통에 힘을 줘서 꿈틀거리게 했다. 걱정하든, 근육의 약동감을 확인하든, 한쪽만 해줬으면 한다.

……뭐, 클래스메이트한테는 아닌 밤중에 홍두깨 같은 소리일 것이다.

애초에 가짜 연인 사이였다는 사실도 몰랐으니 말이다.

"아니…… 오늘은 수학여행의 핵심인 자유행동 날인데…….
이건, 아니잖아……."

타카미야의 눈이 나와 마시로를 계속 오갔다.

두 사람의 관계를 자기 일처럼 걱정해주는 것 같았다. 역
시 타카미야는 이러쿵저러쿵해도 좋은 애라니깐—.

"잠깐만 있어 봐. 헤어졌다면 단둘이서 자유행동을 하지
않은 거지? 어어? 그럼 우리가 마시로찡을 독점할 수 있는
거니까…… 긍정적으로 생각한다면, 대박 잘된 거네! 만세!"

"만세, 가 아니거든?"

무심코 딴죽을 날리고 말았다.

타카미야를 좋은 애라고 생각한 게 잘못이다. 이 애한테
있는 건 직감뿐이다. 선도, 악도 없다. 하지만 겉과 속이 똑
같은 타카미야의 모습이 지금의 나로선 감사하게 느껴지는
것도 사실이었다.

"자, 어디 갈까? 팥빙수라도 먹으러 갈래?! ……우읍."

"얼굴, 너무 가까워. 그리고 팥빙수 먹으러 안 갈 거야."

"머어? 가치 안 가꼬야?"

마시로가 손으로 볼을 쭉 밀어내자, 타카미야는 펀치를
맞은 순간의 복서 같은 얼굴로 무슨 말을 했다. 대사 내용
은 아마 『같이 안 갈 거야?』일 것이다.

마시로는 태연한 표정으로 말했다.

"자유행동은 아키와 단둘이 할 거야. ……아키, 괜찮지?"

"……뭐?"

무슨 말을 들은 건지, 바로 이해하지 못했다.

나뿐만이 아니라 이 자리에 있는 전원이 같은 심정인지, 조원들은 의아한 눈길로 마시로를 응시했다. 오즈만은 눈을 가늘게 뜨면서 「오호라」 하고 중얼거렸다. 아니, 대체 뭐가 「오호라」인 걸까. 쓸데없이 정체불명의 강자 아우라 풍기지 말고, 나한테만 몰래 답을 가르쳐줬으면 한다.

"싫어?"

"싫은, 건 아닌데……. 으음, 뭐라고 답하면 좋을지……."

"……(지그시~)."

내가 대답하지 못하자, 마시로가 올곧은 눈길로 나를 쳐다봤다. 눈을 계속 뜨고 있다간 안구건조증에 걸릴 거야, 같은 농담을 할 생각조차 안 들 정도로 주시하고 있었다.

가짜 연인 사이를 자기 손으로 끝낸 마시로의 진의는 솔직히 모르겠다.

가짜 관계는 끝났지만, 그렇다면 마시로의 진짜 연애 감정은 어떤 걸까?

아직 남아 있는 걸까, 사라진 걸까.

솔직히 말해 나한테 정나미가 떨어져서 가짜 연인 사이를 끝냈다, 일 가능성도 있긴 할 것이다.

하지만 이 수학여행을 오기 전에 그녀가 보였던 태도를 생각하면, 분명 나에게 고백했던 그 날과 같은 감정을 아직 가지고 있다……고 생각한다.

그러니 이 수학여행— 가짜 연인 같은 것을 떠나, 마시로에게 좋은 추억을 만들어주고 싶다.

마시로의 본심은 알 수 없다. 하지만 그녀의 질문에 대한 답은, 정해져 있다.

"……알았어. 같이 갈게."

"응, 고마워."

자신의 머리를 쥐어 짜내서 내놓은 답을 말해주자, 마시로는 그 말을 곱씹듯 짤막하게 답하며 고개를 끄덕였다.

그렇다. 분명 이걸로 됐다.

내가 자신이 내놓은 대답에 만족하며, 닭튀김을 한 입 베어 물었을 때…….

"헤어졌는데도 함께 다닌다니, 대체 어떻게 된 걸까?"

"신혼여행이 아니라 이혼여행? 꺄아~, 잘 모르겠지만 존귀해! 존귀함의 극치!"

"연인은 아니지만, 섹파가 됐다던가?"

"그건 또 뭐야. 에로하네."

"아니, 아무리 그래도 그런 문란한 관계일 리가 없잖아. 남자들은 야한 생각밖에 못 하는 원숭이라니깐."

"오오보시가 양다리를 걸쳐서, 츠키노모리 양이 세컨드 자리에 안착했다는 게 사실이야?"

……어이, 잠깐만 있어 봐. 어느새 구경꾼이 생겨난 거야? 게다가 말도 안 되는 뜬소문 좀 유포하지 말라고.

어느새 우리 주위에 몰려온 클래스메이트들이 귀를 쫑긋 세우고 있었다.

아무래도 대부분의 학생에게 나와 마시로의 연인 사이(가짜)가 끝났다는 것과, 그런데도 자유행동 날에 데이트한다는 정보가 퍼진 것 같았다.

어차피 알려진 일이긴 하지만, 이 자리에서 너무 소란 피우진 말아줬으면 좋겠는걸…… 하고, 한순간 미도리와 눈이 마주친 나는 약간 거북한 느낌에 사로잡히며 그렇게 생각했다.

"그런데 가보고 싶은 곳은 있어?"

"응."

식사를 마치고 빈 식기가 담긴 쟁반을 반납대에 가져다 두면서 내가 묻자, 마시로는 바로 답했다.

메모를 확인할 것도 없이, 쭉 머릿속으로 그 단어를 말할 준비를 한 듯한 매끄러운 어조로 마시로는 행선지를 입에 담았다.

"텐치도 이터널 랜드."

『어, 내 분량은? 오즈×아키를 필두로 한 뜨거운 BL토크 신은?』

『없어요(무자비).』

『말도 안 돼! 모두가 사랑하는 무라사키 시키부 선생님이거든?! 수학여행 준비편에서 교사다운 성실한 일면을 보여주면서, 이제까지는 개그 담당이라고 생각했는데 의외로 매력적이네요, 반했어요, 앞으로 선생님으로 자가발전할게요, 같은 감상을 틀림없이 이끌어냈을 내 분량이 없다는 건 어마어마하게 큰 문제거든?!』

『그래서 여기에 초대한 거잖아요. 평소에는 저와 아키만 있는 공간이지만, 이번만 특별히요.』

『어, 그 의미심장한 대사는 뭐야? 아, 이러면 안 되는데……코히나타 군과 아키 사이에 끼어들면 안 되는데……!』

『역시 짜증나니까 나가 주세요.』

『뭐어?! 무슨 소리를 하는 거야! 코히나타 군은 사디스트! 그 사디스트함은 내가 아니라 사랑하는 아키 상대로 발휘하란 말이야!』

『곧 출연할 기회가 있을 거란 말이에요.』

『뭐야~. 그런 거구나. 후후후. 좋아~. 이 선생님, 힘낼게~!』

타카미야 아스카
다들 어떻게 생각해?!

스즈키 타케시
오, 무슨 이야기야?

타카미야 아스카
그룹명 좀 봐~!

타카미야 아스카
츠키노모리 양과 오오보시의 분위기가 장난 아니잖아~!
무슨 일이 있었는지 신경쓰여~!

스즈키 타케시
동감! 그거 완전 신경쓰여!

타카미야 아스카
맞아~!

코히나타 오즈마
타카미야 양은 메시지에서도 목소리가 크네.

타카미야 아스카
문장에선 목소리 안 들리거든?!

코히나타 오즈마
아하하. 타카미야 양은 정말 재미있어.

마이하마 쿄코
그것보다! 본론! 본론에 들어가자!

마이하마 쿄코
츠키노모리 양과 오오보시에 관해~!

코히나타 오즈마
마이하마 양?

© tomari

스즈키 타케시
근력 운동하면서 메시지 입력하는 거야?

마이하마 쿄코
아무것도 아니에요…….

타카미야 아스카
아무튼, 실제로 어떻게 생각해? 두 사람의 태도로 예상!

타카미야 아스카
아직 서로를 좋아하는지, 아니면 사랑이 식어버렸는지!

코히나타 오즈마
실례지만 초보적인 질문을 해도 될까?

마이하마 쿄코
학회……?

코히나타 오즈마
보통, 사람은 좋아하는 사람에게 어떤 반응을 보일까?

코히나타 오즈마
그걸 알면 외부에서 본 아키와 츠키노모리 양의 태도로, 호의의 유무를 추정할 수 있을 거라고 생각해.

타카미야 아스카
우와! 천재냐!

마이하마 쿄코
아스카는 어때? 좋아하는 사람에게 어떤 걸 해?

타카미야 아스카
몰라! 첫사랑 아직이거든!

마이하마 쿄코
어…….

스즈키 타케시
나는 무심코 상대에게 반해버려. 눈길을 빼앗겨서, 지그시 쳐다본달까?

© tomari

코히나타 오즈마
그렇구나. 좋아하는 사람이라면 1분 1초라도 더 상대방의 얼굴을 보고 싶은 거야.

코히나타 오즈마
납득되는 행동인걸.

마이하마 쿄코
그, 그래?

코히나타 오즈마
다른 의견은?

마이하마 쿄코
나는 반대랄까…… 그다지 상대방의 얼굴을 못 쳐다봐.

코히나타 오즈마
호오, 그런 경우도 있구나.

마이하마 쿄코
으, 응. 적어도 나는, 그래.

타카미야 아스카
(·∀·)히죽히죽.

마이하마 쿄코
정말! 그런 의미심장한 반응 보이지 마~!

마이하마 쿄코
흐음, 그렇구나.

코히나타 오즈마
뚫어지게 쳐다보기도 하고, 반대로 눈을 맞추지 못하기도 하는 거구나.

코히나타 오즈마
정반대의 반응이지만, 양쪽 다 호의의 사인인 건가.

코히나타 오즈마
으음, 아키는 어느 쪽이려나.

© tomari

낯선 천장이다⋯⋯.

흐릿한 눈을 비비며 베갯머리의 스마트폰을 들고, 시간을 확인해보니 오전 여덟 시였다.

"—큰일났어?!"

학교에 지각한다는 생각에 벌떡 일어선 나는 지금 있는 장소가 내 침실이 아니라는 사실을 눈치채고 그대로 얼어붙었다.

젊은 여자애의 방 느낌이 전혀 없는, 벽과 침대를 비롯해 전체적으로 베이지색을 띤 차분한 분위기의 공간이다.

창문 쪽으로 비틀거리며 가보니, 5층⋯⋯에서는 절대 볼 수 없는 절경이 나를 반겼다.

거울에 반사된 미소녀의 얼굴은 당연히 바로 저, 친구 여동생인 코히나타 이로하예요☆

막 잠에서 깬 탓에 멍한 얼굴로 피스 사인을 수평 방향으로 취해봤다.

그런 쓸데없는 행동을 하는 사이에 머릿속 엔진에 시동이 걸리더니, 그제야 기억이 돌아왔다.

그렇다. 나는 평일인데도 불구하고 학교를 조퇴&결석하

며, 미즈키 씨의 제안에 따라 할리우드 영화 촬영에 동행하기로 했다. 프로가 활약하는 현장을 두 눈으로 볼 다시없을 기회를 놓치지 말라며, 친구인 사사라가 내 등을 밀어준 것이다.

"안녕주르, 이로하 양. 슬슬 준비— 어머, 바쁜가. 보네요."

"히익?! 미미미, 미즈키 씨?!"

허둥지둥 손을 치웠지만, 이미 늦었다.

창문 앞에서 피스 사인을 날리는 모습을 보여주고 말았다…… 어, 엄청 부끄러워!

그러고 보니 깜박했는데, 어젯밤에는 미즈키 씨와 같은 방에 묵었다.

50평은 될 듯한 스위트룸은 둘이서 묵기에는 대단히 넓었다. 공간적으로 여유가 넘쳤다.

처음에는 『같은 방, 호텔, 동침, 이로하 양과 사랑, 키울래요』라는 말을 듣고 무심코 무슨 짓을 하려는 거예요?! 하며 경계 태세 및 도주를 고민했지만, 뚜껑을 열어보니 이렇게 넓은 방에서 같이 묵으면서 잠들기 전에 담소를 나누며 친분을 쌓았을 뿐이다. ……일부러 그러는 건지 원래 그런 건지는 모르겠지만 이상한 일본어를 쓰는 탓에, 미즈키 씨는 좀 무서운 구석이 있어요. 기본적으로는 좋은 사람이지만요.

하지만 오늘 아침에도 미즈키 씨는 자유분방하기 그지없달까, 발소리 없이 제 등 뒤에 느닷없이 나타나는 스텔스 성능을 발휘한 바람에 저는 또 허둥댔다니까요.

"오, 오해하지 마세요."

"Non. 거울 보는 습관, 여배우의 책무, 중요해요. 저 칭찬, 칭찬해줄게요."

"으음, 아하하. 가, 감사합니다?"

미즈키 씨가 머리를 쓰다듬어주자, 나는 의아해하면서도 고맙다고 말했다.

칭찬해주는 이유를 잘 모르겠다. 미즈키 씨와 알고 지낸 지 얼마 안 됐지만, 얼마나 가까워지면 이 사람을 이해할 수 있을까. 마리아나 해구처럼 바닥이 보이지 않는다. 만약 츠키노모리 미즈키란 인간을 연기해달라는 의뢰를 받는다면, 주저 없이 그 자리에서 바로 「무리예요☆」 하고 대답할 거예요.

하지만, 그건 현시점의 이야기다. 언젠가 할 수 있게 될 것이다. 그러기 위해, 나는 이곳에 왔다.

미즈키 씨는 내 머리를 쓰다듬어준 후, 그럼 가죠, 하고 말하며 내 등을 밀었다.

오전 촬영이 시작되는 것 같았다.

허둥지둥 어제 사둔 젤리 음료를 순식간에 빨아먹은 나는 몸가짐을 신경 쓴 후, 미즈키 씨의 뒤를 따르며 방 밖으로 뛰쳐나갔다.

행선지는 기온의 한 모퉁이였다.

시대극에서만 봤던 목조 건축물 사이에 있는 돌을 깔아서 만든 고풍스러운 길을, 짚신을 신은 기녀가 시종을 두 명 거느리고 바닥을 스치는 듯한 걸음걸이로 나아가고 있었다.

그 길의 끝에는 오중탑이 있었다.

도쿄라면 스카이트리나 도쿄 타워가 보이겠지만, 역시 전통적인 일본의 대명사인 교토다운 느낌이었다.

그래요! 이래야 교토죠!

역 앞에서는 못 봤던 THE 교토다운 광경을 본 나는 그제야 교토에 왔다는 실감이 나서 안도했다.

―그런 고풍스러운 마을의 한 모퉁이에서⋯⋯.

"This way!(이쪽이데이, 이쪽!)"

"The work of the lighting team is delayed!(조명팀 여러분, 늦지 말그라~.)"

이 장소와 어울리지 않는 네이티브 영어가 들려왔다.

길 일부의 통행을 제한한 가운데, 할리우드의 촬영팀 사람들이 힘차게 일을 하고 있었다.

무슨 말을 하는 건지는 모르겠지만 표정에서 진지함이 느껴졌기에, 출연하지도 않는 나까지 긴장됐다.

완전히 길을 봉쇄하는 건 무리인지, 일반 통행인도 근처를 지나다니고 있었다.

영화를 촬영하는 광경이 신기한 건지, 수많은 이들이 멀

찍어서 쳐다보고 있었다.

근처에는 일본식 디저트 가게가 있으며, 그 가게의 평상에 앉아서 쳐다보는 이도 있었다.

학교 교복을 입은 저 빨간 머리 여학생처럼 말이다.

수학여행을 온 고등학생일까? 나른해 보이는 인상의 여학생이 졸린 듯한 눈길로 이쪽을 쳐다보고 있었다.

"……어?"

그 사람과, 눈이 마주쳤다.

할리우드 촬영팀을 보고 있……는 게 아니라, 나를 지그시 쳐다보고 있는 것 같았다.

"……어, 아아아아앗!"

내가 목소리를 낸 순간, 상대방도 내가 누구인지 확신한 것처럼 손을 흔들었다.

조금 거리가 있어서 바로 눈치채지는 못했지만, 저 빨간 머리 여학생은 아는 사람이다.

바로 **오토이 씨**였다.

유심히 보니, 입고 있는 것도 우리 학교 교복이었다.

"왜 여기 있는 거예요?!"

"오~, 코히나타. 역시 너였구나~. 왜 여기 있냐는 말은 내가 해야 할 것 같은데~."

"그건 그래요!"

다가가면서 바로 딴죽을 날렸더니, 그대로 날카로운 카운터가 날아왔다.

듣고 보니 수학여행을 온 오토이 씨보다, 제가 여기 있는 게 훠어어어얼씬 부자연스럽네요☆

그러고 보니 오토이 씨가 여기 있다는 건 선배도 근처에 있지 않을까……?

그렇게 생각하며 주위를 두리번거리자…….

"아키라면 없어~."

"네엣?! 에, 에이~. 그렇게 말하면 마치 제가 선배를 만나는 걸 기대하고 있는 것 같잖아요~."

"그거, 나한테 숨기는 게 의미 있어? 뭐~, 아무래도 상관없지만~."

"끄으응. 그것도, 뭐……."

내가 선배를 좋아한다는 걸 오토이 씨는 알고 있으니까, 이제 와서 그런 말을 해봤자 소용없나.

하~지~만~, 제가 선배를 의식하고 있다는 걸 인정하는 건 좀 분하달까, 한창때 소녀로서 부정하고 싶달까요. 바보~ 바보~. ……앗, 이 바보는 선배한테 말한 거지 오토이 씨에게 말한 게 아니에요. 죄송해요. 용서해주세요. 제 마음을 읽지 말아 주세요.

"그런데, 오토이 씨가 여기 있는 것도 이상하거든요?"

"응~? 어째서~?"

오토이 씨는 고개를 갸웃거렸다. 그런 그녀의 주위에는 선배뿐만 아니라 다른 동급생의 모습도 보이지 않았다.

"수학여행은 보통 집단행동을 하잖아요? 왜 이런 데서 홀로 전통 디저트를 먹고 있는 거예요?"

"오늘은 자유행동 날이거든~. 혼자서 자유롭게 행선지를 정해도 돼~."

"그렇다고 전통 디저트를 먹기만 하는 건……."

오토이 씨는 손에 녹차 파르페 잔을 들고 있었다. 오토이 씨는 찹쌀 경단과 과일이 잔뜩 넣고 그 위에 녹색 아이스크림을 얹은 호화로운 디저트에 스푼을 꽂아서 한술 크게 뜨더니, 그 수저를 입으로 가져가서 무표정한 얼굴로 행복한 듯이 꼭꼭 씹어먹었다.

누가 봐도 평범한 관광객이에요. 정말 감사합니다.

"그런데, 너야말로 뭐하는 거야~. 학교는 어쩌고, 학교는~. 괘씸하네~."

"입에 크림 묻히고 설교해봤자 설득력 없거든요~?"

나는 약간 어이없어하면서 경위를 설명했다.

마시로 선배의 어머니이자 해외의 스타이기도 한 미즈키 씨가 업무 현장에 동행하며 연기자 공부를 하려고 학교를 빼먹고 여기에 왔다……고 말이다.

미즈키 씨는 내가 『검은 염소』의 성우라는 사실을 눈치챘고, 어느 정도 협력적인 태도를 보인다는 것 또한 설명했으며……

"경단, 맛있어~."

"진짜로 제 말 듣고 있어요?"

"우리 코히나타가 할리우드에서도 짜증스럽게 군다, 부분까지 들었어~."

"그런 작품 제목 같은 말 안 했거든요?"

"이야~, 설명 파트는 지겹거든~. 너도 애니에서 상황 설명이 시작되면 대충 흘려듣지~?"

"뭐, 그렇긴 해요. 저는 애니가 아니지만요."

친숙한 오토이 씨와 만담 같은 이야기를 나누고 있을 때, 촬영팀 쪽에서 미즈키 씨가 걸어왔다.

"HEY! 이로하 양, 벗어나면 안 돼. 그럼 못 써요."

"앗, 죄송해요! 금방 돌아갈게요!"

"혹시 학교 친구분. 학우. 친분 다지고 있나요?"

미즈키 씨가 오토이 씨를 힐끔 쳐다보며 말했다.

어제 잡담을 하면서 우리 학교 2학년이 교토에서 수학여행 중이라는 것을 알려줬다. 만약 선배를 보면 알려줄지도 모른다는 흑심을 품으며…… 이런 형태로 괜한 설명을 줄이는 데 도움이 될 줄은 몰랐지만, 역시 선배의 후배인 이이로하 님은 효율적이라니까요☆

"정확하게는 학교 선배예요. 『검은 염소』의 레코딩으로도 신세를 지고 있는 사운드 관련 엔지니어세요."

"OH. 그런가요. 키 맨, 중요 인물, 배후의 지배자. 강자의 아우라가 느껴져요."

"하하하. 이 언니, 재미있네. 자기야말로 강자의 아우라를 풀풀 풍기면서, 무슨 소리를 하는 거야~."

"저기, 연장자를 손가락으로 가리키는 건 좀 그렇지 않을까요."

나는 오토이 씨에게 잔소리하면서, 뭔가 이상한 분위기를 느꼈다.

기분 탓일까, 오토이 씨가 미즈키 씨에게 부정적인 감정을 어렴풋이 드러내고 있는 것 같은 느낌이 들었다.

"가까워진 기념으로~, 내 질문 하나에 대답해주면 좋겠네~."

반말~! 오토이 씨, 연장자에게 반말을 해~!

일관된 태도라고 하면 그뿐이지만, 그래도 이 사람은 대단하네!

"Oui. 뭐든지 물어보세요. 어떤 질문이라도 숨김없이 답할게요. 전라예요. 저, 거짓말, 속임수, 못해요. 정말."

"여배우가 거짓말을 못 한다는 거야말로 거짓말 같은데~ 같은 딴죽은 제쳐두고~."

오토이 씨는 비아냥거림을 섞으면서 말했다.

"코히나타의 재능을 간파했다는 게, 진짜야~?"

"여배우의 자질은 여배우가 가장 잘, 알아요. 의심의 여지, 있나요?"

"그리고, 자기라면 코히나타의 재능을 이끌어서 성장시켜줄 수 있다…… 라고 늘어놓은 것 같네~."

"성장할 수 있는 환경, 아니다, 라고 생각해요. 너무 불쌍, 안 되어서 제가 이끌어주고 싶다, 고 생각했어요. 그 이상도, 이하도, 어느 쪽도 아니에요."

오토이 씨의 눈썹이 희미하게 움직였다.

항상 무표정한 이 사람답지 않게, 미즈키 씨의 말을 듣고 짜증이 난 것 같았다.

"확실히 환경 자체는 충분하지 못할지도 몰라~. ……하지만 목소리 연기라면, 음향 감독인 나라도 어느 정도는 이끌어줄 수 있거든~."

"OH. 성우 세계는 그런 측면도 있다, 는 건가요. 그것도 일리 있어, 요."

"일류인 인간들은 자신 같은 재능을 누구나 다 가졌단 생각에 빠진 나머지, 잘못된 지도를 해서 남을 망치는 경우도 많잖아~. 일류 여배우의 변덕 탓에, 코히나타한테 잘못된 버릇이 생기기라도 하면 곤란해~."

—어쩌지. 엄청 살벌한 분위기야!

나 때문에 다투지 마! 같은 시추에이션이지만, 이런 건 보통 남자 둘이 하는 것 아닌가요? 왜 여자 둘이 나를 둘러싸고 대립하는 거예요? 이런 광경을 무라사키 시키부 선생님이 본다면, 또 실존 인물 가지고 백합 커플링을 할 것 같거든요?!

내가 두 사람 사이에서 이러지도 저러지도 못하고 있을 때

© tomari

였다.

"hurry up! It's about time to start!(슬슬 시작할 거데이~!, 빨리 오그라~!)"

"F●ck!(네, 알았어요. 금방 갈게요~.)"

촬영팀 쪽에서 큰 목소리로 자기를 부르자, 미즈키 씨를 뒤돌아보면서 환한 얼굴로 대답했다.

표정과 단어에 담긴 메시지가 전혀 맞물리지 않는 느낌이 들지만, 아마 기분 탓일 것이다.

"오토이 양, 이라고 했나요. 당신도 이로하 양과 함께 견학한다, 하고 싶다, 어떤가요?"

"……좋은 생각이에요! 같이 견학해요, 오토이 씨!"

나는 미즈키 씨의 제안에 바로 편승했다.

두 사람 다 좋아하는 나로선, 이 두 사람이 살벌한 분위기인 게 싫었다.

그리고 솔직히 말해 주위에 있는 사람 전원이 영어로 이야기하는 곳에 홀로 있는 것보단, 잘 아는 사람과 함께 있는 편이 안심이 되니까…… 같은 한심한 생각도 했다.

그런 마음이 담긴 촉촉한 눈동자로 응시하자, 오토이 씨는 볼을 긁적이며 잠시 생각에 잠겼다.

그리고 남은 녹차 파르페를 스푼으로 뜨더니, 경단과 과일과 크림을 무차별적으로 입 안에 밀어 넣은 후……

"뭐, 일류의 현장을 보는 것도 공부가 되겠지~. 그럼 같이 가볼까~."

"만세~!"

"으음~, 미즈키 씨, 였지~? 잘은 모르겠지만, 뭐~, 잘 부탁해~."

"네. 오토이 양, 잘 부탁, 잘~, 부탁해, 요."

느긋하게 인사를 나누는 두 사람을 보며, 나는 안도의 한숨을 내쉬었다.

서로의 첫인상은 미묘할지도 모르지만, 함께 행동하다 보면 마음을 열겠죠? 두 사람 다 어른이잖아요? 오토이 씨는 아직 고등학생이지만, 정신연령이 말이에요.

"아, 맞다."

미즈키 씨가 갑자기 오토이 씨를 돌아봤다.

"저는, 젊은 여자애. 이름으로, 프렌들리하게, 부르고 싶어, 요."

"아아아아앗!"

"어? 갑자기 괴성, 큰 목소리, 놀랐어요. 이로하 양, 왜 그래요?"

"오토이 씨의 이름을 묻는 건 NG예요! 지뢰란 말이에요!"

"어째서죠, 이름으로 불리는 건 영광, 프렌드의 증표예요. 부끄러워할 게 아니라고 생각해, 요. ―아니면 부끄러운 이름일, 가능성 있다, 인가요?"

".............."

오토이 씨의 이번 침묵은 무서워요! 이제까지 중에서 당당히 랭킹 1위예요! 하나도 안 기뻐요!

왜 이 두 사람은 이렇게 마음이 안 맞는 거죠?!

"흐음, 이 나이 때 여자애, 어려워요. 마시로와 마찬가지로, 난이도 높아요. 어디에 지뢰가 있는지 알 수 없어, 요. ……그럼, 일단 오토이 양이라고 부르겠어요. 괜찮아, 요?"

"응. 일단 그렇게 불러~."

"Oui. 라저, 예요. ―자, 그럼 가죠."

"……어! 아, 네."

대사 후반부부터 미즈키 씨의 달라진 것을 알 수 있었다.

여배우로서의 표정. 일하러 갈 때의 표정.

시치미 떼는 듯한 인상이 있는 미스터리어스한 미녀가 아니라, 말로는 표현하기 어렵지만 마치 다른 인격이 모습을 드러낸 느낌이다. 가면을 썼다기보다, 자기 안에서 나온 무언가로 얼굴을 감싼 것만 같았다.

미즈키 씨의 얼굴을 보고 다시 마음을 다잡은 나는 그녀를 뒤따르며 촬영팀에 합류했다.

*

촬영 중의 현장은 피부가 따끔거릴 정도로 긴장감이 감돌았다.

감독, 조감독, 촬영, 조명, 기타 등등……. 연기자만이 아니라 수많은 프로페셔널이 웃음기 전혀 없이 진지하게 임하며, 한 컷 한 컷 정성 들여 촬영하고 있었다.

신이 길면 더욱 긴장감이 감돌았으며, 연기자가 대사를 실수하거나 연기가 어설플 때마다 십여 분에 달하는 재촬영이 발생했기에 보고 있는 나까지 송구한 마음이 들었다. 나 또한 연기자를 목표로 삼고 있기에, 실수한 배우의 심정을 상상할 수 있어서 무릎이 덜덜 떨렸다.

미즈키 씨는 뮤지컬 신에서 등장했다.

교토의 고풍스러운 마을을 배경 삼으며, 기녀 의상을 입은 집단이 브로드웨이식의 춤과 노래를 선보였다.

나막신 때문에 움직이기 힘들 텐데도 스텝이 가볍고, 움직임 또한 매우 자유로웠다. 기모노의 소매가 하늘거리는 게, 대화면으로 보면 끝내줄 것 같았다.

"와아……."

아까까지 시치미 떼는 듯한 대화를 이어가던 미즈키 씨가 마치 딴사람이 된 것처럼 찬란히 빛나자, 나는 입을 쩍 벌린 채 그 모습에 매료됐다.

나도 저런 식으로 표현하고 싶다.

무대 위에서, 카메라 앞에서, 전력으로 배역을 연기하며, 작품 속 세계를 꾸며주고 싶다.

그런 동경하는 마음이 가슴 속에서 점점 부풀어 올랐다.

현장을 보러 오기, 정말 잘했다.

완성된 작품을 보기만 해서는 눈치채지 못하는 부분이 잔뜩 있었다.

예를 들자면…….

"영화의 뮤지컬 파트를 촬영할 때도 노래하네요. 소리는 나중에 편집해서 넣는 줄 알았어요."

"아, 지금 부르는 노래는 영화에서 거의 안 쓰일 거야~."

"어, 그래요?"

나는 놀라며 옆을 쳐다봤다.

오토이 씨는 입에 문 츄파드롭의 막대 부분을 위아래로 까딱거리며 말했다.

"실외에서 노래를 레코딩하면 노이즈가 들어가거든~. 요즘 기술이라면 나중에 노이즈를 제거하는 것도 간단하지만, 퀄리티를 중시한다면 보통은 나중에 집어넣을 거야~."

"그럼 연기자들은 실제로 쓰이지도 않는데 왜 노래를 하는 거예요?"

"립싱크용으로 입만 뻥긋거리는 것도 어렵거든~. ……코히나타는 노래 한 곡을 처음부터 끝까지 싱크에 맞춰 입만 뻥긋거릴 수 있겠어~?"

"아~, 듣고 보니 자신이 없네요."

"그렇지~? 실제로 소리를 내지 않으면서 정확하게 립싱크를 하는 건 어려워~. 뭐~ 노력하면 가능하긴 하겠지만, 그런 귀찮은 짓에 힘을 쏟을 바에야 평범하게 노래를 하는 편이 여러모로 나은 거야~."

"아하~. 그렇군요."

역시 오토이 씨는 대단하다. 소리와 관련된 기술에 대해서라면 모르는 게 없다 싶을 정도다.

그 외에도 놀라운 부분은 잔뜩 있었다.

"의외로 CG를 안 쓰는 부분도 많아서 무지 놀랐어요. 건물 벽을 닌자처럼 달리는 액션이라든가, 2층에서 뛰어내리는 부분이라든가……. 연기자 본인이 직접 하다니, 실제로 보지 않았다면 못 믿었을 거예요."

"지금 같은 시대에도 의외로 아날로그인 거야~. 카 체이스 신에서 실제로 차를 몇 대나 부순다거나, 전쟁 영화에서는 화약을 마구 써서 폭발이 왕창 일어난 곳 한복판을 연기자가 달리기도 한대~."

"가혹해! 연기자는 목숨을 걸고 하는 거네요……. 저도 폭발에 내성이 생기도록 단련을 해야 할까요……!"

"위험한 촬영만 전문 스턴트맨을 기용하는 경우가 대부분이지만 말이야~. 할리우드에서는 그런 액션이 가능한 배우를 기용하는 경우도 많나 봐~. 그러니 남들이 못하는 특별한 능력을 지니고 있으면 발탁되기 쉽대~. 잘은 모르지만~."

……오토이 씨, 인간적으로 너무 대단한 거 아니에요? 소리와 관련된 기술만이 아니라, 다른 쪽으로도 모르는 게 없

다 싶을 정도잖아요.

내가 너무 감탄한 나머지 얼이 나갔다는 걸 눈치챈 건지, 오토이 씨는 츄파드롭의 막대 부분을 쫑긋 세우며 말했다.

"으음~, 뭐~, 그러니까~. 엔터테인먼트의 음향에 관해 공부하다 보면~, 필수적으로 파악해둬야 하는 연출 전반의 지식이 있거든~."

"아하, 그래서 잘 아는 거군요."

"그래~."

이해했다. 그리고, 존경했다.

항상 나른해 보이고 「나태」란 단어가 옷을 입고 걸어 다니는 것처럼 보이는 사람이지만, 「소리」에 관해서는 항상 진지했다.

룰 비공개의 지뢰 워드가 있고, 엄격한데다 무시무시한 면도 있어서 평범한 사람은 다가가기 어려울지도 모르지만······

나한테 있어서는 선배와 마찬가지로, 쭉 뒤따르고 싶은 언니 같은 사람이다.

"그건 그렇고, 저 사람은 정말 대단하네~."

"미즈키 씨."

"그래. ······뭐~. 코히나타의 엄마 역할을 채가려고 하는 게 마음에 안 들지만, 그건 그거고 이건 이거야~."

"에이, 채가기는 무슨~."

딱히 한 자리뿐인 것도 아니고 말이다.

연인 자리라면 하나뿐이지만요! 선배와 마시로 선배는 지금 뭐 하고 있으려나!

　……그런 번뇌와 사념은 일단 제쳐놓고, 눈앞에서 펼쳐지는 미즈키 씨의 연기에 집중했다.

　"본업은 브로드웨이 여배우. 즉, 영화 출연은 서브인 거지~?"

　"연기라는 점에서 본다면 같은 거겠지만요."

　"그래~. 하지만 무대가 다르면 요구되는 연기도 달라. 자기 자신을 돋보이게 하는 방식도 말이지."

　"그건 그래요……."

　감각적으로는, 각각의 무대에서 역할에 몰입한다면 어찌어찌 될 거라고 생각했다.

　하지만 이렇게 듣고 보니, 무대의 차이가 크게 영향을 끼칠지도 모른다는 생각이 들었다.

　레코딩 부스 안을 무대로 한, 성우 경험. 그것을 응용해 연극 대회에서 대처할 수 있었기에, 나는 착각을 했던 걸지도 모른다.

　학생 레벨이라면 그런 식의 응용으로 대처할 수 있을지 모르지만, 더 높은 레벨― 일류 프로의 현장에서도 그것이 통용될 것인가.

　"저 사람은 연기는 물론이고, 『화사함』에서 어나더 레벨이야~."

　"『화사함』인가요?"

"응. 관객의 눈길을 끌며 놔주지 않는 매력 말이야."

"하긴, 엄청난 미인이긴 해요."

"그런 게~ 아냐."

"네?"

다른 걸까?

확실히 연기자는 외모가 전부는 아니다. 하지만 무대 위에서 빛나는 인물은, 압도적인 아우라와 카리스마가 감도는 인물은 역시 미남미녀일 거라고 생각한다.

"딱히 미인이 아니라도 돼~. 뚜렷한 캐릭터성, 유일무이함. 한 번 보면 잊을 수 없게 되는 느낌이랄까~."

"알쏭달쏭하네요……."

"자신을 돋보이게 하는 방법을 모른다면, 무대가 바뀌면서 『화사함』이 사라지거든~. 때때로 있잖아? 텔레비전 방송에서는 재미있는데, 자기 영상 채널에서 스트리밍할 때는 아우라가 확 사라지는 연예인 말이야."

"위험한 이야기에 얽히고 싶지 않으니, 구체적인 이름은 언급하지는 말아주십쇼~!"

"예를 들자면, 5년 전까지 텔레비전에 나오던 개그맨—."

"—그러니까 말하지 말아달라고요오오오오! 왜 그런 짓을 하는 건데요?!"

괜히 지뢰를 밟은 바람에 방송계의 반감을 산 바람에 이로하 양의 극적인 텔레비전 데뷔 길이 막힌다면 어떻게 책임

질 거냐고요.

"아무튼~, 저 미즈키 씨는 영화 안에서도 유독 빛나고 있어~."

내가 허둥대는 사이, 오토이 씨는 물고 있는 막대의 틈새로 휴우~ 하고 한숨을 내쉬었다.

"만약 저게 타고난 재능이 아니라 저 사람이 터득한 스킬이라면……. 진짜로 제자가 되는 편이 좋을지도 모르겠네~."

"제자……."

입에 담아봤지만, 그 단어에서 현실미가 느껴지지 않았다.

어쩔 수 없잖아요. 상대는 브로드웨이 여배우거든요? 접점이 있는 것 자체가 기적이라는 생각이 들 정도예요.

"메인 직종이 성우인 코히나타가, 서브 직종으로 연극이나 영화 같은 다양한 장소에서 활약할 힌트를 얻을 수 있을지도 몰라. ……저 사람이 협력적이라면, 의지해보는 것도 손해는 아닐 거야. 개인적으로는 분하지만~."

"그렇, 군요. 제가 날아오르기 위해서라도, 이 기회를—."

—소중히 하는 편이 좋다.

일류라 인정받는 이들의 촬영 현장을 가까이에서 봤고, 미즈키 씨가 뿜는 찬란한 빛 또한 코앞에서 봤다.

지금 이 자리에 있는 것이 얼마나 중요하고 귀한 기회인지, 질릴 정도로 이해했다.

세상의 넓이도…….

그 깊이도 말이다.

"—저, 결심했어요."

무엇을, 인지는 말하지 않았다.

말하지 않아도, 오토이 씨에게는 전해질 테니까

"응. 괜찮다고 생각해~. ……아마도 말이지~."

＊

"Thanks there hard work.(여러분 수고 억수로 많았습니데이~.)"

"Meet at the next location!(각자 다음 로케지에서 집합하는 기다!)"

정오가 약간 지났을 즈음, 오전 촬영은 끝났다.

기온 마을에서 허가해준 시간대가 지나려 하자, 바로 철수해서 다음 현장으로 이동할 준비를 시작했다.

나는 주로 미즈키 씨의 매니저들과 함께 이동용 대형 밴에 짐을 옮겼다. 개인 스태프 격으로 온 만큼, 이 정도 잡일은 오히려 환영이다.

……오토이 씨는 당연한 듯이 농땡이를 피우고 있지만 말이다. 애초에 수학여행 중인 오토이 씨를 억지로 동행시킨 만큼, 이런 잡일을 도울 의무는 눈곱만큼도 없긴 해!

"땡큐메르시. 짐 옮기기 도와줘서 정말 고마워, 요."

"아, 아뇨. 이 정도는 제 후배력 앞에선 아무것도 아니에요!"

밴 뒷좌석의 시트 왼편(참고로 오른편은 오토이 씨)에 앉은 미즈키 씨가 고맙다고 말하자, 나는 알통을 만들어 보였다.

"귀중한 촬영 현장을 보여주시는 만큼, 그 관람료라고 생각하면 오히려 싸게 먹힌 거라고 생각해요."

"후후. 멋진 미소. 보여줘서, 행복. 저도 기뻐요."

"에헤헤."

미즈키 씨의 상냥함을 느낀 나는 왠지 멋쩍었다.

그리고, 지금이야말로 아까 전의 결의를 전할 때라고 생각했다.

나는 살며시 심호흡하며 숨을 고른 후, 미즈키 씨의 눈을 똑바로 바라보며 말했다.

"저기, 제자 건 말인데요."

"그 얼굴, 결의, 묻어나요. 결심했다, 맞죠?"

"……네."

깊이 고개를 끄덕였다.

감사하게도 지난번에는 미즈키 씨가 나를 제자로 삼고 싶다 말해줬다.

하지만 아니다. 이건 미즈키 씨의 뜻을 이뤄주기 위한 한 걸음이 아니라…….

어디까지나 내 인생의 한 걸음이다.

그러니…….

"제 쪽에서 부탁드릴게요. 미즈키 씨의 곁에서, 미즈키 씨의 연기자로서의 모든 것을 훔치게 해주세요!"

말했다.

말하고 말았다.

내 인생을 크게 뒤바꿀지도 모르는, 게임이라면 이야기의 결말마저 바꿔버릴 선택지.

세이브도 보험도 없이, 될 대로 되란 심정으로, 말했다.

미즈키 씨는, 잠시 아무 말도 없었다.

고개를 숙이고 있어서 안 보이지만, 왠지 그녀의 시선이 내 정수리를 향하고 있는 느낌이 들었다.

"제가 일하는 모습, 어땠나요?"

"아, 으음……."

그 갑작스러운 한 마디에 말문이 막혔다.

하지만 솔직한 감상은 항상 서랍 가장 위 칸에 있기에, 곧 입을 열 수 있었다.

"대단했어요."

"어떤 부분이 말이죠?"

"그저 말하고 있을 뿐인데 눈을 뗄 수가 없었어요……. 뮤지컬 신에서는 백 명가량의 연기자와 댄서가 춤을 추고 있지만, 어찌 된 건지 미즈키 씨한테 눈길이 갔죠. 카메라의 포커스가 향하고 있을 때라면 몰라도, 카메라를 통해 보고 있는 게 아닌데도 그랬어요. 중심에서 항상 빛나는 별이랄까, 평소에는 『달』이라는 이미지인데 연기를 할 때는 항상 『태양』이랄까—."

"OH. 말 잘하네요."

"—어, 아얏?! 거거거, 건방졌다면 사과드릴게요."

"후후♪"

미즈키 씨는 입에 손을 대며 기품있게 웃었다.

무라사키 시키부 선생님 뺨치는 오타쿠 특유 속사포 발언을 한 게 갑자기 부끄러워진 나머지, 나는 몸을 웅크렸다.

내가 아마추어 티 풀풀 내며 논평을 할 것도 없이, 미즈키 씨가 대단하다는 건 누구나 다 아는 사실인데 말이다.

왜 나는 필사적으로 미즈키 씨의 매력을 읊어대고 있는 걸까.

"풋풋함이 묻어나는 게 참 좋고, 멋져, 요. 하지만 저는, 다른 방향성에서의, 답을 들어야만 해요. —저에 대한 감상, 은 대단하다, 가 전부인가요?"

"……………. ……아뇨."

마음속 밑바닥까지 전부 간파당한 느낌이 들었다.

영화에 출연하는 미즈키 씨의 모습을 보고 느낀 건, 존경이나 동경 같은 감정만이 아니다.

자유로운 무대에서, 자유로운 표현으로…….

남을 꺼리지 않으며 빛나고 있는 그녀의 모습이…….

"—부럽다, 고 생각했어요. 이유는 모르겠지만, 그런 말이 머릿속에 떠올랐어요."

"자신만만, 유아독존, 한 판 붙자, 군요."

"네엣?! 왜 그렇게 되는 거예요?!"

"부럽다, 즉 질투와 비슷해, 요. 그리고 그 감정은, 해볼 만하다고 여긴 상대한테만 느껴요."

"그, 그렇죠?! 일류 여배우 상대로 부럽다고 느끼다니, 건방진데도 정도가 있죠?! 잘못했습니다!"

나는 온 힘을 다해 후배력을 발휘하며 머리를 숙였다.

오만한 자기 자신이 부끄러워진 나머지, 불이 난 것처럼 얼굴이 달아올랐다.

"요, 용서해줄 건가요?"

"용서? ……Non. 당신은 착각에 빠져 있군요."

"히익?"

제거당하는 거야? 저, 제거당하는 건가요?!

범상치 않은 분위기를 느끼고 전율한 나는 얼굴이 새파랗게 질렸다.

그런 나를 암살자 같은 날카로운 눈길로 지그시 응시하던 미즈키 씨는…….

"용서하고 말고를 떠나— 합격이에요♪"

상냥히 미소 짓더니, 통통 튀는 듯한 목소리로 그렇게 말했다.

"네?"

"여배우, 재능 있는 사람, 잔뜩 있어, 요. 격렬한 경쟁, 피 끓는 처절한 싸움에서, 이기고, 정상에 서는 건, 질투심 많고, 집념이 강한 애뿐. —저, 그렇게 생각해, 요. 그러니까……"

섬섬옥수라는 진부한 표현이 너무나도 잘 어울리는 손이, 내 볼을 살며시 매만졌다.

……불가사의하다.

남이 얼굴을 만지면 보통은 싫어하며 손길에서 벗어나고 싶을 텐데, 미즈키 씨의 손에는 몸을 맡기고 싶어졌다.

"그래서…… 조금 당신을 시험했어, 요. 만약 이로하 양이 연기자에 적성이 없다면, 제안, 죄송하지만, 제자 건, 없었던 걸로 할 생각, 이었어요."

맙소사.

자기가 제자가 되지 않겠냐는 말을 해놓고, 사일런트 테스트를 하다니!

악랄하기 그지없는 함정이다.

이게 어른의 세계, 이게 프로의 혹독함……!

"하지만, 이제 괜찮아요. 안심, 안전, 올림픽 그 자체, 예요."

"저기 무슨 말을 하는지 모르겠는데요."

"이로하 양, 가르치기로, 결의 굳혔어, 요. 저, 마음먹었지, 마약 먹지 않았어요."

"뒷부분 말은 필요 없지 않아요? 왜 일부러 까딱하면 끝장나는 표현을 쓰는 건데요?"

"하지만 우려 하나. 제자로 들이기 전에, 결판내야 할 안건. 손가락 뎅강. 지옥의 항쟁. 의리 지킬 필요 있어, 요."

"그러니까 왜 그런 무시무시한 표현을…… 어, 아~."

딴죽을 날리려다 스톱했다.

방금 한 말은 농담이 아니다. 실제로 결판을 내야 할 안건이 있다.

미즈키 씨는 엄마와 친구 사이, 인 것 같았다.

게다가 전에 제자가 되라는 러브콜을 받았을 때, 엄마와 내 사이를 아는 듯한 뉘앙스를 풍겼다.

나는 엄마의 과거를 자세하게 알지는 못한다. 그래서 엄마와 미즈키 씨가 어떤 사이인지 전혀 알지 못한다.

하지만 두 사람 사이의 분위기로 볼 때, 하루 이틀 안 사이는 아닌 것 같았다.

그렇다면 엄마에게 말하지도 않고 나에게 연기 지도를 하는 건, 배신이나 다름없다.

—말해야만, 하는 걸까.

엄마에게.

연기자가 되고 싶다, 고…….

"결론, 미루는 것, 일본인의 나쁜 버릇. 하지만 저, 그걸 신중함이라 여기며, 좋아하고, 존중해요."

"우유부단하다는 건 자각하고 있어요……. 으으~."

"후후. 고민하라, 젊은이여. 그만큼 강해질 터이니, 예요.

……하지만 시간제한, 시한폭탄, 폭발, 해, 요. 다음 행선지, 이로하 양, 생각할 시간, 유예 없애요. 가능성, 포텐셜, 있어, 요."

"으음~, 무슨 말을 하는 건지 영……."

"곧 다음 행선지의 간판, 빌어먹게 거대한 옥외 광고, 자기 주장 심각, 보이기 시작했어요."

"앗, 텐치도…… 이터널, 랜드."

유리로 된 차창 너머로 보이는 도로 옆에, 간판이 세워져 있었다.

"어, 어어~?! 행선지가 여기였어요?!"

"그래요. 여기서 촬영해, 요. 무슨 문제, 있나요?"

"으윽…… 으음~, 저기, 으으……."

우물쭈물하고 말았다.

엄마는 텐치도의 사장이다.

게다가 내가 지금 무단으로 이곳에 올 수 있었던 건, 엄마가 본사의 업무 때문에 집을 비워서다.

즉, 엄마가 거기에 있을지도 모른다.

"저, 저기, 사장이 직접 랜드에 오지는…… 않, 겠죠……?"

"후후. 자, 글쎄요."

대기업 사장이라면 정신없이 사방팔방으로 돌아다니거나, 커다란 의자에 거만하게 앉아 있는 이미지밖에 없다.

텐치도의 직영 유원지이긴 하지만, 사장이 직접 시찰을

오지는 않으리라고 생각하지만…….

방긋방긋 웃고 있는 미즈키 씨의 얼굴을 보니, 뭔가 중대한 오판을 한 건지도 모른단 생각이 들면서 가슴이 콩닥거렸다.

으으~, 부디 엄마와 마주치지 않기를!

두 손바닥을 맞대며 신께 기원했다.

그러자, 옆(미즈키 씨와는 반대편)에서 오토이 씨가 몸을 뒤척였다.

"응…… 으음~. 하암…… 코히나타, 무슨 일이야?"

자고 있었던 것 같았다.

하품하면서, 나를 의아한 눈길로 쳐다봤다.

"행선지가 텐치도 이터널 랜드인 것 같거든요."

"오~, 재미있겠네~. 그런데 왜 표정이 미묘한 거야~?"

"혹시 거기 사장과 마주치면 거북하겠다 싶어서요~."

"하하하, 코히나타는 참 재미있는 애라니깐. 보통 사장의 동향 같은 건 아무도 신경 안 쓰거든~?"

"어? 아, 아하~."

그러고 보니 오토이 씨는 텐치도의 사장이 아마치 오토하 — 코히나타 오토하라는 걸 모른다.

하긴, 그럴 거예요. 저도 최근에 알았으니까요.

"그리고 사장이 직접 유원지에 올 리가 없잖아~."

"저기, 오토이 씨. 아까 제가 한 말을 오토이 씨가 되풀이

하니까 플래그처럼 들려서 무섭거든요?"

"에이~. 현실에 플래그 같은 게 있을 리 없잖아~."

"그, 그렇죠~? 아하, 아하하하하."

오토이 씨가 낙천적인 반응을 보이자, 나는 웃음을 터뜨렸다.

"그건 그렇고, TEL은 좀 기대돼~. 거기서 파는 팬케이크 샌드와 프루트 크림소다가 꽤 평판이 좋거든~. 한 번쯤 먹어보고 싶었어."

늘어지는 목소리 안에서, 약간의 기쁨이 어렸다.

달콤한 음식 이야기를 할 때면, 평소 어른스러운 오토이 씨의 안에서 같은 또래 여자애다운 순수한 귀여움이 고개를 든다니깐.

……그건 그렇고, 엄마가 텐치도의 사장이라는 걸 설명할 타이밍을 놓치고 말았다.

자초지종을 이야기하면, 오토이 씨는 아마 「내리자」라고 말할 것이다.

나를 지키기 위해서 말이다.

사장과 마주칠 확률이 한없이 0에 가까울지라도 만에 하나의 도박을 하기보단, 안전책을 선택하며 내 손을 잡고 이 차에서 뛰어내릴 것이다.

텐치도 이터널 랜드에 가고 싶다는, 자신의 마음을 뒷전으로 삼으면서 말이다.

오토이 씨가 가고 싶어 한다는 것을 알았으니, 찬물을 끼얹고 싶지 않다. 수학여행 중인 오토이 씨를 이런 곳까지 끌고 온 건 바로 나다. 그러니 하다못해 오토이 씨가 고대하고 있는 디저트 정도는 맛보게 해주고 싶다.

괜찮다. 랜드에서 무슨 일이 일어날 리 없다. 엄마와도 마주치지 않을 것이고, 그저 촬영 현장을 견학하면서 좀 즐기다 끝나리라.

─좋아, 마음 정리했어!

"─오토이 씨!"

"응~?"

"텐치도 이터널 랜드, 마음껏 즐기죠!"

"갑자기 텐션이 치솟았네~. 너도 팬케이크 샌드 먹고 싶어?"

"YES, MAM! 디저트란 디저트는 다 먹어치우죠~!"

"오~."

둘이서 힘차게 팔을 내밀며, 디저트 선언을 했다.

과장스러운 몸짓을 취하며 억지로 큰 소리를 냈지만, 겉으로나마 긍정적으로 행동하니 덩달아 마음도 긍정적으로 변했다.

반대편에 있는 미즈키 씨는 훈훈하다는 듯이 미소 짓고 있었다.

그렇다. 이것이야말로 교토 여행.

영화 촬영에 동행한다고 하는, 인생에서 몇 번 있을까 말까 하는 빅 이벤트 중이다.

걱정 따위 깨끗하게 잊어버리고, 온 힘을 다해 즐기지 않으면 손해겠죠!

··················.

············.

······하지만, 선배와 같이 간다면 더 즐거울 텐데~.

인기 슈퍼 아이돌 편집자, 키라보시 카나리아의 아침은 이른 시간에 시작된다.

도쿄 모처. 일본의 최전선을 달려 나가고 있는 IT기업들이 자리한 빌딩이 줄지어 있는 그곳에서, 한층 더 존재감을 뿜내고 있는 초고급 타워맨션의 한 집. 52층 건물의, 52층. 혼자 사는 것 치고는 너무 호화로운 거대한 더블베드에서 몸을 일으킨 후, 창문을 통해 쏟아지는 아침 햇볕을 쬈다.

현재 시각은 오전 일곱 시. 어젯밤에 잠자리에 들고 아직 네 시간밖에 지나지 않았다.

수면 부족 아니냐고? 쨲, 쨲, 쨲~. 무르네. 잠 적게 자는 걸로 우쭐대는 짓거리는 중학교 2학년 때 졸업했어.

자기 체질에 맞는 수면 시간이 짧은, 쇼트 슬리퍼 체질일 뿐이야. 수면을 충분히 취하는 게 왕도니까, 착한 아이인 여러분은 따라 하면 안 돼☆

세수만 마치고 스포츠웨어로 갈아입은 후, 수건 등이 담긴 토트백을 손에 들고 집을 나섰다.

엘리베이터를 이용해 3층으로 내려갔다. 우편물을 관리해주는 콘시어지의 카운터와 공용 헬스장이 있는 층이다. 회사에 가기 전에 여기서 땀을 좀 내는 것이, 내 모닝 루틴이다.

솔직히 말해 52층에서 야경을 내려다보는 것도 입주 사흘 만에 질렸고, 엘리베이터가 오는 데도 쓸데없이 오래 걸리는 데다, 지진이나 정전이나 수도 트러블을 경험해본 사람으로 서는 타워맨션 같은 건 빨리 팔아치우고 작은 집으로 이사 하거나 호텔 생활을 하고 싶지만, 그런 나를 말리는 이유 중 하나가 바로 이 헬스장이다.

언제나 운동을 할 수 있는 환경은 역시 매력적이다.

그리고 시큐리티도 잘 되어 있어서, 치안 또한 좋다.

아이돌과 편집자를 겸하고 있는 만큼, 팬뿐만 아니라 안 티도 많다.

아무나 자유롭게 다가올 수 있는 주거 환경은, 역시 피하 고 싶다니깐~.

가볍게 몸의 컨디션을 조율하면서 머릿속이 맑아지는 것이 느껴지면 샤워를 하고, 거울과 눈싸움을 하며 화장을 했다.

원판이 좋으면 화장할 필요가 없어? 뭘 모르네~. 반반한 원판에 안주하지 말고, 자기 자신을 계속 갈고닦아야 일류 아이돌이라고 할 수 있거든? 뭘 모르는 아마추어는 닥치고 있어~ 라고나 할까.

실제 연령이 어쩌고 하고 떠드는 녀석은 확 죽여버릴 거야 짹♪

—잡담은 이쯤에서 마칠까.

화제가 어긋나고 있으니 궤도 수정. 뛰어난 편집자의 필수 스킬.

이러쿵저러쿵하면서 아침 시간을 보낸 후, 나는 아침 식사 대용인 요거트와 영양제를 뱃속에 집어넣은 후에 회사로 향했다.

출근 시간의 지옥 같은 만원 전철을 타는 건 싫으니까 자가용 통근. 이걸 위해 회사에서 비교적 가까운 곳에 살고 있다 해도 과언이 아니다.

오전 열 시……를 살짝 지났을 즈음, 회사에 도착. 느슨~한 업계인지라 아무도 불평을 하지 않는다. 오후에 출근하는 사람도 많은 만큼, 나는 꽤 빠른 편이다.

시큐리티 카드로 문을 연 후, 편집부 오피스에 들어서자— 빙긋. 환한 업무 스마일을 짓는 것으로, 상사와 동기와 후배 뿐만 아니라 작가분부터 거래처까지 매료시켜버리는 카나리아 모드 완성!

—자, 오늘 하루도 열심히 일하자쨱!!

짝짝짝짝짝…….

"어엇?"

편집부에 발을 들인 순간, 느닷없이 박수 소리가 들려왔다.

실수로 라이브 스테이지에 선 걸까? 같은 착각을 하지는 않았다.

　라이브라면 더 성대한 박수와 환성이 들려올 것이며, 극히 소수의 편집자가 치는 박수 소리는 그에 비하면 보슬비 같았다. 하지만 평소 같으면 제로일 것이 1 이상이 되면 위화감이 대박이잖아? 그런 거야~.

　“축하해.”

　“편집장님……? 으음, 이게 대체…….”

　“축하해.”

　빙그레 웃으며 박수를 치는 편집장은 그저 「축하해」란 말만 되풀이했다.

　와일드할 정도로 각지게 자른 스포츠 헤어 스카일과 윤곽이 뚜렷하고 거칠어 보이는 인상. 우람한 흉근은 와인레드 빛깔 셔츠에 감싸여 있는데도 존재감을 뿜고 있었다. ―가 사람이 바로 내가 근무하는 UZA문고를 이끄는 BOSS, 편집장이다.

　길거리 싸움의 전설이라 불릴 듯한, 마감 직전의 데스 매치보다 실제 데스 매치가 더 어울린 듯한 남자가 만면에 미소를 머금은 채 박수치는 모습은 위화감 그 자체였다.

　“축하해.”

　“축하해.”

　“축하해.”

　다른 편집자들도, 아르바이트까지, 박수치며 그 말만 되풀이했다.

명작 애니메이션의 한 장면을 재현하는 놀이라도 하는 걸까? 원형(정확히는 반원이지만)으로 나를 둘러싼 것을 보며 확신범이라는 생각에 사로잡힌 나는 미심쩍어하며 말했다.

"고, 고마워……?"

"아니, 여기서 『고마워』는 자네의 캐릭터성에 안 맞지. 아이돌이면 캐릭터성을 지켜."

"먼저 드립 날려놓고 이딴 소리 하는 건 좀 그렇지 않아요?!"

갑질로 확 고소해버릴 거야, 편집장. ……하고 생각하면서도 얼굴이 티 안 내는 나는 정말 프로페셔널해.

"다, 다들, 대체 무슨 일이에요?"

"애니화야, 애니화. 애니화 결정 축하하네, 카나리아 양."

"어? 무슨 일인가 했더니, 애니화 오퍼인가요. 그 정도로 이렇게 축하해주는 건 너무 호들갑 아닌가요?"

자랑은 아니지만 나는 증쇄 확률 100%의 완전무결 편집자다. 거의 모든 담당 작품의 애니화 오퍼가 와 있으니까, 딱히 특별한 일도 아니다. 일반적인 업계인에게는 축하할 일이라도, 카나리아 님한테는 지극히 평범한 일상인 것이다☆

"무슨 소리를 하는 거지? 자네도 고전하고 있었잖아. 작가님이 하도 승낙을 안 해줘서 말이지."

"승낙…… 어?"

끔뻑끔뻑끔뻑, 하고 눈을 세 번 깜빡였다.

편집장이 한 말의 의미를, 천재적인 두뇌를 풀 회전시켜서 생각했다.

애니화 오퍼는 왕창 들어와 있지만 원작자가 한사코 YES 해주지 않아서 곤란한 안건이, 내 담당 작품 중에 하나 있다. 애니화 안 해도 원작이 어처구니없을 만큼 잘 팔리니 됐나, 하고 반쯤 포기했으면서도 은밀히 교섭을 진행하고 있는 안건이다.

"마키가이 나마코 선생님······?"

"그래. 애니화를 허락해줬다지? 허니플레 측에서 판권부로 연락이 왔거든. 바로 나한테도 보고됐어. 자네도 참 너무한걸. 마키가이 선생님의 설득에 성공할 것 같으면, 빨리 보고해주지 그랬어. 하하하."

"············. ············네?"

무슨 소리를 하는 건지 모르겠다.

"이야, 지난 신인상의 수상작, 그것도 대상 작품인데도 애니화가 전혀 진행되지 않아서 가슴을 졸이던 참이었지. 아무튼, 이야기가 잘 진행되고 있는 것 같아 다행이군. 하하하."

"······실례할게요."

느긋하게 웃고 있는 편집장의 옆을 지나친 후, 서둘러 자기 자리로 향했다.

교정용 원고와 견본과 피규어와 CD 등이 잡다하게 놓여 있는 편집부원의 책상 사이에, 유독 깔끔하게 정리된 책상이 하나 있다. 물론 그것이 바로 나, 슈퍼 아이돌 편집자 키라보시 카나리아의 특등석이다. 일류 회사원은 일터 또한 초일류— 아, 지금은 그런 소리를 할 때가 아니다!

다급히 컴퓨터의 전원을 켠 후, 이메일 프로그램을 기동!

담당 편집자인 내가 모르는 사이에 애니화가 결정된다는 건 말도 안 된다.

편집부 사람들이 집단 환각을 보고 있을 가능성에 걸며, 대량으로 와있는 업무 메일을 하나하나 살펴보니…….

"거, 거짓말이야쩍……."

하나하나 살펴볼 것도 없었다.

왜냐하면, 제목에 『백설공주의 복수교실』이 포함된 메일의 숫자가 비정상적으로 많았다.

회사 안에서는 판권부(판권 관리를 맡는 부서)와 편집장. 회사 밖에서는 비밀리에 이야기를 진행하고 있던 음악 레이블의 프로듀서와 굿즈 제작 회사 및 기타 등등…….

그리고 그 필두는 츠키노모리 마코토— 허니플레이스 워크스의 츠키노모리 사장에게서 온 메일이다.

이걸로 확실해졌다.

내가 전혀 관여하지 않은 가운데, 전부 진행되고 있어……!!

츠키노모리 사장에게서 온 메일의 내용은…….

『마시로가 애니화를 허락해줬어. 물론 우리 쪽에서 맡기로 했지. 우리의 새로운 밤에 건배☆』

"짜증나아아아아아아아아아아아아!! ……아, 쩝쩝."

전력으로 토한 본심을 귀여움으로 중화했다. 말끝의 쩝은 용사? 아니, 망가진 캐릭터성도 고쳐주는 주사. 만능의 긴급 회복 조치예요!

—아무튼…….

츠키노모리 사장의 사장 기업의 사장이 보냈다는 게 믿기지 않는 이 구역질 나는 헌팅 문구 메일은 제쳐두고, 문제는 내용이다.

마시로…… 츠키노모리 마시로. 펜네임, 마키가이 나마코. 『백설공주의 복수교실』의 작가다.

이 메일이 사실이라면, 그녀는 멋대로 애니화를 허락한 게 된다.

"마~키~가~이~, 선~생~님~."

부들부들 떨리는 손가락으로 스마트폰을 고속 조작해서, 마키가이 나마코 선생님에게 전화를 걸었다.

오늘은 수학여행 중이라고 들어서 연락을 자제하려 했지만, 상황이 상황이다.

이건 긴급 연락 안건이 틀림없다.

신호음이 몇 번 들린 후, 갑자기 그 소리가 끊기더니—.

『여보세요. 카나리아 씨, 무슨 일이야?』

"무슨 일은 무슨 일이야쨱! 애니화를 멋대로 결정하다니, 대체 뭐가 어떻게 된 건데?!"

『아, 그거 말이구나. 괜찮아, 괜찮아.』

"안 괜찮거든?!"

『어, 하지만 카나리아 씨는 유능하잖아.』

"YES냐 NO냐로 답하자면 YES! 출판업계, 동서고금 통틀어, 나만큼 유능한 편집자, 만약 또 있다면, 주목, 전우, 될 거야쨱♪"

『유능하니까 식은 죽 먹기겠네. 그럼 뒷일은 잘 부탁해.』

"아니아니, 그 논리는 이상해쨱! 아무리 그래도 너무 멋대로 다 넘기는 것 아냐?! 하다못해 좀 더 차근차근―."

『아~, 갑작스레 결정되면 곤란하다, 같은 거야? 여러모로 준비가 필요, 같은 거구나?』

"그래! 애초에 출판사를 경유해 책을 내고 있으니, 마키가이 선생님만의 작품이라고 할 순 없거든?! 아무리 작가라도 판권을 마음대로 굴릴 순 없어!"

『하지만 카나리아 씨라면 잘 처리할 수 있지? 유능하잖아.』

"그야 물론이지! ……어, 그런 문제가 아니라~. 좀 더~, 나를 배려해줘도 괜찮지 않아?"

『귀찮아.』

"너무해! 마키가이 선생님, 나한테는 무슨 짓을 해도 된다고 생각하는 거 아냐?!"

『뭐, 그냥 유능세(有能稅)라고 생각해.』

"유능세?!"

몸이 가루가 되도록 업계를 위해 공헌해왔는데, 뭘 더 내라는 거야?!

그것보다 마키가이 선생님은 묘하게 담담하달까, 애니화라고 하는 큰 건에 관해 이야기하는데도 말투가 너무 매몰찬 거 아냐?

아니, 뭐, 원래부터 미디어믹스에 적극적은 아니었으니까, 애니화에 흥미가 없는 타입의 작가일지도 모르지만 말이다.

그래도 마음이 다른 곳을 향하고 있달까, 다른 쪽에 정신이 팔린 느낌이랄까…….

『앗, 이만 끊을게. 이제부터 좀 중요한 일이 있거든.』

"뭐? 아니아니아니, 지금 이 순간에 애니화보다 중요한 일이 어디 있어?!"

『끊을게.』

"마키가이 선생님?! 잠깐만, 아직 이야기가 안 끝…… 마키가이 선생님! 마키가이 선생님—!!!"

―뚜욱.

매달리는 내 목소리는 무자비한 절단음에 의해 소실됐다.

물론 포기하지 않고 다시 전화를 걸었다. LIME 또한 얀데레 여친처럼 마구 보냈다.

전화는『지금은 고객이 전화를 받지 않아 삐 소리 이후

음성사서함으로—』같은 전형적인 문구가 들려왔고, LIME
은 아예 읽지도 않았다.

아무래도 핸드폰을 꺼놓은 것 같았다.

뒷일은 알아서 처리하라는 거야?! 아니, 작품 집필 이외
의 귀찮은 일은 전부 카나리아 님에게 맡겨쨱☆ 하고 말한
적이 있긴 해! 완전 자업자득이네!

"괜찮나? 문제가 생긴 건 아니지?"

"삣! 무무무, 물론이죠죠쨱쨱쨱! 제가 작가님과 싸울 리가
없잖아요, 정말쨱쨱."

"평소보다 『쨱』이 많아서 불안하지만, 자네 말이니 틀림없
겠지. 음."

"아하하하하······!"

걱정하는 듯한 편집장을 향해 미소를 지으며 얼버무리는
소악마 나쁜 아이 카나리아 님.

간단히 속아 넘어가는 건 편집부의 수장으로서 문제 있다
고 생각하지만, 이렇게 느슨한 사람이라 자유롭게 일할 수
있으니 오케이다.

"아하하하······. 그런데 편집장님. 『백설공주의 복수교실』
의 애니화가 결정됐는데 말이죠."

"음, 결정됐지."

"애니화에 따른 창구 업무가 폭발적으로 증가할 걸로 예
상되는데, 신입 사원 채용 쪽은 잘 진행되고 있나요?"

"뭐? 모집하고 있지 않은데?"

"네에?! 창구 업무를 떠넘길 부하를 붙여달라고 부탁했었잖아요?!"

"하지만 자네는 우수하잖나. 펑크낸 적도 없고 말이지."

"아무리 고속 회전하는 기어도 과다 사용하면 망가진다고 쩨요!"

"하하하. 캐릭터성이 흐트러졌는걸."

"뇌가 어떻게 되어 먹었으면 이 타이밍에 딴죽을 날릴 수 있는 거냐고요! 저는 완전 폭발 직전이거든요?!"

"이미 폭발한 것 같네만……. 실은 그 건에 관해서는 나도 할 말이 있지."

"반론이라면 어디 해보세요."

"사람을 고용하는 데는 코스트가 든다는 건 자네도 알지? 『백설공주의 복수교실』이 결국 애니화되지 않아서, 코스트만 낭비하게 된다면 아깝지 않겠나."

"『백설공주』가 없더라도 제가 이미 과로사 직전 레벨의 업무량인 건에 대해서."

"하지만 아직 일하고 있지 않나."

"망가진 후에는 늦으니까 펑크나기 전에 사람을 구해달라고 몇 번이나—"

"아이돌 활동까지 하는데도 멀쩡하니까, 아마 괜찮겠지."

"젠장, 이러니까 출판업계는 달라지지 않는 거야아아아아아아!"

혼에서 우러난 포효.

물론 나도 어엿한 사회인이기에, 업계 사람들이 농땡이를 부리는 게 아니라는 건 안다. 편집장 또한 자신의 업무에 전력을 다하고 있다는 것 또한 차고 넘칠 만큼 이해하고 있다.

하지만 아이돌 활동은 취미나 놀이가 아니라, 내가 고안한 판촉 수법 중 하나라는 것을 슬슬 이해해줬으면 하는데…….
뭐, 윗세대 사람에게는 무리일지도 모르지만 말이다.

팬 앞에서는 어디까지나 취미 삼아, 그리고 진심으로 즐기면서 아이돌 활동을 하는 것처럼 보여주는 게 중요하다. 그래서 업무적인 느낌을 낼 수 없는 것이, 업계 안에서 이해받지 못하는 이유 중 하나일 것이다. 눈물 나는 일이다.

"……우는 소리는 이쯤에서 그만하자쨱!"

눈가를 훔치며, 심기일전.

지나간 일로 끙끙대봤자 시간 낭비다. 일에 미친 카나리아 님의 장점은 역경을 극복하는 강철 멘탈…… 아니, 가시덤불마저도 하늘을 날듯 유유히 뛰어넘는 새 멘탈이야쨱!

"『백설공주의 복수교실』애니화! 반드시 성공시키겠어쨱~!!"

제2화 ····· 친구 엄마가 갑자기 최종 보스

예를 들어 최종 던전 앞 마을의 소년에게 말을 걸었더니 그 녀석이 최종 보스였습니다. 같은 전개의 게임이 있다면 어떨까?

『미리 복선을 좀 깔아서 분위기를 띄워줬으면 한다.』

『알았으면 레벨을 올리고 왔을 텐데, 이딴 함정은 너무 심하다.』

『제작진은 자기만족에 빠져 있다. 유저의 이익을 최대한으로 생각해야 마땅하다.』

──이런 의견이 나오겠지?

게임에 있어서 서프라이즈는 향신료로서 괜찮을지도 모르지만, 그건 어디까지나 향을 더하는 정도로만 써야 한다. 요리 자체의 맛을 유지하면서 매콤하게 해주니 괜찮은 것이며, 맛 자체를 망친다면 본전도 찾지 못한다.

왕도가 최강. 최종 보스전이라는 평생 기억에 남을지도 모르는 중대사인 만큼, 정성 들여 유저의 감정을 고조시키고, 사전 준비도 철저하게 해두면서 도전해야만 한다.

그러니······.

"텐치도 이터널 랜드에 어서 와요."

"......"

"어머나, 귀여운 커플을 맞이해서 참 기쁘네~. 우후후♪"

그러니까…… 이건 뭔가 잘못됐다.

텐치도 사장, 아마치 오토하. 친구 여동생인 코히나타 이로하의 어머니이자, 그 애가 당당히 성우 활동을 할 수 없게 하는 원인이자 원흉.

나와는 크리에이터 조직에 대한 생각이 전혀 안 맞으며, 내 방식이 옳다는 것은 언젠가 결과로서 증명해야만 하는, 인생의 선배이자 강적.

여러 의미에서 넘어서야만 하는 벽인, 최종 보스 같은 존재인 오토하 씨가 느닷없이 텐치도 이터널 랜드의 입구에서— 아동용 캐릭터인데도 불구하고 중후한 역사 탓에 위엄을 지닌 석상이 장식된, 장엄&판타지 및 호화찬란한 문 앞인데도 불구하고— 나와 마시로를 맞이해준다고 하는, 카타르시스 제로인 전개가 펼쳐져서는 안 된다……!

그런고로…….

"마시로. 레벨 노가다 좀 하게 돌아가도 돼?"
"기다려."

내가 뒤돌아서서 돌아가려 하자, 마시로가 내 어깨를 움켜잡았다.

의외로 악력이 강했다. ……마시로, 꽤 듬직해졌구나.

"도망치려고 하다니, 너무하군요~. 이 아줌마는 정말 슬
퍼요. 흑흑흑."

"하다못해 눈약이라도 넣고 눈물 흘리는 시늉을 해주세요."

입으로만 우는 연기를 해봤자, 놀림 받는 것 같을 뿐이라고.

목소리 억양의 컨트롤이 능숙해서 진짜로 우는 느낌을 나
는 탓에, 그 묘한 언밸런스함이 나를 안절부절못하게 했다.
……연기가 능숙한 건지 서툰 건지, 어느 한쪽만 해줬으면
좋겠다.

"그런데, 왜 오토하 씨가 여기 있는 거예요?"

"그야 텐치도의 사장이니까요~. 이곳의 총책임자라고 해
도 과언이 아니랍니다~."

"그래도 현장에 직접 오는 일은 없지 않나요?"

"두 사람은 특별 게스트인걸요. 사장이 직접 맞이하지 않
아서야 실례일 테죠."

"특별 게스트?"

"오토하 씨가, 마시로를 초대해줬어. 아키와 단둘이 있을
수 있는, 특별한 장소를 준비해준대."

"특별히 초대해주다니…… 어느새 그렇게 친해진 거야?"

"전에 뒤풀이했잖아? 『검은 염소』 갱신 중지를 발표한 직
후에 말이야. 그때야."

"아, 그랬구나……."

그러고 보니 그 자리에는 오토하 씨와 미즈키 씨도 참가했다. 내가 눈치 못 챘을 뿐, 저 두 사람은 교류를 나누며 가까워진 건가.

……어째서?

아무리 딸의 친구라고는 해도, 딸을 통하지 않고 사적으로 연락을 취하는 사이로 발전할까.

예를 들어 내 어머니는 내 친구와 친구 사이가 될 수 있을까? ……나한테 친구가 너무 적어서 검증이 불가능하다. 젠장.

너무 의심하는 것도 좋지 않지만, 상대가 오토하 씨라서 그런지 뭔가 의도를 가지고 마시로와 접촉한 것이 아닐까 같은 의심을 하게 돼…….

아무튼 마시로가 왜 갑자기 텐치도 이터널 랜드에 가자는 말을 한 건지, 그 수수께끼는 풀렸다.

오토하 씨는 맨션에서 봤을 때와는 전혀 다르게, 커리어 우먼 느낌의 정장 차림이었다.

스미레의 여교사 모드와 비슷하지만, 그보다 훨씬 고급스러운 옷이었다. 브랜드 쪽으로 해박한 편은 아니지만, 정치가나 사장이 입는 옷 같았다. 뭐, 잘은 모르겠지만 말이다. 아무튼 그런 이미지다.

볼륨이 상당한 가슴 앞에 걸려 있는 태그를 손에 쥔 오토하 씨는 옷과 어울리지 않는 순박한 미소를 머금었다.

"그런고로, 이 원데이 프리패스를 건네주기 위해 사장이 직접 이 자리에 온 거랍니다~. 참 잘했어요~ 하고 칭찬해 줘도 돼요~."

"프리패스…… 어, 그럼 무료인 건가요?"

"물론이죠~. 딸의 소중한 친구, 그리고 그 친구가 좋아하는 사람, 덤으로 아들의 절친이기도 하니까요. 부모로서 최대한 접, 대, 해줘야 하지 않겠어요~?"

"아, 네……."

나는 오토하 씨의 얼굴을 힐끔 쳐다봤다.

그녀는 방긋방긋 웃고 있을 뿐, 속내는 전혀 파악할 수 없었다.

경위는 알았지만, 의미는 알 수 없다.

왜 텐치도의 사장이나 되는 사람이 마시로와 나를 위해 편의를 봐주는 것일까.

그것도 엔터테인먼트에 대한 사랑이 전무한 사람이 말이다.

엔터테인먼트를 멋지다고 전혀 생각하지 않는데도 불구하고, 랜드에서 보내는 시간을 선물할까?

……혹시 숨겨진 의도가 있는 것은 아닐까, 하고 의심하고 만다.

그러고 보니 연극대회에서 마시로가 무대 위의 나를 찍은 사진을 보고, 「이 사진을 찍은 애의, 솔직한 연애 감정이 참 귀여워!」 같은 말을 했었다.

그렇다면, 마시로를 솔직하게 응원해주고 싶을 뿐일 가능성도…… 있을, 까?

"텐치도 이터널 랜드— 통칭 TEL은 텐치도의 콘텐츠와 캐릭터를 아낌없이 이용해 만든 테마파크인 것과 동시에, 텐치도라는 회사의 역사를 정리해둔 뮤지엄으로서의 역할도 지니고 있어요~. 게임 크리에이터 집단을 이끌며 장래에 업계를 이끌어 나가는 것을 꿈꾸는 소년으로서는, 배울 것도 많지 않을까요."

"이것도 **수학여행**, 이란 거군요."

"그래요~."

유서 깊은 사원과 교토의 마을 풍경만이, 교토가 지닌 역사가 아니다.

이 교토라는 땅에서 태어나 세계에 자랑할 수 있는 기업으로 성장한 텐치도의 발걸음 또한, 어엿한 교토 역사의 일부라고 할 수 있다.

만약 수학여행에 관한 리포트를 작성하게 된다면, 꽤 진지한 시점에서 정리한 문장을 쓸 자신이 있다.

게다가 《5층 동맹》의 더 큰 발전 및 콘솔 게임 업계 도전을 위한 공부도 될 것이다.

일석이조. 그야말로 효율의 극치다.

……흐음, 확실히 나쁘지 않겠네.

"그러니, 이걸 받으세요~."

"가, 감사합니다."

"자, 마시로 양도 받아요."

"가, 감사…… 합니, 다……."

오토하 씨는 나와 마시로의 목에 차례차례 프리패스를 걸어줬다.

기분 좋게 웃고 있는 그 모습을 보자, 왠지 어머니가 생각났다.

유치원과 초등학교 저학년 때, 목에 거는 명찰을 부모님이 걸어주기도 하잖아? 바로 그거다.

본인은 우리를 어린애 취급할 생각이 없겠지만, 오토하 씨에게서 흘러나오는 모성 탓에 마치 어린 시절로 돌아간 듯한 착각에 빠졌다.

타인인 우리도 이러니, 친딸인 이로하는 말할 필요도 없을 것이다.

걔가 어린애 취급받는 것을 꺼리는 것도 이해됐다.

"자…… 어험."

프리패스를 목에 건 나와 마시로를 만족스러운 눈길로 바라본 오토하 씨는 일부러 헛기침을 했다.

그리고 항상 가늘게 뜨고 있던 눈을 활짝 치켜뜨더니……!

"판프크라비~☆ 꿈의 전달, 이터널 랜드에 어서와! 여기는 누구나 어린이로 있을 수 있는 장소. 영원히 어린이로 있어도 되는 꿈의 왕국. 멋지고 귀여운 친구가, 착한 어린이를 기다리고 있어~♪"

··················.

············.

······.

어?

잠깐만. 방금 그 목소리는 뭐야. N●K의 교육방송이라도 튼 건가?

어린이 프로그램 여성 진행자나 낼 법한 높은 톤의 목소리로 현장감 넘치게 말한 이는, 아마 착각도, 꿈도 아니라, 내 눈앞에 있는, 자식을 둘이나 둔 어머니······ 오토하 씨, 라고, 생각한다.

어이어이, 엄청 젊고 귀여운 목소리였잖아.

우리 《5층 동맹》의 성우인 이로하의 어머니답게, 오토하 씨도 천상의 목소리를 타고난 걸까.

그런 생각을 하며 당황한 나와 마시로의 등에 손을 댄 오토하 씨는 입장 게이트 쪽으로 밀었다.

"자, 귀여운 두 사람. 꿈의 여행길을 향해 레츠고~♪"

"잠까, 이, 이러니 부끄럽, 미, 밀지 마······!"

"직접 걸을 테니까 밀지 마세요!"

마시로와 나는 볼을 붉히며 버둥거렸다. 하지만 그녀의 어마어마한 압박에 떠밀린 우리는 그대로 입장 게이트로 향했다.

프리패스를 본 직원이 싱글벙글 웃으면서 열려 있는 게이트로 우리를 안내했다.

"판프크라비~☆ 특별 게스트 두 분, 꿈의 왕국으로 안내~♪"

"여기, 무슨 종교 시설이에요?!"

오토하 씨와 똑같은 텐션으로 직원이 안내 문구를 입에 담았다. 눈이 완전히 맛 간 것처럼 보이는데, 내 기분 탓일까?

마시로도 나와 같은 느낌을 받은 건지, 안 그래도 하얀 얼굴이 새하얗게 질렸다.

"이건…… 호러의 향기……."

"좀 봐달라고. 유원지가 무대인 호러는 무서운 게 많단 말이야!"

"호러는 좋아하지만…… 리얼 컬트 집단은…… 좀, 부들부들……."

게이트에서 손을 흔드는 오토하 씨와 직원을 향해, 복잡한 감정을 품으며 손을 마주 흔든 우리는 서둘러 유원지 안으로 발을 들였다.

아니, 뭐, 쾌조의 출발이라고는 할 수 없지만…….

아무튼, 텐치도 이터널 랜드에서의 데이트(?)— 스타트다.

*

텐치도 이터널 랜드는 평일 낮인데도 사람들로 붐비고 있었다.

커다란 팬케이크 샌드와 크림소다를 먹거나 마시며 걷고 있는 여성 집단은 아마 여러모로 시간을 내기 쉬운 대학생일 것이다. 그리고 장기적인 시간을 확보해서 해외여행을 온 듯한 외국인 집단도 보였다.

때때로 초등학교나 중학교를 다닐 법한 아이를 데리고 있는 가족도 보였는데, 저 사람들은 어떻게 시간을 내서 이곳에 온 것일까…….

일부러 학교를 쉬면서까지 텐치도 이터널 랜드에 오다니, 정말 불성실하다. ……그렇게 생각하는 건, 사회적 압력에 약한 일본인의 나쁜 버릇일까?

……뭐, 학교 공부가 어떤 식으로 도움이 될지 모르니, 농땡이를 부리고 싶은 심정도 이해한다.

하지만 어처구니없는 이유로 학교를 쉬어서, 일부러 내신 점수를 깎아 먹는 건 멍청한 짓이라고 생각하는데 말이다.

우등생을 연기하는 이로하라면 절대 하지 않을 것이다.

레알 우등생인 미도리도 안 한다.

마시로라면…… 어떨까?

그런 생각을 하면서 옆에서 걷고 있는, 소꿉친구 소녀의 얼굴을 힐끔 쳐다봤다. 마시로는 입구 부근에서 마스코트 캐릭터에게 받은 팸플릿을 쳐다보더니, 진지한 표정으로 행선지를 고민하고 있었다.

그녀는, 원래 은둔형 외톨이였다.

학교를 쉬는 것에 죄책감을 느끼진 않을 것이다.

하지만 용기를 내서 집 밖으로 나왔고, 가짜 남친이라는 방패조차 필요 없어진 지금의 마시로라면, 정당한 이유 없이는 학교를 쉬지 않을 것 같은 느낌이 들었다.

—아, 무심코 그녀를 뚫어지게 쳐다보고 말았다.

이래서야 내가 마시로를 의식하고 있는 걸 들키고 만다. 눈길을 빼앗기는 것도 적당히 해야겠다 싶었다.

"처음. 여기, 어때?"

마시로는 팸플릿의 한 부분을 손가락으로 가리키며 물었다. 그녀의 손가락이 가리킨 곳은······.

"하이퍼 마르코의 어트랙션이네. 재미있겠는걸."

"텐치도의 대명사. 간판. 처음은, 왕도가 좋을 것 같아."

"좋아. 거기로 하자."

"응."

하지만 꽤 의외의 어트랙션을 골랐는걸.

보통 여자애가 고를 만한 곳은 서브컬처 스타일의 세련된 패션 캐릭터가 진지를 차지하려고 다투는 일본풍 FPS나, 링에서 마사지를 해주는 건강 어드벤처 같은 것이리라. 선택에서 일본을 견인하는 게임 메이커에 대한 강한 리스펙트가 느껴졌다.

유원지에 왔는데도 들뜨기는커녕, 거인이 우글거리는 벽 밖에 도전하는 병사 같은 분위기다.

역시 마시로. 일류 편집자 밑에서 수행 중인 든 작가 지망생이다. 작품 제작이 얼마나 힘든 건지 모르는 자식들과는 표정부터 달랐다.

하이퍼 마르코 마운틴이라 이름 붙여진 장소에 도착했다.

대기 행렬이 길었으며, 직원이 일반석 1시간 대기라는 간판을 들고 있었다. ……너무 오래 걸리잖아.

낭비하는 시간이 아까워 기운이 빠져 있을 때, 마시로가 내 소매를 잡아당겼다.

"가자, 아키."

"맙소사……."

대기 행렬을 보고도 겁먹지 않고 당당히 도전하려 하는 용사, 마시로. 그 만용에 당혹스러워하면서도, 데이트 경험이 빈약한 데다 의지가 약한 나는 행선지를 바꾸자는 주장도 못 하며 그대로 대기 행렬 끝으로 소매를 잡힌 채 끌려갔다.

아아, 비효율의 극치다.

그렇게, 한탄하고 있을 때…….

"히익?!"

숨을 삼키는 듯한 희미한 비명이 들려왔다.

그 소리를 듣고 앞을 쳐다보니, 나와 마시로의 앞에 서있던 커플 중 한 명이 우리를 돌아보더니, 마치 위험 생물을 본 것처럼 아연실색한 표정을 짓고 있었다.

왜, 왜 저런 표정을 짓는 거지. 왜 저런 표정으로 우리를 쳐다보는 건데?

미소녀와 평범남의 격이 안 맞는 커플이라고 생각하는 걸까?

아니, 그렇다고 비명을 지르는 건 너무하잖아. 상처받는다고.

"무슨 일이야? 왜 갑자기 비명을 지르…… 윽, 우와아아아?!"

커플 중 다른 한 명도 뒤돌아보더니, 그대로 고함을 질렀다.

그러자 그 앞에 서있는 손님도 「꺄앗?!」, 그리고 그 앞의 손님도 「어엇~?!」 게다가 그 앞의 손님도 「꺄아아아아아!」— 그렇게, 경악이 연쇄 반응을 일으켰다.

어, 어이어이어이! 잠깐만! 이 현상은 뭐야?! 이상하잖아!

"아키…… 이건……?"

"나도 몰라……"

마시로가 미심쩍은 표정으로 나를 쳐다봤지만, 나라고 거동 수상자 취급을 받는 이유를 알 리가 없었다.

겁먹은 마시로를 남들의 시선으로부터 보호하듯 몸으로 가려주는 것 말고는, 할 수 있는 일이 없었다.

"지, 직원이 와."

"으, 응. 괜찮아. 우리는 수상한 사람이 아냐. 의연한 태도로 응대하면 이해해줄 거야."

대기 행렬의 소란을 눈치챈 건지, 직원이 다가왔다.

자, 거동 수상자를 쫓아버리겠다는 듯이 소매를 걷어붙인 팔을 힘차게 돌리며 남성 직원이 걸어왔다. ……하지만 우리의 눈앞까지 온 순간, 확 튀어나올 것만 같을 정도로 눈알에 혈관이 돋아나더니 탁탁탁탁 소리가 나게 이빨이 맞부딪쳤다.

즉효성 극약이라도 먹은 것처럼 온몸을 떠는 직원이 금방이라도 거품을 물 듯한 표정으로 우리를 떨리는 손가락으로 가리켰다.

······아니, **우리가 목에 건 프리패스를**, 가리켰다.

"그, 그, 그건— LVIP 패스?! 설마, 진짜로 존재했던 거야······?!"

술렁······ 술렁······.

직원이 말한 『LVIP』라는 수수께끼의 단어에 반응하며, 대기 행렬의 술렁거림이 최고조에 도달했다.

—LVIP?

—어이어이, 저게 그 전설의 그거야?

—맙소사! 실물을 보게 되다니······!

드문드문 들려오는 목소리에서 정보를 모아보려 했지만, 영 종잡을 수가 없었다. 누군가가 좀 더 상세하게 이야기해 줬으면 좋겠지만, 역시 만화의 해설 담당 캐릭터 같은 존재는 흔치 않은 것 같았다.

그렇게 생각했을 때였다.

"그, 그건 LVIP— 정식 명칭, 레전드 VIP 패스 아닙니까!"

온몸에 텐치도 캐릭터의 캔 배지를 장비한 장발의 남성이 안경을 격렬하게 위아래로 흔들며 입을 열었다.

　다행이다. 아무래도 이 정보통 같아 보이는 오타쿠 손님이 속사포 말투로 설명해주려는 것 같았다.

　"텐치도 이터널 랜드에는 우대 조치를 받을 수 있는 연간 프리패스가 세 종류, 일반 판매되고 있죠. 첫 번째는 무료로 탈 수 있는 어트랙션의 종류가 적고, 입장 대상에서 제외되는 일정도 많은 『라이트 패스』. 두 번째는 라이트보다 대상 범위가 넓은 『미들 패스』. 그리고 세 번째는 온갖 우대 조치를 받을 수 있는 『VIP 패스』— 저희 같은 일반인이 입수할 수 있는 최고봉의 패스는 여기까지입니다만, 실은 그 위…… 누구나 동경하는 전설의 패스가 존재합니다. 그것이 바로 『LVIP 패스』. 텐치도 사장이 특별히 인정한 자에게만 건네주는 패스이자, 모든 어트랙션을 대기 시간 없이 LVIP 전용 입구로 탑승할 수 있으며, 특별한 환대를 받을 수 있을 뿐만 아니라—."

　이해했다.

　이야기는 아직도 이어지고 있지만, 필요 최소한의 정보를 얻었으니 일단 여기까지만 들으면 될 것이다. 처음 보는 오타쿠 씨, 정보 제공 고마워요.

　즉, 어마어마한 프리패스인 것이다.

　"에, 에, 에, LVIP 님이신 줄 모르고 실례를 범했습니다!"

　남성 직원은 거품을 물며 머리를 숙였다.

걷어 올렸던 소매는 어느새 깔끔하게 내렸다. 대부호를 오랫동안 모신 노집사 같은 고상한 태도로 우리를 신사적으로 모셨다.

"자, 이쪽입니다!"

"음, 수고 많군."

그 태도를 보고 우쭐한 건지, 고개를 슬쩍 치켜든 마시로는 흐흥 하고 웃으며 앞으로 나아갔다.

마시로 너, 순응 참 빠르네.

그렇게 나와 마시로는 대기 행렬 옆을 지나치면서 아무도 없는 LVIP 입구를 통해 바로 입장했다.

대기 시간 제로. 곧 마르코의 얼굴이 프린트된 코스터에 탑승했다.

"의외로 편안하네. 안전장치로 꼼짝도 못 하게 몸을 고정할 줄 알았어."

"제트 코스터가 아니라서, 아닐까? ……세계관을 즐기는 게 메인인, 체험형 라이드래."

"아하. 확실히 어린이가 많이 타는 놀이기구들이니까, 속도의 한계를 추구하는 타입만 있지는 않구나."

"응. 3D 영상 연출도, 예뻐."

고등학생 커플이 나누는 것치고는, 어쩌면 너무 실무적일지도 모르는 대화다.

하지만 우리답기는 한 대화를 나누면서도, 나는 마시로의 얼굴에서 눈을 떼지 못했다.

　……의식하지, 않을 수가 없었다.

　마시로가 무슨 생각을 하는 건지, 본심이 뭔지, 전혀 알지 못해서 신경 쓰였다.

　왜 갑자기 가짜 연인 관계를 끝낸 것일까?

　나를 좋아한다, 라는 마음이 바뀐 것일까?

　그렇다면, 왜 자유행동 날을 나와 같이 보내고 있는 것일까?

　TEL에 도착하면 어떤 식의 행동을 하려는 건 줄 알았지만, 아직까지는 특별히 뭔가를 하지 않았다.

　그뿐만 아니라 여름 축제 때와 비교해도 한 걸음 물러나 있다고나 할까, 사람 한 명 끼어들 정도의 거리를 떨어져 있는 느낌도 들었다.

　가짜였다고는 해도 연인 관계를 끝냈으니 거리가 멀어지는 것도 당연하다, 고 하면 납득할 수밖에 없겠지만…….

　"와아, 엄청난 연출이야. 엄청 신경 썼네. 역시 텐치도야."

　영상 안에서, 수염 형태를 한 적이 달려들었다.

　마치 탈것의 코앞까지 온 듯한 착각에 사로잡히게 하는 현장감 넘치는 연출이지만, 마시로는 몸을 젖히거나 하지 않으며 적을 정면에서 지그시 관찰했다.

　그러는 사이에 코스터는 순식간에 종점에 도착했다.

　결국, 옆에 있는 마시로가 신경 쓰인 탓에 어트랙션의 내용은 거의 기억에 남아 있지 않았다.

내 반응이 밋밋한 탓에 영 재미가 없었던 건지, 어트랙션에서 내린 마시로는 전혀 웃지 않으며 스마트폰만 조작하고 있었다.

으…… 거, 거북해…….

연애 감정이라는 것을 자각한 채 이성과 함께 시간을 보내는 건, 이렇게 마음을 흔드는 것일까.

상대가 무슨 생각을 하고 있을까. 상대는 자신을 어떻게 생각하고 있을까.

괜한 감정에 뇌가 사로잡혀 있는 탓에, 사고회로가 제대로 돌아가지 않았다.

이렇게 비효율적인 것이 또 있을까? ……아마 없겠지.

"다음은 여기야."

"……어."

"어, 는 또 뭐야. 정신 어디 팔고 있는 건데? 다음에 탈 어트랙션 말한 거야. 고릴라콩의 정글."

"아, 응. 그래! 다음 걸 타러 가자고!"

"응, 서두르자."

마시로는 스마트폰과 팸플릿을 손에 쥐더니, 빠른 걸음으로 나아갔다.

나도 뒤처지지 않기 위해 허둥지둥 그녀의 뒤를 쫓았다.

그 후에도 우리는 TEL 안을 돌아다니며, 여러 어트랙션을 탔다.

이동할 때는 항상 빠른 걸음이었고, 루트 또한 효율을 가장 중시했다. LVIP 패스 덕분에 줄을 서지 않아도 됐기에 대기 시간은 제로다. 덕분에 한정된 시간 동안에 꽤 많은 숫자의 어트랙션을 탈 수 있었다.

─참고로, 진두지휘한 이는 마시로였다.

평소 같으면 내가 주도해서 효율적인 행동을 하겠지만, 이번만은 마시로가 계속 리드했다.

헛웃음이 날 정도로 오늘 얼간이인 나는 세세한 부분까지 신경을 쓰지 못했고, 그저 마시로가 시키는 대로 끌려다니기만 했다.

이대로 가다간 체면을 완전히 구길 것 같아서, 어떻게든 해야겠다고 생각했지만……

마시로가 신경쓰인 탓에 얼이 나가버려서, 마치 구름 속에서 헤매는 것처럼 집중하지 못했다.

……그리고, 불가사의하고 이해가 안 되는 것은 바로 마시로의 태도였다.

많은 어트랙션을 돌아보려고 의욕을 불태우고 있지만, 그다지 즐기는 것 같지는 않았다.

이동 중에 감상을 말하거나 나와 대화를 나누지도 않았으며, 스마트폰에 눈길을 빼앗긴 채 어려운 표정으로 뭔가를 입력하기만 했다.

나와 함께하는 시간을 즐기고 있다……는 느낌이 전혀 들지 않았다.

이제 설정상의 남친은 아니지만, 데이트는 데이트다. 남자라면 데이트 중인 여자애를 심심하게 만들어선 안 되지 않을까.

어떻게든 즐겁게 해주고 싶지만, 구체적으로 어떻게 하면 좋을지 생각이 안 나서 참 한심한걸……. 어디 힌트는 없을까……?

바로 그때였다.

꼬르르르르륵…….

목을 졸린 공룡 같은 안타까운 소리가 들려왔다.

"……아!"

마시로가 화들짝 놀라며 고개를 들더니, 나를 쳐다봤다.

"……들었어?"

"그, 글쎄?"

반사적으로 입에서 나온 것은 그런 궁색한 한 마디였다.

들었든 못 들었든 거짓말이 되지 않는, 내가 생각해도 참 약아빠진 한 마디라고 생각한다.

한 손으로 배를 감싸 쥔 마시로의 모습을 볼 때, 방금 그

소리가 뭔지 불 보듯 뻔한데도 말이다.

"일단, 이 근처에서 뭐라도 먹을까?"

"역시 들었구나⋯⋯. 으으~, 최악⋯⋯!"

얼굴이 새빨개진 마시로가 머리를 감싸 쥐었다.

허기졌을 때 꼬르륵 소리가 나는 건 생리 현상이니, 너무 신경 쓸 필요 없을 텐데 말이다.

그래도 한심한 모습을 보여서 부끄러운 심정이라면, 이해가 안 되는 건 아니다.

나도 마시로를 제대로 리드하지 못하는 지금 상황이 너무 한심하기에, 아무에게도 알려주고 싶지 않았다.

마시로가 평소와 마찬가지로 귀여운 면⋯⋯ 아니, 빈틈 있는 모습을 보여준 덕분에 나는 아주 약간 긴장이 풀렸다. 지금이라면 조금은 눈치를 발휘할 수 있을 것 같았다.

"저기 매점 있네. 어때?"

"⋯⋯됐어."

"왜?"

"지금 배에 음식을 집어넣고 싶지 않아."

"으음⋯⋯?"

왜, 이렇게 고집을 부리는 걸까.

나는 고개를 갸웃거리며 그 이유를 생각했다.

배가 고프니 뭔가를 먹는 건, 당연한 행동이다.

여름 축제 때는 노점에서 음식을 사 먹었고, 함께 식사하러 간 적도 있다. 그러니 데이트 중이라 식사 자체가 하기 싫은 것도 아니리라.

더 많은 어트랙션을 체험하기 위해, 식사 시간을 줄이자는 생각인 걸까?

하지만 TEL의 안에 있는 매점에는 TEL에서만 먹을 수 있는 메뉴가 있고, 랜드를 즐기고 싶다면 오히려 꼭 먹어봐야 하지 않을까.

그 외에, 생각할 수 있는 건…….

"최악이야. 그 할망구, 몇십 분이나 화장을 고치는 거야?!"

"맞아~. 이제 와서 신경 쓴다고 별 차이도 없잖아~!"

—거 되게 시끄럽네. 지나가는 여자 대학생들, 목소리가 너무 커.

게다가 남의 험담이나 늘어놓는 것도 기분 나빠. 나는 생각할 게 있으니까, 그딴 건 좀 작은 소리로 말하란 말이야.

으음, 마시로가 식사하기 싫어할 만하네. 아~, 남은 가능성은…….

"요즘 젊은 애들은 정말! 대체 몇십 분이나 화장실을 차지해야 직성이 풀리는 걸까?!"

"맞아, 맞아! 변비인 건지 스마트폰 만지작거리는 건지 모르겠지만, 기다리는 줄이 그렇게 긴데 말이지! 남에게 폐 끼치고 있단 생각 자체를 못 하는 걸까?!"

—거 되게 시끄럽네. 지나가던 엄마 집단, 목소리가 너무 커.

게다가 또 남의 험담을 늘어놓는 거냐고. 어느 세대나 자기 세대 이외의 험담을 늘어놓는다니깐.

아까부터 무슨 소리를 하나 했더니, 화장실 이야기냐고.

그렇게 생각하며 지나가던 사람들이 온 방향을 쳐다보니─화장실이 있었다.

텐치도 캐릭터의 장식물로 꾸며진 귀여운 느낌의 건물이지만 WC라고 적혀 있으며, 화장실답게 남녀의 실루엣이 그려져 있었다.

"아!"

그리고, 눈치챘다.

남자 화장실은 여유 있지만, 여자 화장실에는 장사진이 생겨 있었다.

어트랙션 못지않은 성황이었다. 절실한 문제라 그런지, 다들 초조하고 절박한 표정으로 줄이 짧아지길 조마조마한 마음으로 기다리고 있었다.

수수께끼는, 전부 풀렸다.

"알았어! 안 그래도 유동성이 낮은 여자 화장실인데 손님층이 여성으로 편중되는 TEL, 함부로 식사를 해서 화장실에 가고 싶어지면 곤란하니까 식사를 하고 싶지 않은 거구나. 마시로, 어때? 이게 정답 아냐?!"

"……."

"이야, 수수께끼가 풀리니 개운하네. 계속 끙끙거리는 건

심장에 안 좋거든."

"……."

"하지만 배고파서 쓰러지기라도 하면 본말전도잖아. 먹을 것도 잘 먹고, 화장실도 잘 간다. 그게 건강한 리듬이니까, 화장실에서 줄 서는 게 싫다고 참는 건 좀 아니라고 생각해."

"아키."

"괜찮아. 마시로가 화장실 다녀오는 데 시간이 얼마나 걸리든 나는 기다릴 수 있어. 그러니 개의치 말고 먹자. 응?!"

"아키. 입 좀 다물어."

"아, 넵."

열변에 찬물이 끼얹어지자, 쓸데없이 상승한 내 텐션이 급격히 하락했다.

어라.

나, 혹시 섬세하지 못한 남자 딱지가 붙은 거야?

"잘못했습니다."

거기까지 생각이 미친 나는 선제공격 삼아 즉시 사과했다.

그런 내 고결함에 감동한 건지, 마시로는 하아 하고 한숨을 내쉰 후…….

"알았으면 됐어."

하며 바로 용서해줬다.

볼을 부풀리고 있기는 하지만, 저 볼에 애정이 담겨 있다고 해석……해도 될까……?

"솔직히 말해 명물인 팬케이크 샌드는 흥미 있지만, 이 상황에선 어쩔 수 없네. ……아쉬워."

"팬케이크 샌드?"

"응. 여기서만 파는, 명물. 여자애한테 인기 있는 디저트."

"흐음, 오토이 씨가 환장할 것 같은 음식이네."

그 사람이라면 화장실의 줄 같은 건 개의치 않으며, 디저트를 먹으러 갈 것이다.

그러고 보니 오토이 씨는 그렇게 많이 먹는 것에 비해 화장실에 가는 모습을 본 적이 없는걸.

이로하의 레코딩이 길어질 때도 있어서, 그럴 때는 중간에 휴식 시간을 가지기도 한다.

뭐, 오토이 씨는 하도 무표정해서 로봇이나 안드로이드 같을 때도 있으니까, 실은 화장실에 갈 필요 없어요~ 하고 고백한다면 그냥 덜컥 믿을 것 같지만 말이다.

아니면 내 앞에서만 화장실에 안 가는 척하는 여성스러운 면이 있는 걸까?

……아냐. 응. 말도 안 돼. 오토이 씨가 그럴 리가 없어.

"자, 다음 어트랙션에 가자."

"아, 응. 그래."

마시로는 내 손을 잡더니, 매점의 유혹에서 도망치듯이 걸음을 옮겼다.

TEL의 명물이란 소문의 매점이 멀어지고 있다.

그러고 보니 오늘은 수학여행의 자유행동 날이다. 잘 생각해보니 오토이 씨도 자유롭게 행동하고 있을 것이다.

만약 매점에 가면, 오토이 씨와 딱 마주치지 않을까.

"……말도 안 돼. 하하하."

"왜 혼자 히죽거리는 거야? ……징그러워."

"마시로 양, 독설 좀 자제해주시면 안 되겠습니까?"

내가 잘못했단 점에는 반론의 여지가 없지만, 나도 상처 입는다고…….

결국, 슈뢰딩거의 오토이 씨를 증명할 방법이 있을 리 없고…….

우리는 다음 어트랙션을 향해 걸어갔다.

*

『으음, 정답! 실은 이때 매점에 갔다면, 팬케이크 샌드와 크림소다를 즐기고 있는 오토이 씨를 딱 마주쳤을 거야~! 아키는 감이 참 좋네~!』

『아직 여기 있었군요, 무라사키 시키부 선생님.』

『여기 말고는 나올 데가 없으니까 좀 봐줘~!』

『나와 아키의 휴게 코너인데, 무라사키 시키부 선생님의 흥에 침식당하고 있어……. 이건 무라사키 시키부 선생님의 논리에 비춰보자면, 커플링 사이에 끼어드는 짓 아닌가요?』

『뭐어엇?! ……끄, 으으응…… 출연하고 싶어. 하지만 오즈
×아키의 코너를 방해하고 싶지 않아. 나는…… 나는 어떻
게 해야……!』

『아무것도 안 하면 돼요.』

이로하
교토 만끽하고 있어~요☆

이로하
오중탑(₩'o∀o')₩예아!

이로하
헐리우드 촬영, 대박 기대~!

이로하
텐치도 이터널 랜드 도착~! 호우_\(▼∀▼)ノ?

이로하
사사라도 와보고 싶어했지? 응? 응?

이로하
상냥한 내가 사진 찍어서 보내줄까?

이로하
보고 싶어? 보고 싶지?

이로하
아, 읽고 씹는 거야? 너무한 거 아냐?

이로하
아, 맞다! 수업 중이겠구나~!

© tomari

이로하

아차~〜(*/ε`*)

이로하

미안미안, 죄〜송죄〜송☆

이로하

저기저기. 나 지금 교토에서 팬케이크 샌드 먹고 있는데, 사사라는 먹어 본 적 없지?

이로하

우와, 대박 달아. 촉촉하게 달아.

이로하

거기서는 절대 못 먹어볼 테니까, 하다못해 맛있게 찍어서 사진 보내줄게. 그거 보고 참아.

사사라

크아아아아아아아, 짜증나아아아아아아아!

사사라

기왕 교토로 보냈는데, 그 먼 데서도 이렇게 짜증나게 구는 거냐고오오오오!

© tomari

interlude **막 간** ····· 미도리는 봤다

　세상에는 태어날 때부터 악인인 사람은 없다. 악인이 되는 환경이 있을 뿐이다.

　그런 위인의 격언 같은 말이 나— 카게이시 미도리의 머릿속에서, 지극히 자연스럽게 튀어나왔다.

　왜냐하면 지금, 엄청 나쁜 애의 마음을 이해했으니까······.

　"설마 미도리 부장이 허락해줄 줄은 몰랐어~. 분명 반대할 거라고 생각했거든~."

　"······응. 성실함의 화신. 자유행동 때, 놀러 다니는 건 금지. 그게 미도리 부장."

　연극부 동료들의 화기애애한 대화가 들려왔다.

　다들 왜 당혹스러워하는지 궁금해? 그 답은 우리 눈앞에 있다.

　꺄아꺄아~. 와아와아~. 아하하~.

　곳곳에서 즐거운 듯한 목소리가 들려오고, 유명한 게임 캐릭터의 인형탈을 입은 이들이 명랑한 퍼포먼스를 선보이고 있다. 전 세계에서 「즐겁다」라는 조각만 모은 직소 퍼즐 같은, 꿈과 희망이 넘쳐흐르는 **밝디 밝은 공간.**

　"—텐치도 이터널 랜드."

그 이름을 작게 중얼거린 나는 밝은 노란색으로 가득 찬 공간에서 혼자만 푸른색을 띠고 있었다. 깊디깊은, 블루다.

"맞아. 나는 이런 장소에 어울리지 않아. 나 같은 고지식한 애는 테마파크에서 위화감 덩어리야. 자포자기한 나머지 기분전환 삼아 어울리지도 않고 놀아보려고 하는 게 뻔히 보여서 우습지? 후후, 아하하하."

"미, 미도리 부장?! 스톱! 멈춰, 멈춰!"

"스마~일! 스마~일!"

수학여행의 자유행동 날. 조별 행동 및 반별 행동이 필수가 아니니 이날은 연극부 멤버끼리 같이 놀러 다니기로 처음부터 정해뒀다. 오오보시에게 차인 것과 상관없이, 처음부터 말이다.

하지만, 이 장소에 온 것은 차였기 때문이다.

원래는 유서 깊은 문화유산 같은 곳을 돌아볼 생각이었다. 교토에는 아직 견학할 사원과 시설이 있는 것이다.

하지만 지금은 몹시(윤리적인 의미에서) 엉망진창이 되고 싶은 기분이었다.

그러니 텐치도 이터널 랜드에 가고 싶다며 흥분한 부원들의 뜻에 편승해, 나는⋯⋯.

"이걸로 끝장나버려도 돼. 그러니 최선을 다해 놀아 젖혀 주겠어!"

"미도리 부장이 평생 치의 『나쁜 짓』을 당겨와서 일시적으로 최강의 불량 청소년이 됐어……!"

"좋아. 무슨 일이 있었던 건지 모르겠지만, 오늘은 상냥하게 대해주자."

야마다 양은 상냥하고, 똑 부러진다. 만약 내가 타락하더라도, 그녀가 있으면 연극부는 괜찮을 것이다. 고마워. 네 덕분에 나는 마음 놓고 나쁜 애가 될 수 있어.

"우선 어디 갈까?"

"전부 재미있어 보여서 고민돼~."

어느 어트랙션을 갈지 즐겁게 의논하는 다른 이들을 쳐다보고 있으니, 아주 조금이지만 마음이 풀렸다.

일상……이라는 느낌을 받았다.

연애 감정에 마음이 흐트러져서 한때 머나먼 이세계를 여행했지만, 사랑을 성취하지 못하고 현실에 돌아온 내 주위에는 이제까지와 같은 일상이 존재했다. 그것이, 너무나도 든든했다.

솔직히 말해, 행선지는 어디든 상관없었다.

절규 머신, 귀신의 집. 뭐든 웰컴이다. 모두와 함께한다는 것 자체가 나에게는 보석이다.

어디에 가든 보석을 가공하는데 줄톱을 쓸지 드릴을 쓸지 다이아몬드를 쓸지 정도의 차이가 있을 뿐이다. 사소한 일이다.

그렇게 생각한 나는 행선지 논의를 다른 이들에게 맡기

며, 문뜩 먼 곳을 쳐다봤다. 의식해서 쳐다본 것은 아니다. 지극히 자연스럽게, 인도되듯, 무의식적으로 얼굴과 눈이 움직였을 뿐이다.

─그런데, 어째서일까.

무심결에 눈이 향한 곳, 시선이 향한 곳에 **그 커플**이 있었던 것이다.

"오오보시……와, 츠키노모리 양…….."

무심결에, 두 사람의 이름을 중얼거렸다. 퍼뜩 놀라며 뒤돌아봤지만, 부원들은 행선지 논의에 열중한 탓에 못 들은 것 같았다. 다행이다.

은근슬쩍 이동해서 다른 이들의 뒤에 숨은 후, 문제의 두 사람을 살폈다.

미련이 있는 건 아니다. 그저, 나를 찬 오오보시가 좋아하는 이가 누구인지는 신경 쓰였다.

데이트를 리드하고 있는 건 의외로 츠키노모리 양인 것 같네. 팸플릿을 보면서 성큼성큼 걸음을 옮기고 있어. 오오보시는 눈길도 주지 않고, 그녀의 흥미와 관심은 주위의 광경에만 향하고 있어. 오오보시는 충견처럼 뒤따르고 있을 뿐이야. 커플이라기보단, 유아독존 아가씨를 모시는 집사 같아.

하지만 그런 광경을 보고, 아니, 그런 광경을 봤기에…….

나는 확신할 수 있었다.

"오오보시— 츠키노모리 양의 얼굴을, 계속 쳐다봐."

반해서 쳐다보고 있는 것일까. 왜 저렇게까지 시선을 떼지 못하는 건지, 그리고 그의 본심까지는 알 수 없다.

하지만 지금 이 순간, 오오보시의 모든 감정을 츠키노모리 양이 독점하고 있다— 그것만은 틀림없었다.

오오보시가 좋아하는 사람은, 츠키노모리 마시로—. 분명, 이게 정답이다. 어떤 문제도 완벽하게 푸는, 100점 말고는 받아본 적이 없는 내가 내린 결론이니 틀림없다.

"정말, 의견이 너무 갈려서 결론을 내릴 수가 없네~. —저기, 미도리 부장은 어쩌고 싶어?"

갑자기 야마다 양이 나에게 말을 걸었다.

행선지의 의견이 너무 갈린 건 사실이겠지만, 아마 반쯤은 나를 배려해서 한 말이리라.

그럼 그 호의를 받아들이기로 할까.

"……마시고 싶어."

"뭐?"

"전부 다 잊어버릴 정도로, 정신이 나갈 정도로, 마구 마시고 싶어."

어째서일까. 그런 말이 자연스럽게 입에서 튀어나왔다.

경험은 해본 적이 없지만, 스트레스가 쌓인 어른이 음주를 통해 그것을 발산하는 문화는 알고 있다. 소설이나 영화 같은 이야기를 통해서 말이다. 그러니 지금은 마시고 싶은 기분이라고 내 뇌가 인식해도 이상할 게 없지만, 그래도 익숙할 리 없는 그 말에 이렇게 확 와닿는 게 참 불가사의했다.

마치 DNA에서 스며 나온 듯한 한 마디 같아. 뭐, 기분 탓일 거야.

"아, 아니, 아무리 그래도 말이지. 그건, 좀⋯⋯."

"평생치의 『나쁜 짓』을 당겨왔어도 미성년 음주는 지나치다고 생각해, 미도리 부장."

"비난 쇄도 불가피. 찰나의 실수로, 평생을 망치게 돼."

"최근에 일어난 유명인 관련 사건 중 약 8할(직접 조사)이 미성년 음주란 말이야."

이 애들이 무슨 소리를 하는 걸까, 하는 감정을 담아서 나는 그녀들을 확 노려봤다.

"음주는 안 되거든? 상식적으로 생각해."
"아, 법률은 준수하는 거구나."

"아무리 평생치의 『나쁜 짓』을 다 당겨오더라도 미도리 부장은 어디까지나 미도리 부장이었다. 끝."

"당연하잖아. 범죄는 절대 용서 못 해."

분위기가 누그러졌다. 안도에 찬 다른 이들의 표정을 둘러

본 후, 나는 한 방향을 손가락으로 가리켰다.

랜드 안에 있는 음식점. 그 앞에는 시원시원한 느낌의 녹색 간판이 세워져 있었다. 크림소다를 선전하는 사진이다. 텐치도의 여러 게임 캐릭터를 모티프로 하면서 소다가 터지는 모습을 폭발로 표현한, 뛰어난 센스가 돋보이는 간판이다.

소다의 과격한 자극으로 뇌를 마비시키면, 거나하게 취한 느낌이 나지 않을까.

이런 걸 뭐라고 하더라. 완전히 가라앉은 상태에서 소다를 한 잔 땡겨서 기분을 한껏 끌어올리는 느낌 말이야. 응, 이거야. 이거야말로 불량 청소년 그 자체네.

"오~, 역시 미도리 부장! 여기 크림소다, 명물이래!"

"모든 것을 다 파악한 끝에 내놓는 최적의 선택. 역시 미도리 부장은 미도피디아야."

다들 감탄했다.

그저 혼의 갈구에 답했을 뿐, 명물인 건 몰랐는데…… 뭐, 됐어. 다들 기뻐하잖아.

삐이끼야아아아아⋯⋯!

괴조의 새된 울음소리가 울려 퍼진 직후, 천둥이 치면서 사람들의 비명이 어둠으로 물든 하늘을 찢었다.

즐거운 음악과 마스코트 캐릭터가 즐거운 듯이 아이들과 노는 꿈의 왕국에서 조금 걸어가서, 터널을 빠져나가자⋯⋯. 머리 위에서 피워진 스모크 탓에 낮인데도 어둑어둑한 하늘 아래에는 흉흉한 분위기의 거대한 건조물이 존재했다.

이곳의 이름은, 텐치도 고스트 맨션.

4층 건물인 이곳은 벽에 금이 가 있고, 곳곳이 덩굴로 뒤덮였으며, 피로 「Go To HELL(지옥에나 떨어져)」이라고 적혀 있었다.

오는 이를 거부할 생각밖에 없는 듯한 맨션 앞에서는 바로 나, 코히나타 이로하도 공포⋯⋯보다 먼저 당혹감에 사로잡혔다.

아니, 그럴 만도 하잖아요! 아까까지 텐치도 이터널 랜드의 즐거운 분위기 속에 있었거든요?! 왜 같은 부지 안인데 이렇게 다른 세계인 거죠?!

"아까까지와는 달라도 너무 다른데요?! 들려오는 음악도 어느새 섬뜩한 걸로 바뀌었고요! 이게 대체 어떻게 된 거죠?!"

"아, 스피커의 배치를 철저하게 계산한 거야~. BGM이 끊기다면 유원지 안의 세계에 푹 빠져들 수 없잖아~? 모처럼 꿈에 젖어 있는데, 전부 인공물이라는 걸 알면 확 김이 새거든~. 그걸 막기 위해서, 손님이 눈치채지 못하게 BGM를 반복시키거나, 변경하는 기술을 접목시킨 것 같네~. 이야, 맛있어~."

옆에 있는 오토이 씨가 해설해줬다. ……팬케이크 샌드를 먹으면서 말이다.

아까 매점에서 산 전리품을 맛있게 먹고 있는데, 괜찮은 걸까. 기온에서도 녹차 파르페를 먹었는데, 과식을 해서 배탈이라도 나면…….

일단 그건 제쳐놓고…….

"아, 아하……. 하지만 이렇게 세계가 달라지니 위화감이 엄청나네요……."

아무리 귀신의 집이라도 퀄리티가 너무 엄청났다. 이렇게 무섭게 만들 필요는 없을 것 같은데…….

"원작 게임의 세계관을 충실하게 재현한 거야~.『고스트 맨션』시리즈는 텐치도의 게임 중에서도 이색적이라는 말을 듣거든~. 과거, 게임 업계가 여명기였던 시절에 만들어진, 카오스의 흔적이겠지~."

"귀신의 집으로서도 매우 유명, 미디어 관심, 주목 모아요."

박식한 오토이 씨에 이어서, 미즈키 씨도 자기 지식을 선보였다.

"특히 귀신 담당. 연기자, 박진감, 엄청나서, 일류 연기자 레벨. 공포 조성으로 화제, 모아요."

"와아~."

저 이외의 다른 사람들이 너무 잘 알아서, 왠지 주인공이 된 기분이에요. 게임에서 보면 주인공과 플레이어의 정보량이 일치하는 편이 세계에 몰입하기 좋고 조작 및 세계관 설명도 편하니까, 자연스럽게 주위에 있는 사람이 정보통 캐릭터를 맡잖아요? 그거예요, 그거.

얼마 전에 선배에게 배운, 게임 제작의 테크닉이란 거예요. 에헴.

……TEL 지식으로 밀리는 만큼, 선배에게 들은 지식을 가지고 제 머릿속에서 우쭐대봤어요.

"오늘은 이 귀신의 집에서 촬영하는 건가요?"

"Oui예요. 일본 문화, 소개의 연장, 귀신 역할, 몇 명 등장해, 요."

"어~! 귀신 담당을 하다 보니 할리우드 진출하는 건가요?! 그런 일도 있군요!"

"엑스트라, 지만요. 유원지의 캐스트, 초보 연기자, 있어, 요. 주목 모을 기회가 찾아온다, 무슨 일을 하든, 이에요."

"자기 일에 전력을 다해 임하다 보면, 언젠가 관계자의 눈에 띄는 날이 온다. 그렇게 생각하니 꽤 낭만적이네요."

"후후. 이로하 양, 그걸로 좋다고, 정답이라고, 생각해요. 하지만, 다들 할리우드, 큰 꿈, 가지고 있는 건 아니, 에요. 아마 그들은, 지금 일에 만족, 보람을 느끼며 하고 있을 뿐이에요. 이건 어디까지나 결과. 게다가 의지하고 싶다, 이용하고 싶다, 여기는 건 촬영팀 쪽이고요."

미즈키 씨는 차근차근 설명하듯 그렇게 말했다.

확실히 나 같은 꿈은 가진 사람만 있지는 않을 것이며, 처음부터 영화에 등장하는 걸 기대하며 귀신의 집 캐스트를 하는 사람도 많지는 않을 것이다.

생각해보니 내가 미즈키 씨의 눈에 띈 것도, 『검은 염소』의 성우를 해서다.

그리고 그 일 자체는 딱히 브로드웨이의 대배우의 눈에 띄고 싶어서도, 스카우트를 받기 위한 어필도 아니다. 그저 좋아하니까, 즐거우니까, 선배가 원하니까 했을 뿐이다.

전력을 다시 자신의 일과 마주했을 뿐, 그 후에 굴러들어 온 것은 전부 우연에 지나지 않는다.

"죄송해요. 이상한 소리를 했네요. 대단한 촬영 현장을 보고 있어서 좀 흥분했나 봐요. 아하하."

"아뇨, 솔직한 반응. 당연해, 요. 귀여워서 저는 좋아요."

"으음~, 하지만 좀 이상한걸~."

"어라. 오토이 양, 뭔가 신경 쓰이는 점, 있나요?"

『고스트 맨션』을 무대로 촬영을 할 건데~, 일반인 통제가 안 된 것 같거든~. 손님들이 아무렇지 않게 들어오고 있잖아~."

　듣고 보니 확실히 그랬다.

　우리와 촬영팀은 건물 뒷문 쪽에 있지만, 이곳에 오는 도중에 본 정문에는 손님들이 줄을 서 있었다.

　게다가 현재도 건물 안에서 손님들의 비명이 들려왔다. 한창 영업 중인 것 같았다.

　"OH. 그렇죠. 정확히는 촬영, 이제부터 아니에요. 영업시간 종료 후, 사람들 없앤 후, 촬영이에요."

　"사람들 사라진 후, 맞죠?"

　없애다와 사라지다는 이미지가 너무 다르잖아요.

　미즈키 씨의 발언은 때때로 진담인지, 일본어를 잘못 쓴 건인지 분간이 안 될 때가 있어서 섬뜩하다.

　"이 시간에 온 것, 은 촬영 전의 회의. 그리고 관계자 다큐멘터리 레코딩, 먼저 끝내는 게, 효율적, 프로의 방식이에요."

　"그런 건 촬영이 끝난 후에 찍는 게 아니네요."

　"때와 장소, 타임 이즈 머니, 예요. 사회인, 바빠요. 틈새 시간, 찾아서, 끼워 넣을 필요 있어요."

　"타임 이즈 머니는 아니라고 생각하지만, 무슨 말인지는 알겠어요."

　그냥 보기만 해서는 눈치챌 수 없는, 그런 타임 스케줄의 조작이 이뤄지는 것 같았다.

그러고 보니 『검은 염소』 레코딩에서도 「●●만 DL 돌파 축하합니다~」란 보이스를 1000만 DL 몫까지 미리 녹음해줬어요.

어쩌면 프로 현장도 저희가 평소 하는 일을 더욱 레벨업시키기만 했을 뿐, 본질적으로 똑같을지도 몰라요.

"호오…… 그렇다면~, 너는 없어도 되는데 여기 있다, 는 게 되네~."

"OH. 감이 좋네요, 날카로운 나이프, 같아, 요. 너무 많은 걸 눈치채서, 칼빵, 피범벅 위험, 밤에는 등 뒤를 조심하라고, 요."

"하하하. 갑자기 일본어가 이상해졌네~. 웃겨."

"웃을 때가 아니거든요?! 방금 대사, 너무 섬뜩하잖아요!"

미즈키 씨, 무서워.

오토이 씨도 왜 웃으면서 대답하는 건지 알 수 없어서 무서워.

두 사람의 위험인물 지수가 너무 높아서, 존재감 쩌는 이로하 님도 묻혀버릴 것 같거든요?! 이런 걸 그냥 놔둬도 괜찮은 거예요?!

"확실히 저, 연기자. 하지만 주역 아니에요. 원래 여기에 동행할 필요 없어, 요."

"그럼~, 코히나타에게 현장을 보여주려고 온 거야?"

"네. 이로하 양. 데려오고 싶었어. 요. 그게 다예요."

"아하~. ……맛있네. 쪼르륵~."

납득한 오토이 씨는 팬케이크 샌드를 먹어치우더니, 크림 소다를 빨대로 빨아 마셨다.

……슬슬 걱정이 되기 시작해요.

"저기, 오토이 씨. 그렇게 많이 먹어도 괜찮아요?"

"뭐가~?"

"아니, 저기, 아까 언뜻 보니 유원지 안의 화장실은 줄이 엄청 길더라고요. 그렇게 많이 먹다 화장실이 가고 싶어지면……."

"그거, 지뢰."

"네엣?!"

오토이 씨의 몸을 걱정해줬을 뿐인데, 느닷없이 지뢰 판정을 받고 말았다.

"오래간만에 듣는걸~. 한동안 못 들어서, 교육이 잘 된 줄 알았는데 말이야~."

"교육은 무슨, 힌트도 안 줬잖아요. 그런데 회피하라는 건 무리 게임이라고요!"

"하하하. 뭐~, 설명은 안 해줄 거니까 열심히 피해 봐~."

"불합리해요!"

"OH, 재미있는 게임을 하네요. 저도 끼워줘. 요."

"아, 이건 게임이 아니에요. 오토이 씨의 지뢰 워드를 입에 담지 않도록 조심해야 하는 불합리한 속박 플레이 같은 거랄까……."

"지뢰……. 즉, 듣고 싶지 않은, 언급하지 말아줬으면 하는 썸띵. 그렇죠?"

"노 코멘트야~."

오토이 씨는 철저하게 대답을 거부했다.

하지만 호기심을 자극받은 건지, 미즈키 씨는 전혀 물러서지 않으며 명탐정처럼 턱에 손을 댄 채 생각에 잠기더니……. 곧, 아하 하며 납득한 듯이 손뼉을 쳤다.

"지뢰 워드는 화장실. 이름과 관련이 있는 거군요."
"……뭐?"

꺄아아아아아아아아아아아아아아아아아아아아아아아!!

오토이 씨의 방금 목소리, 무시무시할 정도로 살벌해!

텐치도 고스트 맨션의 호러 세계관이 순식간에 붕괴하는 것 같을 만큼 무시무시하거든요?!

"무, 무무무, 무슨 소리를 하는 거예요, 미즈키 씨?! 안 그래도 분위기 최악인데, 하필이면 지뢰 워드를 밟으면 어떻게 해요!"

"어머. 정답 맞추는 게임, 이라고 생각했어요. 오토이 씨,

이름, 철저하게 숨겨요. 건드리면 안 되는 점, 같아요. 그래서 그렇게 생각한 건데, 요."

"스톱, 스테이! 스테~이! 됐으니까 그만 좀 하세요!"

"저, 또 뭔가 잘못했나요?"

"왕창 잘못했어요! 타고난 주인공 무브가 허락되는 건 이 세계에서만이라고요!"

미즈키 씨를 말리면서, 오토이 씨를 힐끔 쳐다봤다.

어쩌지. 분명 화났을 거야. 살의의 파동에 눈떴을 게 분명해.

그렇게 생각하며 머뭇머뭇 실눈을 뜨며 확인해보니⋯⋯ 뜻밖에도 오토이 씨의 표정은 평소와 마찬가지, 아니, 옅은 미소마저 머금고 있었다.

"하하하. 뭐~, 신규 캐릭터가 한 짓이잖아. 그리고 나는 어른이거든~."

"그, 그래요. 지뢰 지뢰 하지만, 그렇게 신경 쓰지는 않는 거잖아요. 이야~ 역시 오토이 씨. 어른! 역시 어덜트 칠드런!"

내 생각에도 잘못된 표현이란 생각이 들지만, 지금은 흥을 중시했다.

일단 오토이 씨의 기분을 풀어줘야 한다.

내 노력이 열매를 맺은 건지, 오토이 씨는 미소를 머금은 채⋯⋯

"일단 살해 리스트에 넣어두겠어~."

"하나도 용서 안 했어~!"

표정은 마음을 드러내지 않으며, 본심은 행동에서만 드러나난다는 거군요. 가르침 내려주셔서 감사합니다.

*

스태프용 출입구를 통해 안으로 들어가자, 대기실 같은 곳으로 안내됐다.

도중에 의상이 줄지어 걸려 있는 드레스룸과 거울 및 의자가 눈길을 끄는 메이크실이 보였다. 아이돌과 연예인이 준비하는 무대 뒤편 같은 분위기지만, 열려 있는 종이 상자의 틈새로 보이는 피범벅 좀비 마스크가 이곳이 귀신의 집이라는 것을 전력으로 주장하고 있었다.

안내된 곳은 널찍한 회의실이며, 촬영 기자재를 가져온 외국인 스태프와 감독 외에도 일본인 관계자로 보이는 이들도 드문드문 있었다.

거의 외부인에 가까운 우리에게 일부러 명함을 건네주진 않았기에 정확한 건 모르지만, 들려온 대화 내용에 따르면 출연하는 괴물 담당 연기자 말고도 기자나 광고대리점 직원 같은 어른들이 이곳에 와 있는 것 같았다.

우와아…… 정말 엄청난 장소에 온 것 같아……!

저, 이제 와서 무릎이 덜덜 떨리기 시작했어요!

하지만 연기자로서 성장하고 싶다면, 이런 곳에도 익숙해져야 해.

―괜찮아, 나라면 할 수 있어! 아마도!

선배한테서 『검은 염소』의 시나리오를 마키가이 나마코 선생님에게 의뢰했다는 이야기를 들었을 때도, 왜 그런 유명 작가가?! 하며 놀랐어. 하지만 《5층 동맹》 활동을 이어가다 보니 익숙해졌잖아!

볼을 찰싹찰싹 때리면서 기합을 넣고 있을 때…….

"꺄아아아아아아아아아아아아아!"

"히익?!"

느닷없이 여성의 비명이 들려오자, 흠칫 놀라며 등을 꼿꼿이 폈다.

공포 연출이 안 된 무대 뒤편은 사무적인 공간이란 분위기여서 깜빡했지만, 이곳은 텐치도 고스트 맨션의 뒤편이다.

손님이 지나다니는 길과는 명확하게 구분되어 있지만, 커다란 비명까지는 차단하지 못하고 들려오는 것이다.

내가 놀라는 반응이 재미있었던 건지, 미즈키 씨는 웃음을 흘렸다.

"여자애, 다양한 표정 귀여워요. 하지만 저는 특히, 놀라움, 서프라이즈로 움찔한 표정, 좋아해요. 사랑스러워요."

"으으~. 그건 너무 심술궂은 것 아니에요?"

"후후후. 여기 있는 게 무서우면, 잠시, 떨어진 곳에 있어도 돼, 요. 허락해줄게요."

"아, 안 무섭거든요? 모처럼의 기회를 괴물이 무서워서 놓칠 순 없어요!"

"기특한 마음가짐, 멋져요. 원더풀, 이에요. 하지만, 한동안은 그냥 회의만 할 거니 연기자에게 도움이 될 만한 대화도, 도움을 청할 일도 없어요. 그래요—."

그렇게 말한 미즈키 씨는 가느다란 손가락으로 자신의 목을 매만졌다.

"—목이 마른 저에게, 마실 것, 사다 준다, 어때요?"

"아까 매점에서 함께 크림소다를 마셨는데……."

"달콤한 음료, 목을 빨리 마르게 해서, 고갈, 사막 안, 말라 죽을 수, 있어요. 미네랄 물, 원해, 요."

"그, 그렇다면 사 오겠지만……."

중요한 순간을 놓칠까 걱정된다. 그런 생각으로 회의실에 있는 어른들을 둘러보니, 큰 목소리로 웃으면서 잡담을 나누고 있는 거지 프로 간의 진지한 대화를 나누는 것 같지는 않았다.

확실히 지금이 바로 자리를 비울 절호의 타이밍일지도 모른다.

……따, 딱히, 비명이 들리는 무서운 곳에 1분이라도 더 있고 싶지 않다, 같은 한심한 이유는 아니거든요?! 현실주의

자 같이 굴면서 실은 귀신을 무서워하는 선배도 아니고요.

"코히나타~, 내 것도 부탁해~."

"아, 네. ……그런데 오토이 씨. 엄청 여유로워 보이네요!"

지위가 높은 어른들만 의자에 앉아 있는 장소에서, 오토이 씨는 아무렇지 않게 접이식 의자에 앉아서 축 늘어져 있었다.

오만불손, 유아독존, 이라고 표현하면 멋지겠지만 솔직히 말해 낯짝 두꺼운 뚱보 고양이 같았다. ……이런 생각을 한다는 걸 들키면 화낼 테니, 절대 입 밖으로 내뱉지는 않았다.

"참, 나는 아까 크림소다를 한 잔 더 부탁해~."

"달콤한 걸 더 마시려고요?!"

"당근~. ……아, 요즘 유행어로는 당근당근푸딩인가~?"

"그런 말은 유행하지 않는데요."

우리 반에는 그런 말을 유독 쓰는 애가 있지만, 인터넷에서도 그런 말을 쓰는 사람은 본 적이 없다.

그것보다 어째서 오토이 씨가 그 말을 아는 걸까. 혹시 내가 모를 뿐, 실은 유행하고 있는 거야?

의문이 줄을 이었지만, 문답을 질질 이어가다간 시간만 낭비하게 될 것이다.

경애하는 스승과 믿음직한 선배 언니를 향한 경의를 담아, 후배력 만땅의 경례를 한 후…….

"뭐~ 알았어요. 코히나타 이로하, 심부름 다녀오겠슴닷~!"

나는 가방 안에서 지갑만 꺼낸 후, 대기실을 뛰쳐나갔다.

그리고, 미아가 됐다.

"어, 어라~? 여기, 어디죠~? 저, 저기~……."

건물 밖으로 나가려고 걷다 보니, 낯선 길에 들어서고 말았다.

올 때는 촬영팀 사람들을 졸졸 쫓아가기만 해서 길을 외우지 않았고, 아래쪽으로 내려가다 보면 1층에 도착할 거란 생각으로 계단을 대충 내려오다 보니 복도와 벽의 색깔이 확 바뀌었다.

대기실은 분명 4층이었다. 그러면 여기는, 아직 3층?

보통 계단은 한 장소에서 전체 층을 다 갈 수 있도록 만들 텐데, 왜 여기는 한 층만 내려갈 수 있는 계단이 있는 걸까?

"……아~, 맞다. 귀신의 집이라서 그렇구나~."

던전 같은 곳이라고 생각하면, 적당히 계단을 막아서 통로를 지나야만 다음 층으로 갈 수 있게 구성하는 게 당연했다.

아~ 납득…….

……할 때가 아냐~!!

즉, 나는 지금 손님들이 지나다니는 코스 안을 헤매고 있는 거잖아?!

입장료도 안 냈는데 어트랙션을 즐기는 건 나쁜 짓이죠?!

내가 해도 되는 악행은 선배 괴롭히기 뿐인데! 아니, 그건 선배도 기뻐하니 악행이라고도 할 수 없어!

으으으, 큰일났네. 빨리 원래 장소로 돌아가야 해.

그렇게 생각하며, 뒤돌아 보니……

"틀렸어~! 어디로 온 건지 모르겠네~!"

어둑어둑한 통로, 공포 연출을 위해 일부러 더럽힌 바닥, 벽, 장식물. 번잡하고, 복잡하며, 자기가 왜 어떻게 여기까지 온 건지도 잘 모르겠다.

"꺄아아아아아아아아아아아아아아아아아아!"
"히익?!"

손님의 비명이 아까보다 크게 들리자, 내 비명 또한 자연스럽게 커졌다.

맙소사…… 맙소사, 다.

코히나타 이로하, 아무래도 호러 공간에 발을 들인 것 같아요.

으으~…… 왜 이렇게 된 거냐고요——!!

삐이끼야아아아아……!

괴조의 새된 울음소리가 울려 퍼진 직후, 천둥이 치면서 사람들의 비명이 어둠으로 물든 하늘을 찢었다.

지은 지 얼마나 됐는지 알 수 없고, 건축 기준법을 지켰는지도 확실치 않으며, 금이 간 벽을 타고 멋대로 자란 덩굴, 시뻘건 피로 적힌 「Go To HELL(지옥에나 떨어져)」이란 글자가 적혀 있으니 오히려 사고 매물이라는 걸 대놓고 알려 주는 것 같아 정정당당하단 착각마저 들었다.

그것보다 또 호러냐고! 내가 체험하는 이벤트, 호러가 너무 많은 거 아냐?!

"이상하지 않아? 방금까지 즐거운 내가 있었던 즐거운 꿈의 왕국은 어디로 사라진 거야?!"

"소란 피우지 마. 고스트 맨션은 유명한 작품이잖아?"

"아무리 그래도 이건…… 너무 신경 써서 만든 거 아니냐고……."

어린이용 게임이 많은 텐치도가 내놓은 이색 작품이라 불리며, 호러 마니아 사이에서 코어한 인기를 자랑하는 작품이다.

이 세계관을 아낌없이 표현한 것은 평가받아 마땅한 포인트겠지만, 게임에서 봐도 무서웠던 화면을 현실에서 완벽하게 재현해놨으니 트라우마급 공포를 자아내는 게 당연했다.

내가 특히 겁이 많은 건 아니다. 낯빛 하나 바꾸지 않는 마시로가 말도 안 되게 간이 클 뿐이다.

"자, 가자. 어영부영하지 마."

"저, 저기, 다른 곳에 가지 않겠어? 귀신의 집이라면 다른 유원지에 갔을 때 들어가는 게……."

"뭐? 바보 아냐?"

마시로는 얼음장 같은 눈길로 쳐다보며 쏘아붙였다.

"TEL의 귀신의 집은 세계적으로 높은 평가를 받고 있어. 세계관과 연출 면에서 배울 게 많은 이곳에 아키는 안 들어가겠다는 거야? 『검은 염소』의 프로듀서로서, 정말 그래도 괜찮겠어?"

"으…… 할 말이 없네……."

확실히 마시로의 말이 옳다.

봉쇄된 건물 안에서 펼쳐지는 참극, 공포…… 그것은 기묘하게도 우리들 《5층 동맹》이 만드는 게임 『검은 새끼 염소가 우는 밤에』와 같은 방향성이다.

여기서 도망치면, 프로듀서의 체면을 구긴다!

"알았어. 나도 남자야. 각오를 다지겠어."

"응. 가자. ……두근두근."

물 만난 고기처럼 발걸음을 재촉하며, 마시로는 대량의 부적이 붙어 있는 입구 문을 열었다.

나도 가슴을 펴며 마시로의 뒤를 따랐다. ……마시로를 앞장세우는 게 방패 삼는 것 같아 한심하다고? 바보 같은 소리 하지 마. 등 뒤를 지키는 거야. 무서워서 선두에 서지 못한다, 같은 게…….

"판프크라비~☆ 텐치도 고스트 맨션에 어서 와~!"

"우와아아아아아아아아아아아아?!"

절규했다.

아니, 그럴 만하잖아. 홀에 발을 들인 순간, 귓가에서 목소리가 들려왔다고.

겁 안 먹는 게 이상하잖아.

"……아키, 고함 좀 지르지 마. 겨우 이 정도 일로 비명 지르다니, 부끄럽단 말이야."

"미, 미안해. 무심코……."

"아하하~. 엄격한 여친이네☆ 하지만 괜찮아~. 많이 놀라주는 편이 우리도 기쁘거든."

웃으면서 그렇게 말한 이는 피에로 분장을 한 남성이었다.

원작에서도 고스트 맨션의 안내 역할을 맡는 캐릭터, 피에키치다. 게임 안에서는 애교 넘치는 인물로 그려지지만, 어둑어둑한 건물 안에서 이렇게 보니 얼굴과 말투가 좀 섬뜩했다.

"자, 그럼— 고스트 맨션에 어서 와! 내 이름은 피에키치. 입주자 여러분을 모시는 활기찬 관리인이야☆ 두 사람은 404호실의 입주민이지?"

"뭐?"

"맞아요. 404호실."

내가 무슨 소리인지 몰라 얼이 나가 있자, 옆에 있는 마시로가 그렇게 답했다.

그리고 나에게 귓속말로 이렇게 말했다.

"……그런 설정인 거야. 현장감을 중시하는 귀신의 집 중에는 이러는 곳도 있어."

"꽤 잘 아네. 유원지에 자주 와본 거야?"

"은둔형 외톨이 시절에, 때때로 혼자 유원지에…… 아, 그게, 인터넷에서 본 거야. 응, 그래."

"그렇구나."

방금 매우 슬픈 단어가 들린 듯한 느낌이 들지만, 못 들은 걸로 하는 게 상냥함일 것이다.

"체크인 전에, 주의사항을 설명할게."

고스트 맨션 입주자 룰

(1) 큰 소리를 내지 말 것! 다른 손님에게 폐가 되거든.

(2) 복도를 뛰지 말 것! 뛰면 밭을 부러뜨릴 거야!(사실, 농담

이야~☆)

　(3) 주민한테서 눈을 돌리지 말 것! 커뮤니케이션은 중요하거든!

　(4) 멋대로 죽지 말 것! 시체 처리는 참 힘들어요…….

　호러 작품에서 흔히 볼 법한 흐릿한 폰트로 주의사항이 적혀 있었다. 끓는 물속의 개구리[#1] 이론이랄까, 알기 쉬운 복선이랄까, 저 주의사항을 무조건 깨게 되면서 망령에게 습격을 당할 것이다.

　훗, 뻔한 짓거리인걸. 평범한 손님은 속을지도 모르지만, 같은 엔터테이너인 나는 전부 꿰뚫어 보고 있다고.

　"룰을 지키며, 즐거운 맨션 라이프를 즐겨☆ 그럼 나는 이만……."

　404호실의 열쇠를 건네준 피에키치는 웃음을 흘리며 1층 복도를 나아갔다.

　그리고 모퉁이에서 모습을 감춘 직후—.

　"꺄아아아아아아아아아아아!"

　피에키치의 단말마가 들려왔다!

　그와 동시에 어둑어둑한 홀이 갑자기 붉은 빛에 비치더

#1 끓는 물속의 개구리 개구리가 갑자기 뜨거운 물에 들어가면 깜짝 놀라 뛰쳐나오지만, 찬 물에 넣고 서서히 끓이면 변온 동물이라 온도에 적응하면서 가만히 죽어간다는 이야기.

니, 천장에서 교수형을 당한 피에키치의 시체(정교하게 만든 인형)가 내려왔다!

음악도 더욱 무시무시해졌고, 3D 영상으로 텐치도 캐릭터의 망령들이 키히히 하고 웃으면서 우리를 조롱하듯 춤췄다!

"……뭐, 이 정도인가. 커다란 소리에 조금 놀랐지만, 3D 캐릭터나 가짜 시체 같은 건 그냥 귀여운 수준이네."

"으음……. 아직 애들 장난이네. 이 정도론, 만족 못 해."

임전 태세인 마시로는 욕구 불만인 것 같았다.

……아니, 이 정도가 딱이야. 이 이상은 사양하겠어.

"이리 와……. 이쪽으로 와……."

모퉁이에서 새하얀 손이 손짓을 했다. 3D현상인 캐릭터들도 그쪽으로 가라며 우리의 귓가에서 속삭였다.

아무래도 게임 스타트인 것 같았다.

"가자."

"으, 응. 회중전등은 안 가져갈 거야?『자유롭게 이용해주세요』라고 적혀 있네."

벽 쪽에 보란 듯이 놓인 상자에는 회중전등이 아무렇게 담겨 있었다.

"필요 없어."

"왜야? 이렇게 놔둔 걸 보면, 회중전등이 필요할 정도로 길이 어둡다는 거잖아."

"자유롭게, 라고 적혀 있잖아. 꼭 가져가라는 건 아냐."

"아니, 그건 억지……."

"쓰든 안 쓰든 클리어할 수 있다는 거야. 즉, 난이도 설정. 이지, 노멀, 하드 중에서 고르라면, 당연히—."

"그야 남자답게— 노멀 모드지."

"기각이야."

"괜히 무모한 짓을 하기보단, 자기 주제를 아는 것도 남자 다움이야! 이해해줘."

"남자다움 같은 건 상관없어. 호러는 항상 하드 모드로 즐겨야 해. 그게 마시로의 정의^{저스티스}야."

"크윽, 왜 호러에 있어서만 이렇게 스트롱 스타일인 건데……?!"

"후, 후후후. 지고(至高)의 공포. 소재의 보물고. 마시로의 양식으로 삼아주겠어……. 후후, 후후후……!"

눈이 빙빙 돌고 있다.

왠지 3D 캐릭터들이 마시로를 두려워하고 있는 느낌마저 들었다.

마시로만 졸졸 쫓아간다면, 나도 괜찮을지도 모르겠는걸.

＊

"끄아~!"

아까 한 말 취소. 무지막지하게 무섭다.

1층은 텐치도 캐릭터들이 코미컬하게 귀신 분장을 한 CG가 날아다니는 아동용의 탈을 쓰고 있었지만, 2층부터는 분위기가 확 달라졌다.

실물 크기 망령(좀비 같은 것)이 온 힘을 다한 괴성을 지르며 돌격해오자, 태어나서 지금까지 한 번도 내본 적 없을 정도로 큰 고함을 지르고 말았다.

귀신의 집은 어차피 가짜이며, 구조와 방식을 이해하고 있으면 공포를 느끼지 않는다…… 그런 식으로 생각하던 시기가 나한테도 있었지만, 그것은 어중간한 레벨의 귀신의 집에만 경험해본 풋내기의 얄팍한 오만에 지나지 않았다고 확신했다.

그래. 내가 목표로 삼고 있는 건 뭐지? 픽션의 프로잖아?

높은 차원의 창작물이 때로는 천연물을 능가하는 체험을 유저에게 안겨준다는 건 알고 있었잖아. 그래서 재미있고, 보람이 있다. 세계 레벨의 본고장 귀신의 집이 무섭지 않을 리가 없어.

그래도 말이다. 망령 역할을 맡은 사람도 같은 인간이다. 이야기를 하면 이해해줄 가능성도 있다.

"저, 저기, 심장에 안 좋으니, 조금만 손속에 사정을……"

"그워어어어어어어어!"

"하긴! 될 리가 없죠!"

눈앞에 있는 망령과 교섭을 시도해봤지만, 바로 결렬됐다.

그건 그렇고, 이 연기자 분은 대단하네. 아무리 봐도 말이 안 통하는 몬스터로만 보인다.

혹시 자기 자신이 진짜 망령이라는 착각에 빠져 있는 건 아닐까?

"아키…… 뭐 하는 거야. 바보 아냐?"

"얼음장 같은 눈길로 쳐다보지 마~!"

그러는 너야말로 왜 아무렇지 않은 거냐고, 마시로.

비명은 고사하고 낯빛 하나 바꾸지 않는다니, 이상하잖아.

마시로의 몇 걸음 뒤편에서 걸으면서, 나는 주위를 꼼꼼하게 살폈다.

이곳은 복도다.

일본에서 흔히 볼 수 있는 개방형 복도(난간 너머가 실외인 복도)가 아니라, 고급 타워맨션이나 호텔에서 흔히 볼 수 있는 내부형 복도다.

즉, 폐쇄 공간이다.

공포 연출이 얼마든지 가능하기에 전등도 계속 점멸하고 있고, 벽에는 구멍이 숭숭 뚫려있는 데다, 좌우에 줄지어 있는 복도의 문이 갑자기 열리며 망령이 튀어나오기까지…… 으으, 정말! 지옥 그 자체야!

"어."

"우왓?! 왜, 왜 그래?! 왜 갑자기 멈춰서는 거야?!"

"쉿~ 조용히 해. ……저기 봐."

"저기라면, 다음 계단 앞이잖아. ……윽."

복도 끝 오른편에 있는 방화문은 사람 한 명이 겨우겨우 지나갈 수 있을 만큼 열려 있었다. 그리고 그 틈새를 통해 위로 올라가는 계단이 보였다.

2층을 클리어하고 3층으로 갈 수 있게 됐으니 만세지만, 크나큰 문제가 하나 있었다.

"여기, 진짜 악랄하기 그지없네……!"

조그마한 방화문의 바로 옆에, 사람이 있었다.

의자에 앉아서 고개를 푹 숙이고 있는 탓에 얼굴이 보이지 않지만, 재로 범벅이 되어서 회색으로 보이는 머리카락, 그리고 말라비틀어진 나무 같은 손발을 보아하니 망령 역할이 틀림없네요. 정말 감사합니다.

"반드시 지나가야만 하는 외길에, 시체 같은 사람. ……반드시 겁을 주겠다는, 강한 의지가 느껴져. 이것만으로도…… 절반 판정……!"

"뭘 그렇게 중얼거리는 거야?"

"—어, 생각에 빠진 사이에 마시로가 혼자 가고 있어~?!"

마시로는 전혀 주저하지 않으며 망령의 옆을 지나치더니, 계단을 올라가려 했다.

마시로는 뒤를 돌아보며 인상을 찡그렸다.

"시끄러워. 목소리가 너무 커."

"어쩔 수 없잖아. 금방이라도 움직일 것 같은 녀석의 옆을 어떻게 아무렇지 않게 지나가는 거냐고!"

"어떤 식으로 놀래주려고 할지 기대했거든. ……다가가도 움직이지 않는다니…… 나름 의표를 찔렸어. 신선해서, 굿."

마시로는 엄지를 치켜들었다. 귀신의 집 퀄리티를 평가하는 여친이라니. 무시무시하다.

……아, 이제 여친은 아니지만 말이다.

"뭐, 아무 일도 안 일어난다면 그게 가장 좋긴 해."

"응. 한 번만이라면 말이야. 이게 반복되면, 김새."

"나는 반복됐으면 좋겠는데……."

아무튼 여기는 마음 편히 지나칠 수 있을 것 같다.

여자애에게 탄광의 카나리아 역할을 맡기는 건 좀 그렇단 생각이 들지만, 솔직히 말해 마시로가 앞장서며 망령 트리거를 검증해줘서 안심됐다.

그러고 보니 탄광의 카나리아는 담당인 카나리아와 어감이 비슷하네. 왠지 독성이 너무 강한 작가의 원고를 먼저 읽고 순화해주는 게 편집자의 역할이라고 생각하니, 키라보시 카나리아라는 펜네임(?)은 꽤 센스 있다는 생각이 들었다.

그런 생각을 하며 마시로의 뒤를 이어 망령 옆을 지나친, 바로 그때였다.

털썩!!

"……어?"

뒤를 돌아보니, 의자에 앉아 있던 망령이 바닥에 무너졌다.

바닥에 펼쳐진 기나긴 흑발.

말라비틀어진 것 같은 손발이 거미를 방불케 하는 움직임을 선보이더니, 바닥을 기면서 나에게 다가왔다.

"넘겨……."

"으, 으음…… 마, 망령 씨……?"

"인기 없는 나한테, 여친을 넘겨어어어어."

"여친 있는 남자에 대한 질투가 트리거인 거냐고!!"

마시로가 지나가도 반응하지 않은 건, 2인조인 두 사람이 다 통과한 후에야 비로소 움직이기 때문인가!

냉정하게 분석한 시간은 1초에 지나지 않았다. 그리고 생각보다 먼저 발이 움직였다.

나는 전력 질주로 계단을 올라가려 했다.

"기다려."

하지만, 바로 막히고 말았다.

마시로는 자기 얼굴 앞에 손가락을 세우며 쉿~ 하고 말했다.

"조용히 해. 달리는 것도 안 돼."

"왜야. 쫓아오잖아."

"룰을 잊은 거야? 큰 소리를 내지 말 것. 복도를 뛰지 말 것."

"아……."

"아키라면 알 거잖아? 룰을 어기면 망령이 괜히 더 늘어날 거야."

"아하, 그건 그래."

나도 『검은 염소』에서 오즈에게 비슷한 시스템을 짜달라고 부탁한 경험이 있다.

일부러 시나리오에서 「이야기를 주의 깊게 들으세요」라는 금지사항을 전한 후에 커다란 소리를 이용한 공포를 연출하고, 소리에 놀라 스마트폰의 음량을 낮춘다면 화면이 더욱 무시무시해진다…… 같은 느낌이다.

나도 참 악랄한 놈이네.

하지만 이야기의 몰입감을 높이는 수법 및 방식으로서는 꽤 괜찮다고 생각해.

내가 당해보니 「빌어먹을!」 싶지만 말이지.

나와 마시로는 손을 잡고 천천히 계단을 올라가며, 3층으로 향했다.

발소리와 목소리를 내지 않지 않자, 등 뒤의 망령도 움직임이 점점 느려졌다.

"연인과…… 손잡기…… 부러워……"

안타까운 듯이 바닥을 긁어대고 있었다.

왠지 미안하네. 하지만 사실 우리는 연인 사이가 아니라고.

바로 그때, 나는 퍼뜩 놀랐다.

……잠깐만, 잠깐만, 잠깐만. 몇 줄 전에 아무렇지 않게 묘사했는데, 나 지금 마시로와 손을 잡고 있는 거야?! 어, 진짜네! 손잡고 있어!

너무 자연스러운 흐름으로 손을 잡은 탓에, 자각하는 데 시간이 걸렸다.

이, 이래도 괜찮은 걸까?

연인 놀이는 끝났다고. 이런 연인끼리나 할 법한 짓을 해도 정말 괜찮은 걸까?

"어, 어이, 마시로."

"쉿~."

조용히 하라고, 마시로가 눈빛으로 말했다.

아까 같은 지적을 받았던 만큼, 나는 입을 다물 수밖에 없었다.

어둑어둑한 계단을 올라가면서, 나는 맞잡은 손의 온기에 의식이 온통 쏠렸다.

계단의 벽에 눈알이 생기거나 층계참에 사람 머리가 굴러다니는 등의 지옥 같은 광경이 이어졌다. 하지만 마시로의 부드러운 손, 마시로의 얼굴, 마시로에게서 흘러나오는 약간 달콤한 향수 향기 등, 마시로의 온갖 존재감에 정신이 팔린 탓에 아까까지 그렇게 무서웠던 망령이 거의 신경 쓰이지 않았다.

침묵 속이기에, 촉감이 더욱 날카로워졌다. 자신의 체온이 묘하게 높고, 달아올라 있는 것을 알 수 있었다. 공포를 치유해주는 백신의 부작용이 약간 과하게 나타나고 있을 뿐이라고 자신에게 말했지만, 어젯밤에 미도리와의 일을 겪으면서 자각한 자신의 감정 탓에 말로 형용 못 할 미묘한 기분에 사로잡혔다.

손을 맞잡은 채 3층에 발을 들였다.

3층의 복도는 칠흑 같았다.

그렇다. 칠흑 그 자체다.

이제까지는 어두컴컴하긴 했지만 옆에 있는 마시로의 얼굴이 보였고, 바닥과 벽도 눈으로 살필 수 있었다.

하지만 지금은 옆에 있는 마시로의 얼굴마저 잘 안 보였고, 복도가 얼마나 길고 어떤 장치가 되어 있는지도 전혀 보이지 않았다.

"어이, 여기는 회중전등이 있다는 전제 하의 구역 아냐?"

"…………."

마시로는 대답하지 않았다.

그저 지그시 어둠을 응시하고 있었다.

갑자기, 마시로가 손을 놨다.

방금까지 느껴지던 온기가 사라지자, 왠지 아쉬움이 느껴졌다.

그에 비례하듯 눈이 점점 어둠에 익숙해지자, 어렴풋하기는 하지만 마시로의 얼굴이 보이기 시작했고……

"어?"

그 얼굴을 본 나는 무심코 이상한 소리를 냈다.

—눈이 엄청나게 반짝이고 있었다. 마치 어린애가 장난감 가게에서 좋아하는 히어로의 변신 아이템을 발견한 것만 같았다.

마시로는 자유로워진 손을 얼굴 옆, 아니, 입 옆으로 가져갔다.

잠깐만 있어 봐. 저 손의 위치는, 그거잖아. 산 정상이나 운동회 객석에서 취하는 포즈…….

"서, 설마……. 어, 어이, 마시로. 하지 마……."

금지사항. —큰 소리를 내지 말 것.

그것을 어기면, 크나큰 공포가 찾아올 것이다.

반대로 말하자면, 룰만 지키면 적당한 공포 선에서 끝난다.

또 반대로 말하자면, **룰을 지키지 않으면 더욱 무시무시한 공포를 보여줄 것**이다.

마시로가 그 중 어느 것을 선택할지는, 불 보듯 뻔했다.

"야호~!"

메아리나 응원을 하는 요령으로, 마시로는 손을 확성기 삼으며 온 힘을 다해 큰 목소리를 냈다.

목소리가 작은 편인 마시로라도 정적이 흐르는 공간에서 온 힘을 다해 목소리를 내니 꽤 시끄러웠고, 칠흑빛 복도에서 그 목소리가 파도처럼 퍼져 나가더니…….

""""우 워어어어어어어어어어어어어어어어어!""""

어둠 속에서 노도와도 같이 망령들이 모습을 드러냈다!

"응, 이거야. 바로 이거야, 아키. 역시 귀신의 집은 최고 화력으로 즐겨야 마땅해."

"돌아와, 마시로! 눈이 맛 갔어! 눈동자가 빙글빙글 돈다고!"

쇄도하는 망령들 앞에서, 마시로는 흥분할 대로 흥분했다. 양손을 펼치며 눈앞의 광경을 환영하며, 들뜬 표정으로 쑥쑥 나아갔다.

"이 안에 겁먹은 애 있어~?!"

"있어! 나야!"

"보여줘. 전력을 다한 공포를. 마시로의 소재를!"

"어, 어이. 이렇게 거리를 벌렸다간……."

완전히 맛이 간 공포 중독자가 된 마시로는 아하하하 하고 웃으며 내달렸다. ─복도를 달려선 안 됩니다, 라는 금지 사항을 어겨서 더 큰 벌을 받기 위해서 말이다.

칠흑 같은 어둠 속에서 마시로가 완전히 시야에서 사라졌다.

"잠깐, 두고 가지…… 기다……."

나는 말을 이으려다 입을 다물었다.

끼기긱…… 하며 고개를 움직여서 주위를 보니…….

망령이, 무지막지하게 이쪽을, 노려보고 있었다.

큰 소리를 내거나 냅다 뛴 순간, 치즈에 몰려드는 쥐처럼 나한테 달려들 생각이다. 분명하다. 틀림없다.

아니, 잠깐만 있어봐. 레벨 5의 공포를 10분 동안 경험하는 것보다, 레벨 10의 공포를 1분 안에 헤쳐나가는 편이 효율적으로 공포를 회피하는 것 아닐까?

……기각! 공포 연출을 더 경험했다간, 제정신을 유지할 자신이 없어!

바꿔, 바꿔, 바꿔. 머릿속을 게임 크리에이터 모드로 바꿔. 그렇게 해서 고스트 맨션의 기믹을 순수하고 평가하고 분석해서 『검은 염소』에 활용하는 쪽으로 뇌를 가동시키면, 공포 따위 느낄 겨를이 없을 것이다.

그렇다. 냉정하고 냉철하고 냉담하게 눈앞에 있는 엔터테인먼트의 구조를 분석하고 해체하고 해석해서 우리 작품의 피와 살과 지식으로 삼아, 나도 무슨 소리를 하는 건지 잘 모르겠지만 아무튼 괜한 생각을 할 짬을 만들지 말라고, 나!

그렇다. 차분하게 생각해보니 고스트 맨션의 망령 따위 아무것도 아니다.

생각해보면 이제까지 마주친 망령은 가까운 데서 놀라게 하기만 할 뿐, 내 몸을 건드리지 않았다.

당연했다. 텐치도 이터널 랜드는 여자 손님도 많이 온다.

남자 연기자가 함부로 손댄다는 건, 성희롱이 문제시되고 있는 요즘에는 있을 수 없는 일이다.

그뿐만 아니라 손님과 신체 접촉을 했다가 다치게 하기도 했다간, 텐치도의 책임 문제가 된다.

금방이라도 달려들 것 같지만 절대 달려들지 않는다— 그 선만은, 절대 넘지 않을 것이다!

하하하. 망령도 별것 아니네.

구조만 파악하면, 이딴 애들 장난은 두려워할 게 못 된다.

AI의 행동 패턴을 파악한 게이머가 NPC에게 질 리가 없잖아!

*

그렇게 지옥의 암흑 존을 돌파한 나는 계단 앞에 도착했다.

계단까지 쫓아오지 않는 망령을 돌아본 나는 홋 하고 웃음을 흘렸다.

"끝나고 나니 의외로 별것 아니네! 분하면 여기까지 쫓아와 보라고! 아하하하하!"

"우워어어어어어어!(희망하신다면 얼마든지~!)"

"으아아아아! 잘못했어요, 잘못했어요! 안전지대인 계단만은 봐주세요."

—교훈. 우쭐대봤자 좋을 게 없다.

이건 중요하니까 착한 아이들은 기억해두도록 해. 무슨 일에서든 겸손해서 손해 볼 건 없다고.

"그건 그렇고, 완전히 흩어졌는걸……"

결국, 3층에서는 마시로와 합류하지 못했다.

칠흑 같은 층이었던 만큼, 모르는 사이에 추월했을 가능성도 있지만…… 두려움을 모르는 것처럼 나아가는 멧돼지 스타일의 마시로를 떠올려보니, 그럴 가능성은 거의 없다고 생각해도 될 것이다.

아마, 이미 위층으로 올라갔을 것이다.

위층…… 그렇다. 4층으로 말이다.

층계참에서 4층 입구를 올려다봤다. 활짝 열린 방화문의 틈새로, 붉은빛이 스며 나왔다.

아무래도 3층처럼 암흑 공간은 아닌 것 같지만…….

"4층, 이잖아…….."

아까 크리에이터 모드를 전개해서 버틴 탓에, 거기까지 생각이 미치고 말았다.

만약 내가 이 고스트 맨션을 기획한 인간이라면, 어떻게 만들까? 호러가 테마이며, 건물은 마침 4층이다.

4는 바로 죽음의 숫자다.

그러니 4층에서는 비장의 무시무시한 공포를 맛보게 될 게 뻔했다.

"가고 싶어…….."

3층까지 오면서도 심장이 다섯 번은 멈출 뻔했다.

망령은 연기자이고, 저주 아이템과 폴터가이스트도 전부 가짜라는 걸 이성으로 알고 있지만, 그래도 두려움을 떨쳐낼 수가 없어…….

솔직히 말해 이곳의 망령 역할 직원들은 연기력이 너무 뛰어난 거 아냐?

평소부터 이로하의 연기를 가까이에서 봐서 그런지, 내 눈은 세세한 연기력의 차이와 연기 타입 같은 것을 분간 및 분류한다. 겁에 질리면서도 겨우겨우 느낀 거지만, 여기 연기자들은 평범한 유원지 스태프가 아니다.

신체 접촉만 안 하면 세이프— 아까, 그렇게 생각한 나는 용기를 쥐어 짜내서 앞으로 나아갔다.

실제로 3층에서 망령과 몸이 닿는 일은 없었지만…… 그래도 망령이 다가올 때마다 언제 잡혀서 물어뜯겨도 이상하지 않다며 방어 본능이 작동했고, 몸이 굳으면서 뇌가 보낸 위험 신호 탓에 온몸에서 땀이 났다.

그들은 마치 자기가 진짜로 망령이라고 믿는 것처럼 보였다.

망령 연기에 있어서는 이로하를 능가하면 능가했지 뒤떨어지지 않는 연기자로 보였다.

3층까지도 그 정도 수준의 연기자가 연기하는 망령에게 쫓겨 다녔다. 비장의 이벤트가 기다리고 있을 4층에는 도저히 혼자서는 못 갈 것만 같았다.

"이제까지도 계단에서 습격을 당하진 않았어. ……즉, 여기는 안전권, 세이브 포인트 같은 곳이라고 본다면—."

층계참의 벽을 만져봤다. 정확하게는 벽이 아니다. 벽에 쳐진 암막이다.

아니, 암막조차 아니었다. 만져보고서야 비로소 그것을 눈치챘다.

만지자 암막이 밀리면서, 손이 빈 곳으로 빨려 들어갔다. 즉, 암막 너머는 벽이 아니라 사람이 들어갈 수 있는 공간인 것이다.

"—역시 리타이어 포인트야."

4층이나 되는 대규모 귀신의 집. 게다가 다 큰 남자인 나조차 겁먹을 만큼 무시무시한 곳이라면, 골인 지점까지 못 가고 도중에 탈락하거나 몸이 안 좋아져서 쓰러지는 자도 분명 있을 것이다.

무서워서 그 자리에서 움직이지 못하게 되거나, 패닉에 빠진 사람을 이탈시켜서 간호하기 위해선, 도중의 무시무시한 플로어와는 격리된 지극히 평범한 공간이 필요할 것이다.

간호용 스태프가 항상 대기할 필요가 있으며, 분명 스태프만이 오갈 수 있는 공간이 어딘가에 있으리라.

그리고 그것은 망령이 출현하지 않는, 절대 안전권— 계단 층계참에 있을 가능성이 매우 크다.

"완벽한 고찰. 이 정도면 고스트 맨션에게 승리했다 해도 과언이 아니지 않을까?"

즉, 이쯤에서 기권해도 괜찮지 않을까?

"뭐, 마시로만 혼자 먼저 가게 해놓고 나만 기권할 수는……."

혼자서 자문자답하고 있던, 바로 그때였다.

덥썩…….

건너편 공간으로 뻗은 내 손을, 누군가가 움켜잡았다.

""어.""

나와, 그 누군가의 목소리가 포개졌다.

그리고, 불행한 일이 벌어졌다.

놀란 누군가가 엉덩방아를 찧는 건지, 잡힌 손에 급격히 체중이 실렸다. 그리고 중력을 거스르지 못하며 쓰러지는 인간의 체중을 느닷없이 버텨내는 건, 몸을 다소 단련했을 뿐인 나로선 무리였다.

"우왓?!"

"꺄앗?!"

내 몸은, 암막 안으로 빨려 들어갔다.

비밀 통로에 얼굴을 들이밀게 된 나는 낙법이 불가능하다는 것을 눈치챘다. 그래서 고통에 대비해 눈을 꼭 감으며, 급소를 지키기 위해 턱을 당겼다.

다소의 고통쯤은 얼마든지 견뎌주겠다. 크게 다치지는 않겠다. 자! 어디 와봐라, 충격!

말캉.

…………. …………어?

효과음, 좀 이상하지 않아?

쿵! 이라든가 텅! 같은, 그런 효과음이 나야 하잖아.

사람이 쓰러져서 바닥에 부딪힐 때의 소리로, 부드러운 쿠션에 쓰러지는 소리 같은 것을 지정하면 오토이 씨가 화낼 거야.

"……아, 하지만 진짜로 부드럽네. 얼굴이 하나도 안 아파."

"으~. ……아야야……."

몸 아래편에서 여자애의 목소리가 들려왔다.

스태프인 듯한 이 여성의 몸이 쿠션 역할을 해준 것 같았다.

—사고 쳤다.

턱을 당긴 바람에 여성의 명치, 아래 가슴 쪽에 내 얼굴이 묻히고 말았다.

방어 행동이 완전히 역효과를 발휘했다.

주간 만화 잡지의 러브코미디 주인공 같은 예술적인 다이빙이다. 내 인생에서 이런 식으로 넘어지는 날이 올 줄은 생각도 못 했다.

아무리 생각해도 나는 교실 구석이나 잘 어울리는, 주인공과는 동떨어진 수수한 캐릭터지만, 수학여행을 온 후로는 러브코미디 이벤트 같은 것에 툭하면 휘말리고 있는 느낌이 들었다.

대체 내 인생에 무슨 일이 일어난 것일까?

이 모든 것이 《5층 동맹》 업무를 일단 중단하고, 사적인 부분에 눈길을 주는 게 원인인 걸까?

인생이란 녀석을 바라보는 시점을 조금만 바꾸면, 언제 어디서나 이런 이벤트에 휘말릴 수 있는 걸까.

······잠깐만. 지금은 냉정하게 인생에 대해 생각할 때가 아니잖아.

나와 아무 상관도 없는 귀신의 집 스태프 분을 상대로 이런 러브코미디 이벤트를 일으켜봤자 소용없다고.

내 인생이 러브코미디라면, 이미 루트가 확정됐다 해도 과언이 아닐 만큼 내 마음은 정해져 있단 말이다.

진심 어린 감정을 품은 채로 아무 상관 없는 여성을 상대로 이런 발칙한 이벤트를 일으키다니, 정말 저질 그 자체—.

"저기, 죄송한데요. 괜찮으시다면, 좀 비켜주시지 않겠어요······?"

"아아아아, 저야말로 죄송합니다! 금방 비킬게요! ······어, 어라?"

허둥지둥 몸을 일으킨 바로 그 순간, 나는 눈치챘다.

아무리 어둑어둑한 공간이더라도, 잘못 볼 리가 없다.

스태프인 줄 알았던 상대방은, 너무나도 낯익은 얼굴을 지니고 있었다.

황금색 머리카락과, 초면인 상대 앞에서 우등생의 가면을 써서 건방진 본성을 감추는, 자타 공인 미소녀의 얼굴······.

그녀의 이름은 바로—.

"이로하?!"

"어…… 서, 선배?!"

수학여행 중에 만날 리가 없는, 지금은 우등생답게 학교에서 성실히 수업을 듣고 있어야 하는, 내가 두고 온— 옆집 후배, 친구 여동생.

코히나타 이로하.

너무 뜻밖의 등장, 인 것은 서로가 마찬가지이리라.

나와 이로하는 거의 동시에, 서로를 손가락으로 가리키며, 반사적으로 머리에 떠오른 대사를 외쳤다.

""어째서 여기에……?!""

"······그런 우여곡절 끝에 너는 여기 있다, 는 거구나."

"넵. 그렇습다."

고스트 맨션의 뒤편, 스태프 전용 통로 옆에 쌓여 있는 짐 뒤편에서 무릎을 감싸 쥐며 나란히 앉은 나와 이로하는 상황 정리에 들어갔다.

하지만 역시 츠키노모리 미즈키라고 해야 할까. 평일에 고등학생을 아무렇지 않게 불러내다니, 정말 비정상 그 자체다.

그러고 보니 이로하 녀석이 지금 교토에 있다는 듯한 느낌의 LIME을 보내기도 했었지. 그게 플래그였던 걸까.

"그건 그렇고 할리우드의 촬영을 현장에서 견학한다니, 되게 부럽네."

"넵. 엄청 공부가 됨다."

이로하 본인은 자각을 못 했을지도 모르지만, 이 애는 엄청난 행운아라고 생각한다.

할리우드 감독이 뮤지컬 영화를 찍지 않는다면 브로드웨이 여배우인 미즈키 씨가 촬영에 동행하지 않았을 것이다.

옛날에 어딘가의 대단한 경영자가 인터뷰에서 이런 말을 한 적이 있다.

『나는 성공을 거뒀지만, 천재는 아니다. 만약 자신한테 특별한 재능이 하나라도 있다면, 그것은 적절한 타이밍에 적절한 인연과 닿게 해준 운뿐이다.』

재능의 결과로 역사를 만드는 것이 아니라, 역사에 남은 결과를 재능이라고 부른다면…….

내가 믿는 이로하는 역시 진정한 천재일지도 모른다.

그런 딸 바보 같은 과대평가를 하는 것을 보면, 나도 프로듀스 대상에게 참 물러터진 놈이라고 생각한다. ……다른 감정에서 비롯된 게 아니라고 믿고 싶다.

"하지만 웬일로 이런 실수를 한 건데? 심부름을 가다 이용객용 코스에 들어서다니 말이야. 너, 방향치 속성도 있었지?"

"넵. 저, 한심함다."

"……저기, 아까부터 말투가 이상하지 않아?"

"넵. 저, 이상한 데 없슴다."

"아니, 완전 이상하거든? 무슨 깡패 만화 따까리 같은 말투를 쓰고 있잖아."

이상해서 고개를 돌려보니, 어찌 된 건지 이로하는 반대편을 쳐다보고 있었다.

황금색 머리카락 사이로 언뜻 보이는 귀가 약간 빨개진 것 같았다.

"이로하."

"……히익! 무무무, 무슨 일이에요?! 선배."

"너, 좀 이상해. 어디 아프기라도 한 거야?"

"아~, 그런 건 아닌데요. 뭐랄까, 저기, 으음~, 선배를 너무 오래간만에 봐서……."

"오래간만이라니, 겨, 겨우, 며칠만이잖아. 호, 호들갑 떨지 말라고."

"그, 그건 그렇지만……. 으음, 으음!"

이로하는 허둥지둥 손을 흔들며 말을 골랐다.

이, 이 애가 왜 이러지. 평소처럼 치근덕대지 않는달까, 왠지 긴장하고 있는 것 같달까…….

평소와 너무 달라서 긴장될 지경이다. ……나도 이런 이로하의 얼굴을 보니 멋쩍은 느낌이 들어서, 무심코 고개를 돌렸다.

이로하의 눈이 표정을 살피듯 나를 올려다봤다. 하지만 그녀는 곧 얼굴을 반대 방향으로 회전시켰다.

"무리야~! 선배의 얼굴을 오래간만에 봤더니, 괜히 더 멋져 보여!! 가슴 콩닥대는 게 너무 분해서 죽어버릴 것 같아~!"

"어, 어이, 그러지 마. 고개 돌리고 작은 목소리로 쑥덕대니까, 네가 내 험담을 하는 것 같아서 신경 쓰인다고."

"네? 험담? 그딴 거 안 해요!"

"그래? 그럼 뭐라고 했는데?"

"마, 말 못 해요!"

"왜야. 험담이 아니면 말해도 되지 않아?"

"으, 으윽……."

설령 험담이라도 마이동풍(馬耳東風). 예전의 나라면 그랬을 것이다.

나에 대한 타인의 평가 따위 《5층 동맹》의 쾌진격과는 상관없으며, 눈앞의 해야만 할 일만 계속한다면 칭찬이든 험담이든 한 귀로 듣고 한 귀로 흘린다.

하지만 지금은 이로하의 입에서 나오는 말 한마디 한마디가 묘하게 신경 쓰였다.

나에 대해 뭐라고 한 것일까. 어떻게 생각하는 것일까. 너무 사내답지 못해서 헛웃음이 날 정도다.

한동안 우물쭈물하던 이로하는 될 대로 되라는 듯이 언성을 높였다.

"무, 무슨 소리를 했든 딱히 상관없잖아요. 사소한 걸 너무 신경 쓰면 이성한테 인기 없다고요!"

"애초부터 인기 있을 거라고 생각도 안 했어!"

"선배는 항상 그렇다니까요. 저희를 대체 뭐라고 생각하는 거예요?!"

"광고 만화에 나올 법한 대사 좀 늘어놓지 마."

가슴을 감추듯 자기 몸을 감싼 이로하가 날카로운 눈길로 노려보며 힐난하자, 나는 딴죽을 날렸다.

여러 SNS에서 이런 광고를 볼 수 있는데, 눈길이 가는 것을 보면 광고로서는 꽤 우수하다 싶은걸. 그런 것도 프로듀서로서 꽤 공부가 됐다.

현실에서 후배 여자애한테 그 대사를 들으니, 기분이 좀 복잡하지만 말이다.

"그리고, 문맥을 이해할 수가 없거든? 『저희』라는 부분도 잘 모르겠네."

"선배는 항상 그렇다니까요!"

"그쯤 하라고."

왜 몇 번이나 같은 대사를 써먹으려고 하는 것일까.

뭐, 아무튼⋯⋯.

"─자, 수다는 이쯤에서 끝낼까."

나는 그렇게 말하며 몸을 일으켰다.

옆에 있는 이로하가 내 얼굴을 올려다보며 물었다.

"어디 가는 거예요?"

"원래 코스로 돌아가야 해. 마시로와 같이 왔거든."

"아〜, 마시로 선배와⋯⋯."

"도중에 흩어졌어. 지금 혼자일 테니까, 빨리 쫓아가야 해."

따지고 보면 마시로가 멋대로 폭주한 거지만 말이다.

하지만, 그래도, 마시로와 함께해야 할 시간을 이로하와 단둘이 보내려니 좀 마음에 걸린 달까, 거북하달까, 미안한 마음이 들었다.

"흐음〜. 마시로 선배와 왔군요. 흐음〜. 그런가요. 흐음〜."

"왜 그래?"

"그냥요. 공부의 연장선인 수학여행을 와서 연인끼리 꽁냥 꽁냥 러브러브라니, 참 못난 학생이라고 생각했을 뿐이에요. 타의는 없어요."

"타의 그 자체인 것 같거든? 그리고 학교를 빼먹고 교토에 온 우등생 출신 불량 학생에게, 못난 학생이라는 말은 듣고 싶지 않아."

"우등생은 신용저금 같은 거예요~. 선배와 다르게, 한 번 정도 학교 빼먹는다고 해서 내신이 깎이진 않는다고요~."

"되게 편리한 시스템이네……."

한 번 정해진 지위에서 역전하기 어려운 사회 섭리를 실감한 나는 탄식했다.

바로 그때, 누군가가 눈에 들어왔다.

머리에 햇빛 가리개를 눌러쓴, 딱 봐도 직원 같아 보이는 분위기의 여성이 우리를 향해 허둥지둥 뛰어왔다.

……햇빛이 눈곱만큼도 들어오지 않는 공간에서, 저 햇빛 가리개에 무슨 의미가 있을까?

그런 딴죽을 날리기도 전에, 여성이 입을 열었다.

"저기, 손님. 여기는 스태프 전용 공간이에요. 그런데도 기권할 건가요?"

"아, 아뇨. 바로 코스로 돌아갈게요."

"관계자 혹은 기권한 분 말고는 여기에 들어오면 안 돼요. 자, 저쪽으로 가세요."

주의를 받고 말았다.

확실히 지당하기 그지없는 말이며, 당연한 반응이다.

반론의 여지가 없었기에, 나는 순순히 층계참으로 돌아가려 했다.

"자, 여친 분도 같이 가세요."

직원이 그렇게 말하자, 이로하는 「어」 하고 말했다.

나도 등 뒤에서 들려온 목소리에 놀라서, 무심코 뒤돌아봤다.

직원은 눈을 깜빡이면서, 의아하다는 듯이 고개를 갸웃거렸다.

"어, 혹시 한 분만 기권할 건가요?"

"으음……."

이로하는 대답을 못 했다. 그럴 만도 했다. 느닷없이 커플 손님 취급을 당했으니 당황할 만했다.

하지만 직원이 저런 반응을 보이는 것도 무리는 아니었다.

할리우드 촬영팀에 동행한다고는 해도, 비서인지 잡일 담당인지 알 수 없는 처지에서의 참가다. 유원지 상주 스태프가 얼굴을 알 리가 없다.

게스트 관계자라면 관련 태그나 스티커 같은 것을 방범용으로 나눠줄 법도 하지만, 이로하는 딱히 그런 것을 목에 걸고 있지 않았다. ……혹시 호주머니에 넣어둔 것일까? 그래서는 방범 상의 의미가 없으니 절대 그러지 말라고, 이벤트 참가 경력이 긴 고참 오타쿠인 무라사키 시키부 선생님이 침이 마르도록 말했다. 학교 수업보다 더 열성적이었지.

오타쿠의 계율은 일단 제쳐두고, 문제는 이로하다.

"아~, 저기. 그런 게 아니에요. 제가 여기에 들어온 바람에 우연히 마주친 거라서요."

"두 분은 페어 손님이 아닌가요?"

"맞아요. 어떤 관계인지 설명하기 어렵지만요. 이로하, 내 말 맞지?"

도움의 손길을 내민 나는 이로하에게 가볍게 눈짓을 보냈다.

이로하는 전부 이해했다는 듯이 믿음직하게 고개를 끄덕이더니, 벌떡 몸을 일으켜서 내 팔을 끌어안았다. ······어? **끌어안았어?**

"아뇨. 완전무결한 커플이에요☆"

"뭐어?!"

어이어이어이어이어이. 대체 뭐가 어떻게 되어서 이렇게 된 건데?!

아까 내 눈짓을 받고 고개는 왜 끄덕인 거냐고!

"역시 그랬군요."

직원도 납득한 것 같네! 만족스럽다는 듯이 고개를 끄덕여!

아니, 이해해! 여기서 친근하게 이야기를 나누는 남녀가 커플 손님인 쪽이 더 납득이 될 거야!

커플이 아니면 대체 뭔지 신경 쓰여서, 밤에 잠이 안 올 거라고!

"어이, 이로하. 대체 무슨 속셈이야?"

"사소한 건 그냥 넘어가요~☆"

"사소하지 않아! 아니, 왜 이리 힘이 센 거야?! 너, 어느새 이렇게 남을 휘둘러대는 애가 된 건데?!"

"자, 가요. 선~배♪"

"안녕히 가세요, 손님."

즐거워 보이는 이로하와 그녀에게 질질 끌려가는 나를, 영업용 스마일을 머금은 여성 직원이 손을 흔들며 배웅했다.

*

"너, 뭐 하는 거야. 무슨 속셈이냐고."

"어차피 마실 것을 사기 위해 밖으로 나가야 하거든요. 건물 밖으로 나가는 동안, 우연히 만난 선배와 귀신의 집을 즐기려는 것뿐이에요☆"

암막을 통과하며, 다시 계단 층계참으로 돌아갔다.

공포의 공간으로 돌아왔지만, 별이 톡톡 터지는 듯한 이로하의 목소리를 듣고 있으니 긴장이 적당히 풀려서 두려움도 누그러든 느낌이 들었다.

"으음, 이것도 업보인 걸까."

"안 들려요. 중얼중얼하지 말고, 할 말이 있으면 딱 잘라서 하세요."

"설마 수학여행을 와서까지 너와 함께 다니게 될 줄이야, 하고 말했어."

"기쁜가 보네요☆"

"기쁘지는 않…… 기쁜지 안 기쁜지는 제쳐두고, 솔직히 말도 안 되는 일이잖아. 우리는 학년이 다른걸."

"그건~ 그래요~. 후후. 에헤헤."

"왜 웃는 건데?"

"에헤헤. 모르겠어요~."

이로하는 못 참겠다는 듯이 웃음을 흘렸다.

인마, 그런 표정 보이지 말라고. 동정이 그런 표정을 보면 거하게 착각한단 말이다.

부탁이니까, 그런 건 진짜로 좋아하는 사람한테 해. 내 정신 위생을 위해서도 말이지.

그래, 좋아하는 사람…… 좋아하는 사람…….

"크…… 으, 윽……."

"선배?"

"아, 아무것도 아냐. 어제 화살을 맞은 무릎이 좀 욱신거리네."

"에이~. 수상한데요~. 혹시 오래간만에 본 이로하 님이 너무 귀여워서, 얼굴이 히죽거리려고 하는 거 아니에요?!"

"아, 아냐! 자의식 과잉인데도 정도라는 게 있거든?!"

"아~ 목소리가 커졌어~! 정곡을 찔렸구나~! 정말, 솔직해지면 될 텐데~☆"

"끄으으윽……."

빈틈을 보이자마자, 이로하는 한도 끝도 없이 나를 놀려댔다.

게다가 오늘은 자기 안에 그렇고 그런 면이 존재한다는 것을 자각하고 있기에, 강하게 부정할 수도 없다. 젠장.

이렇게 되면 최종수단이다. 비장의 카드, 「그건 그렇고」 발동! 이걸 쓰면 그 어떤 대화 중에도 강제적으로 화제를 바꿀 수 있다!

"그, 그건 그렇고, 이로하는 호러가 괜찮은 거야?"

"그다지 괜찮지 않아요!"

좋아, 성공!

너무 노골적이라 딴죽을 받을 거라고 생각했는데, 역시 「그건 그렇고」는 강력한걸.

"하아……. 그럼 이 앞은 좀 불안한걸."

이로하의 공세가 약간 약해진 틈에 일단 심호흡을 하며 마음을 다시 잡은 후, 나는 겨우 돌린 화제로 이야기를 이어갔다.

"망령에 달려들면 선배를 방패 삼을 거예요! 타깃 집중을 위해 지금부터 악행을 쌓아두죠!"

"망령이 원래 그런 시스템이었어?"

선행을 쌓으면 눈감아주고 악행을 저지른 자는 용서해주지 않는 권선징악 스타일을 채용하고 있을 줄이야.

그럼 학교를 빼먹고 온 불량 치근덕녀는 완전 끝장 아닐까. 아아, 나무아미타불. 아니다, 서양 세계관이니까 아멘이려나? 어느 쪽이든 간에 나를 구원해줬으면 한다.

함께 와준 마시로가 아니라, 도중에 합류한 이로하와 귀신의 집 데이트를 하는 나도…… 극형을 받아 마땅한 극악인이다. 이번 생에서 구원을 받는 건 글렀을지도 모른다.

"뭐, 그래도 어차피 귀신의 집이잖아요. 무섭기는 하겠지만, 연기하는 사람이 인간이라는 걸 아니까 버틸 수 있을 거예요. 다행히 여기는 3층 계단이잖아요. 남은 건 4층 뿐이니까, 골 직전의 이 짧은 구간 정도는 어떻게든 될 거예요."

그것도 그런가.

확실히 4층의 공포 레벨은 상상을 초월할지도 모르지만 공포를 느끼는 시간의 길이는 3층까지에 비해 짧을 것이며, 이미 반환점을 돌아서 골이 보이기 시작했다.

그래, 분명 여유로울 거야!

"—그렇게 생각했지만, 역시 착각이었는걸!"

"이 인외마경은 대체 뭔가요?! 현대 일본의 법률은 이딴 걸 허락하는 건가요?!"

"법적으로는 문제가 없겠지만, 등급분류 쪽으로는 아무래도 문제가 있는 것 같아!"

"어린이를 위한 즐거운 테마파크는 대체 어디 간 거냐고요오오오오오!"

고스트 맨션 4층, 복도.

바닥과 벽이 피(같아 보이는 도료)로 시뻘겋게 물든 공간에서, 나와 이로하의 비명이 이중주가 울려 퍼졌다.

4층에 발을 들인 직후부터 온 힘을 다해, 쉴 틈 없이 노도처럼 공포가 밀려 들어왔다.

우선 덜컹! 하면서 등 뒤의 방화문이 닫히더니, 벽에서 철퍽철퍽철퍽! 하며 손자국이 생겨났고, 모든 방의 문이 시끄럽게 열렸다 닫혔다를 반복했으며, 모니터라도 설치해서 CG를 표시하는 건지 천장에 저주 같은 것으로 뒤덮였다.

""꺄아아아아아아!""

완벽한 싱크로. 맨션의 룰 같은 건 전혀 생각나지 않았다.

그딴 걸 신경 쓸 때가 아니라고.

학교에서 테러리스트에게 습격을 받는다면 복도에서 뛰겠지? 그리고 복도에서 뛰었다고 혼나지도 않을 거야.

지금이 바로 그런 순간이다.

"무리무리무리무리! 선배, 절대로 절 두고 가지 마세요!"

"으윽?! ······그, 그래. 알았어······. 걱정하지 마."

혼란에 빠져 금방이라도 울음을 터뜨릴 듯한 이로하가 안겨들자, 나는 새된 목소리를 내고 말았다.

가깝다. 너무 가깝다.

아니, 가까운 정도가 아니라 실질적으로 제로 거리다.

코히나타 이로하는(본성을 떠나) 학교 제일로 칭송되는 미소녀이며, 오오보시 아키테루는 평범한 사춘기 남자애다. 평범한 사춘기 남자애가 학교 제일의 미소녀와 몸을 밀착시키면 어떻게 될지는, 논리적으로 생각할 것도 없이 명백했다.

게다가 코히나타 이로하는— 내 친구의 여동생이자, 내 짜증스러운 후배이자, 어떤 의미인지는 일단 제쳐두고 당연히 의식할 수밖에 없는 상대인 것이다.

공포로 식어버린 머리가 순식간에 흥분으로 덧칠되면서 열기를 머금더니, 곧 거북함과 죄책감이 몸이 차갑게 식는가 했더니 망령의 울부짖음에 놀라면서 또 피가 끓어오르며 체온이 급상승했다.

공포와 흥분이 되풀이되면서, 머릿속이 이상해질 것 같다.

"대, 대체 어디 쪽으로 가면 되는 거예요?!"

"이, 일단 안쪽으로 가면 골에 다가갈 수 있을 거야! — 앗, 저기 있는 엘리베이터가 그럴듯해 보이네!"

복도 끝에는 문이 활짝 열려 있는 엘리베이터가 있었다.

엘리베이터 안은 보란 듯이 맑은 푸른 빛으로 가득 차 있었다.

이건 안다. 안전지대의 조명 연출^{라이팅}이다.

게임에서 적에게 습격을 받는 장소와 그렇지 않은 장소를 유저가 알기 쉽도록 표현하기 위한 것이다.

"됐어, 됐다고. 저기로 뛰어 들어가자, 이로하!"

"아, 알았어요! 절대로 저를 내버려 두고 가지 마세요, 선배!"

"당연하지! 손을 놨다간 나도 무서울 거라고!"

"엄청 한심한 이유네요, 푸풉~! 하지만 지금은 그 한심함에 감사할래요!"

"울상으로 전력 질주하면서 놀리지 말라고."

곡예급의 아크로바틱한 치근덕이었다. 너무 재주가 좋은 거 아냐?

시끄럽게 말다툼을 벌이며 엘리베이터로 향하는 우리를 노리는 망령들의 기세가 몇 단계 더 상승했다.

"작작 좀 꿍냥꿍냥대라고!"

목소리가 굵어서 무슨 소리를 하는 건지 잘 모르겠지만, 어마어마한 분노와 원념이 느껴졌다.

맨션의 룰을 깨서 그런 걸까?

분명 그럴 것이다.

"가자, 이로하! 슬라이딩……."

"세―이프!!"

영문 모를 구호를 외치면서 엘리베이터에 뛰어든 후, 닫힘 버튼을 16연타했다.

―쿵! 쾅! 텅텅텅!

망령이 닫힌 힘을 두드려대자, 엘리베이터 안이 흔들렸다.

문이 부서질 듯한 기세다. 무서워.

하지만 부술 수 없다는 것을 알고 포기한 건지, 망령들은 추격을 멈췄다.

『내려갑니다.』

그리고 스피커에서 여성의 사무적인 안내 음성이 들려오더니, 엘리베이터는 아래층을 향해 움직였다.

엘리베이터 안까지 들어오지 못하는 것을 보면, 이곳이 안전지대일 거라는 내 예상이 맞았던 것 같았다.

그런데도 아슬아슬한 순간까지, 망령이 들어오는 거 아냐? 란 생각이 들게 하는 것을 보면 이곳의 망령 연기자들은 정말 교육을 잘 받은 것 같았다.

"하아, 하아, 사, 살아있어?"

"하아, 하아, 어, 어찌어찌요. 세, 세 번 정도 죽는 줄 알았어요."

"동감이야. 나는 네 번은 죽는 줄 알았어."

"그럼 저는 다섯 번이에요~."

"경쟁하지 말라고."

"제가 위라는 걸 선배에게 알려줘야겠다 싶어서요. 후배보다 강한 선배는 없다고요."

"죽음을 각오한 횟수는 적은 쪽이 더 강자 아냐?"

우리는 숨을 헐떡이며, 그런 한심한 말다툼을 벌였다.

이로하의 농담과 우쭐대는 코멘트는 평상심의 증표다.

좀 진정하자마자 평소 페이스가 돌아온 건지, 이로하는 히죽거리면서 놀리듯 나를 쳐다봤다.

"그건 그렇고 선배도 그렇게 비명을 지를 때가 있군요~. 완전~ 겁쟁이네요~."

"용케 그걸 가지고 놀리는구나. 장난 아니었거든?"

"뭐~ 저는 연약한 여자니까요. 꺄아~ 꺄아~ 거리는 모습도 귀엽잖아요?"

"큭, 여자라는 점을 이용하기는……."

"흐흥. 게다가 이로하 님의 적응 능력을 얕보면 안 된다고요."

이로하는 잘난 척을 하듯 가슴을 펴더니, 손가락을 까딱거렸다.

뭐야. 이 애, 갑자기 우쭐대기 시작하네.

"제 특기 분야를 잊은 거예요?"

"연기잖아."

"맞아요! 그리고 그 본질은 바로 관찰과 트레이스(trace)예요!"

"그러니까 무슨 소리가 하고 싶은 건데?"

"즉…… 망령의 관찰은 완료했단 거예요. 망령의 행동 패턴과 사고회로를 전부 파악했어요. 앞으로 망령이 무슨 짓을 하더라도 저한테 있어서는 예정되어 있던 일이죠. 미리 알고 있던 위협에 놀래주는 게 오히려 어렵다고요! 에헴!!"

"으음, 50점."

"웬 채점이에요?"

"확실히 짜증스럽기는 한데, 짜증스러움의 방향성이 너무 왕도적이라 재미가 없어."

"짜증스러움에 점수를 매긴 거예요?!"

"그럼 그거 말고 뭐라고 생각했는데?"

"부우~. 샌드백이란 점을 자각하고 있는 건 좋지만~ 짜증스럽게 굴어봤자 이렇게 아무렇지 않게 흘려넘기니 영 재미가 없는데요~."

내가 날리듯 웃자, 이로하는 어린애처럼 삐쳤다.

……으음, 마음이 확 놓이는걸.

이로하와 이런 한심한 대화를 나누고 있으니, 자연스럽게 표정이 누그러졌다.

여행 중, 그것도 테마파크의 귀신의 집 안인데도, 마치 우리 집 코타츠 안에 있는 것만(덜컹!!) 같았다.

…………어?

뭐야. 방금, 엘리베이터 안이 격렬하게 흔들린 것 같은데…….

망령의 추격은 아까 끝났다. 그리고 1층을 향해 내려가기 시작했다.

삐~! 삐~! 삐~!

"우와앗?!"

"꺄아~!"

느닷없이 경보음이 들려오더니, 새파란 램프가 갑자기 빨간색으로 반짝이기 시작했다!

스피커에서 흘러나오는 안내 음성에도 불쾌한 잡음이 섞이더니…….

『내려갑니다. 내, 려…… 갑…… 지옥, 으로…… 지옥으로, 내려갑니다.』

"갑자기 이상한 소리를 늘어놓잖아?!"

"파란색은 안전하다는 의미 아니었어요~?!"

"그렇긴 한데, 지금 이 밀실은 파란색이 아냐!"

"세이브 포인트가 갑자기 몬스터 하우스로 변하다니, 좀비 게임에서도 용납 안 되는 짓거리라고요오오오오오!"

"네가 우쭐대며 잘난 척을 해서 이렇게 된 거야! 완벽한 플래그였다고!"

"네~? 책임 떠넘기지 마세요. 선배도 여기가 안전하다고 말했잖아요!"

『지옥지옥커플죽어지옥!!』

""꺄아~! 잘못했어요오오오오오오!!""

그 후, 1층에 도착해서 문이 열리는 것과 동시에 엘리베이터를 내린 나와 이로하는 출구를 향해 전력 질주를 했다.

눈앞에 활짝 열린 커다란 문과 바깥의 빛 같은 것이 보이자, 그쪽을 향해 달려간 것이다.

최후의 난관이란 듯이 눈앞에 펼쳐져 있는 시체 안치소(맨션 안에 왜 이런 게 있는지 모르겠지만, 생각할 여유 따위 없었다)에 누워 있던 인간— 아니, 망령이 차례차례 좌우에서 일어나 쫓아왔지만, 나와 이로하는 눈길 한 번 주지 않으며 내달렸다.

그리고…….

"해냈어……."

"해냈어요, 선배!"

나와 이로하는 서로의 얼굴을 쳐다보며…….

"이제, 골인해도 되는 거겠죠?"

"그래, 이로하. 우리는 해낸 거야. 여기가, 진정한……."

마치 24시간 자선 마라톤 방송에서 골 테이프를 끊은 주자처럼, 해방된 듯한 기쁜 표정을 지으면서, 한목소리로…….

""골……!!""

감동의, 순간.

엔딩곡이 흘러나오면서, 잔물결과 바람 소리가 우리를 축복해—주는 망상이 머릿속에서 재생됐다.

곡명? 각자의, 자기 마음속 국가를 떠올리라고.

이야, 정말, 진심으로 생각하는 건데…….

살아있기를 잘했어.

*

"그런데, 마시로 선배는 어디 있죠?"

"안 보이네."

고스트 맨션 출구 공포로 정신을 파괴당한 손님들의 시체가 첩첩이 쌓인 그곳에서, 나와 이로하만은 멀쩡했다.

겁먹음의 순간 최대 풍속은 빠르지만, 회복도 빠른 것을 보면 감수성이 풍부한 젊은이다웠다.

이로하는 발돋움을 하며 주위를 두리번거리고 있었다.

이로하의 모습은 보이지 않았다.

먼저 골에 도착한 마시로가 출구에서 기다리고 있을 거라고 생각했지만, 그녀는 이곳에 없었다.

스마트폰으로 연락을 취해보려 했지만, 전화와 LIME으로 연락을 해도 받지 않았다.

그리고 보니 이곳에 오는 도중에 택시에서 내린 직후 즈음에 담당 편집자인 카나리아에게서 전화가 왔었다. 뭔가 다투는 것 같았는데, 혹시 그때 스마트폰을 끈 것일지도 모른다.

"연락도 안 돼. 호러 마니아의 폭주는 밖에 나오면 풀릴 텐데 말이지."

"혹시 선배가 이상한 짓을 한 건……."

"아, 안 했어. 나를 뭐로 보고 그런 소리를 하는 거야."

"흐음, 수상한데요. 결백한 것치고는 시선이 흔들리거든요?"

"진짜 아니라고."

"제 눈을 똑바로 보며 말해봐요. 자~."

"으윽."

초근접 상태에서 날린, 턱밑에서 걸어 올리는 듯한 어퍼컷……을 방불케 하는 올려다보기였다.

내 눈이 이로하의 커다란 눈동자를 인식한 순간, 나는 고개를 옆으로 돌렸다.

"봐요~! 눈 돌렸잖아요! 찔리는 구석이 있는 거죠?!"

"그런 거 없어!"

"그럼 왜 눈을 돌린 건데요?! 선배 눈은 자석이에요? N극과 N극이에요?"

"……남자에겐, 눈을 마주할 수 없을 때가 있어."

"호오~. 즉, 선배는 저와 눈을 마주하면 곤란하다는 거죠?"

반짝~☆ 하고 눈에서 별이 튄 이로하가 허리를 낮췄다. 카바디 포즈다.

"오른쪽!"

"(휙)"

"왼쪽!"

"(휙)"

"우우좌우ABAB!"

"(휙! 휙! 휙! 휙!)"

"에잇, 하앗, 이얍."

"하아, 정말! 내 시야에 들어오려고 하지 마~!"

이로하가 초고속 반복 옆뛰기로 귀찮게 굴자, 나는 참다 못해 절규를 토했다.

하지만 이로하는 내가 화를 내는 데도 풀이 죽기는커녕, 임무 달성이란 듯이 주먹을 말아쥐었다.

"좋아, 화냈어!"

"좋아할 일이 아니거든?!"

"우푸풉. 역시 선배를 놀리는 건 재미있다니까요☆"

"적당히 좀 해……."

여러 가지 의미에서 말이다. 방금은 진짜로 심장에 안 좋았다고.

그렇게 나를 놀리고 만족한 건지, 이로하는 마음을 진정시키며 나한테서 떨어졌다.

벤치에 앉아서 축 늘어져 있는 여자 대학생(호러의 피해자)에게 쪼르르 다가가더니, 스마트폰 화면을 보여줬다.

그리고 한두 마디 나눈 후, 다른 손님에게 다가갔다. 그렇게 몇 명의 손님에게 말을 건 후, 이로하는 이쪽으로 돌아왔다.

"뭐 하는 거야?"

"탐문 중이에요, 탐문 중. 마시로 선배의 목격 정보를 모으고 있어요."

이로하의 스마트폰 화면에는 마시로의 사진이 표시되어 있었다.

아하, 그런 방법이 있었구나.

소꿉친구이자 여러 일 때문에 가깝게 지내는 내가 이런 말을 하는 것도 좀 그렇지만, 마시로는 엄청난 미소녀. 본인은 음침한 은둔형 외톨이라며 자학하지만, 거꾸로 보자면 덧없고 박복해 보이는 미소녀라고 할 수 있다. 언뜻이라도 보면 기억에 남는 타입이다.

"성과는 있어?"

"BINGO예요!"

"오오."

"빙고는 역시 알파벳 BINGO라고 쓰는 편이 더 멋지다니까요."

"그딴 감성은 아무래도 상관없어. 그것보다, 마시로는?"

"정말, 성미가 급하다니깐. 그게~, 저쪽으로 간 것 같아요!"

이로하는 다른 구역을 손가락으로 가리켰다.

제트 코스터 계열의 어트랙션이 있는 방향이다.

혼자서라도 이 유원지를 즐기자는 생각으로 나를 두고 간 것……이라면 좋겠는데 말이다.

만약 쓸쓸한 마음에 단독행동을 하는 거라면, 좀 안됐다 싶었다.

마시로의 본심을 확인할 방법이 없는 만큼, 내가 취할 행동은……

"쫓아가죠, 선배!"

"그래. ……잠깐만, 너는 심부름 중이잖아."

"물은 도중에 사면 되거든요. 사람 찾기의 기본은 인해전술이에요!"

"겨우 두 명 정도로는 인해전술이고 뭐고 없잖아."

"사소한 건 신경 쓰지 마세요. 자, 빨리 가죠~!"

이로하는 내 팔을 잡아끌었다.

이렇게 둘이서 마시로를 쫓는 시추에이션이 전에도 있었다는 게 문뜩 생각났다.

마시로가 전학을 오고 얼마 안 됐을 즈음, 쇼핑센터에서의 일이다. 아니, 그것만이 아니다. 여름 축제 때도 그런 일이 있었다.

이유는 모르겠지만 마시로는 툭하면 행방불명이 되고, 나는 이로하와 함께 그녀를 찾는 일이 많다.

하지만 오늘은 이제까지와 명확하게 다른 점이 있다.

옆에 있는 이로하의 활기찬 얼굴이 너무 빛나서, 눈부셔서, 눈길을 돌리고 만다.

─아아, 틀렸다. 이 애의 얼굴을, 똑바로 바라볼 수가 없어.

*

『아아아아아아! 이로하의 턴도, 마시로의 턴도 너무 귀여워어어어어어어! 둘 중 한 명을 고르는 건 무리야아아아아아아아아!』

『동감이긴 한데, 좀 진정해 주세요. 무라사키 시키부 선생님.』

『스읍~ 하아~, 스읍~ 하아~…… 좋아, 진정했어. 진정하면서 눈치챈 점이 있는데, 이야기해도 돼?』

『네? 뭐, 해보세요.』

『2층 계단 앞에 있던 망령과 4층 한복판에 있던 망령, 성별이 같고 페어룩을 했던데 혹시 생전에는 커플이었을까?! 크으~. 이런 데도 망상을 위한 재료를 끼워두다니, 고스트 맨션은 정말 대단하네!』

『무라사키 시키부 선생님은 참 행복한 생물이라니까요.』

"벌컥, 벌컥, 벌컥······ 푸하~!"

뇌세포를 파지직 하고 자극하는 탄산과 함께 힘차게 숨을 내쉬자, 말로 형용할 수 없는 행복감이 온몸에 퍼져나갔다.

꿈의 나라에 있는, 판타지풍 선술집 스타일의 세련된 카페.

나는 빈 잔을 기물손괴죄에 저촉되지 않게 배려하면서도 최대한 세게 테이블에 내려놓은 후, 뱃속 깊은 곳에서 터져 나온 힘찬 목소리로 외쳤다.

"─한 잔 더!"

"미, 미도리 부장. 그쯤 해."

점원을 부르기 위해 들어 올리려던 오른손을, 야마다 양이 양손으로 잡았다. 야마다 양은 정말 상냥하고 좋은 아이다. 저 굳은 표정과 촉촉한 눈을 보니, 그녀가 진심으로 나를 걱정해주고 있다는 것을 알 수 있었다.

······하지만! 그녀의 손을 뿌리친 나는 손을 번쩍 들어서 점원을 불렀다.

"미안하지만, 조금만 더 마실게. 탄산의 자극으로, 전부 다 잊어버리고 싶어."

"홧술은 몸에 안 좋거든?"

"술이 아니라 크림소다! 당분은 두뇌를 활성화시켜줘!"

"적당한 수준의 당분은 그렇겠지만, 과음하면 뇌에도 안 좋은 데다 뚱보 직행일 거야."

"괜찮아. 이게 마지막 잔이야."

"그 말, 아까도 했어……"

"10분 만에 네 번째. 술꾼 탄생."

"이런 모습을 처음 보는데, 왠지 엄청 자연스러워 보여. 왜일까?"

뜨뜻미지근한 눈길이 나에게 쏟아졌다.

지금은 다른 이들의 그런 반응이 반가웠다. 난잡하게 터지는 탄산의 자극과, 그녀들의 성의 없는 태도가 거칠어진 내 마음을 치유해줬다.

―이번 잔으로 끝내자.

다른 이들에게 응석을 부리며 오랫동안 홧술을 마셨지만, 모처럼 텐치도 이터널 랜드에 왔으니까 여러 어트랙션을 안 타면 손해다.

부장인 내가 말을 꺼내지 않으면, 다른 이들도 딴 곳에 가고 싶단 말을 하기 어려울 것이다.

"시간 빼앗아서 미안해. 나, 부장인데도 참 제멋대로야."

"그건 괜찮은데……"

"괜찮지 않아. 너희가 이해해준다고, 멋대로 굴었어. 하나도 재미없지?"

"아냐, 재미있어."

"뭐?"

야마다 양이 그렇게 답하자, 나는 얼이 나갔다.

다른 이들도 동감이라는 듯이 고개를 끄덕였다. 나를 배려……한 것이 아니라, 진심으로 그렇게 생각하는 것 같았다.

"항상 성실하게 믿음직한 미도리 부장이 이렇게 거나하게 취한 모습(노 알코올), 슈퍼 레어하잖아."

"보고 있기만 해도 히죽거리게 돼~."

"혹시 다들, 나를 마스코트 취급하는 거야?"

""""응!""""

즉답이었다. 맙소사, 부장으로서의 위엄은 어디 가버린 걸까?

새로운 크림소다가 나왔다.

그것을 본 야마다 양이 쓴웃음을 머금으며 말했다.

"폐라고는 생각 안 하지만, 걱정이 되긴 해. 그러니까 이 잔까지만 마셔."

"응……. 알았어."

야마다 양의 상냥한 목소리로 그렇게 타이르자, 가슴이 떨리면서 눈물이 치솟아 올랐다.

이렇게 좋은 친구들에게 더 폐를 끼치는 건, 아무리 『나쁜 짓』을 하기로 각오를 마친 나라도 머뭇거려졌다.

"마지막 한 잔, 감사히 마실게!"

""원샷~! 원샷~!""

연극부원 중 텐션이 높은 두 사람이 손뼉을 치며 그렇게 말했다.

동료들의 목소리에 등을 떠밀리는 감각— 청춘이라는 느낌이, 가슴에 퍼져나갔다.

연애는 고독했다. 하지만, 청춘은 쾌락이다.

왜 연애 같은 하찮은 것에 정신이 팔려서 마음이 흐트러진 걸까. 오오보시를 잊고, 동료와 함께하면 이렇게 즐거운데 말이다. 신명을 돋우는 새된 목소리와, 차가운 탄산의 목넘김이 뇌의 위험한 신경을 이완시키면서 행복감을 관장하는 호르몬 같은 것을 무한히 분비시키는 감각이야말로 최고! 이것을 능가하는 행복이 이 세상에 존재할 리 없다!

"푸하아!"

만감이 교차하는 마음으로, 크림소다를 깨끗이 비운 후……

"—가자! 언제까지고 끙끙 앓기만 할 순 없어. 우리도 이터널 랜드를, 전력으로 즐기…… 어…… 어어……?!"

빈 잔을 내려놓고 일어서려던 순간, 긍정적인 심정으로 토하던 내 대사가 갑자기 끊겼다.

어째서일까. 일부러 그의 모습을 찾은 것도 아닌데…….

살벌한 군사 국가가 발명한 완전 추적형 미사일 뺨치게 반자동적으로 그 광경을 발견하고 마는 기능이, 내 눈에 갖

췄져 있기라도 한 것일까.

우리가 있는 가게의 창밖.

수많은 관광객이 오가며 성운(星雲)처럼 붐비고 있는 인파 속, 카메라 렌즈로 보고 있는 것도 아닌데 그 두 사람에게 포커스가 맞춰진 것처럼 느껴졌다.

"오오보시와…… 츠키노모리 양……. 어, 아, 아냐."

아까 본 데이트 풍경이 머릿속의 메모리에 남아 있는 탓에 잠시 착각했지만, 그의 옆에 있는 인물은 츠키노모리 마시로가 아니었다.

밝고 화려한 느낌의 황금색 머리카락. 교복이 아니라 사복 차림. 말을 하면서도 세세하게 움직이고 있는 몸.

그 모든 것이 츠키노모리 양이 아니란 사실을 가리키고 있었다.

"이로하 양……?"

부원들에게 들리지 않을 만큼 작은 목소리로, 그렇게 중얼거렸다. 다른 이들은 벌떡 일어선 채 굳어버린 나를 이상하다는 듯이 쳐다보며, 각자의 음료를 빨대로 쪼르륵 빨아 마시고 있었다. 완전히 남일이라는 듯이 말이다. 또 이상한 일이 벌어졌나 보네~ 정도의 일상적인 감각을 자아내고 있는 게 좀 납득이 안 됐다.

……아무튼, 말이다.

코히나타 이로하.

오오보시의 후배이자, 같은 맨션의 옆집에 사는 여자 후
배. 오오보시의 절친인 코히나타의 여동생이니, 두 사람의
관계를 한마디로 표현하자면「친구 여동생」일 것이다. 그녀
는 위기에 처한 연극부에게 연기 지도를 해준 크나큰 은인
이기도 했다.

　그런 그녀가 왜 오오보시와 함께 이터널 랜드에 있는 것일
까. ……아니, 애초에 오늘은 평일이며, 그녀는 1학년이다.
수학여행 중인 2학년이라면 몰라도, 1학년인 이로하 양이
교토에 있다는 것 자체가 말도 안 되는 사태다.

　이로하 양은 어딘가를 손가락으로 가리키더니, 오오보시
와 팔짱을 끼며 그를 잡아당겼다.

　그녀가 손가락으로 가리킨 곳은― SF세계관의 게임을 원
작으로 한 제트 코스터.

　완전히 데이트 분위기다.

　내 뇌는 혼란에 빠졌다.

　오오보시는 아까까지 츠키노모리 양과 데이트했었지? 분
명 츠키노모리 양을 좋아하는 게 분명한 듯한 반응을 보였
잖아?

　그런데 왜 다른 여자애와 같이 있는 건데?

　게다가, 오오보시의 반응이 이상해. 특히, 시선이 말이야.

　완전히 시선이 흔들리고 있어.

　학교에서도 최강 클래스의 미소녀이자 끝내주는 몸매를

지닌 여자애와 무방비하다 해도 과언이 아닐 만큼 몸을 밀착시키고 있다. 저렇게 매력적인 애가 곁에 있는데, 오오보시는 시선을 미묘하게 돌리면서 그녀를 쳐다보지 않으려 고심하고 있는 것처럼 보였다.

그녀를 의식하고 있기에, 저런 반응을 보이는 것이다.

오오보시가 왜 눈을 돌릴 수밖에 없는 것인지를, 그의 본심을 아는 건 나에게 불가능하다.

하지만 지금 이 순간, 오오보시의 모든 감정은 이로하 양이 독점하고 있다— 그것만은 틀림없었다.

오오보시가 좋아하는 사람은, 코히나타 이로하—. 이게 정답이다. 어떤 문제도 완벽하게 푸는, 100점 말고는 받아 본 적이 없는 내가 내린 결론이니 틀림없다.

....

....

어, 잠깐만, 어느 쪽이야?

츠키노모리 양과, 이로하 양. 두 사람 다 진심으로 좋아하는 것 같은 반응을 보였거든?!

왜 내 고백을 거절한 다음 날에, 저 남자는 진짜로 좋아하는 사람이 누구인지 애매한 상태를 만들어내고 있는 걸까.

그것보다 왜 저 두 사람은 아직 가능성이 남아 있는 분위기인데, 왜 나만 확정적으로 차인 건데?!

100점만 계속 받아온 내 뇌가 해명 불가능한 수수께끼에 직면하면서 순식간에 열기를 띠더니, 검은 연기가 모락모락 피어올랐다.

급격한 스트레스를 감지한 전두엽이 긴급 명령을 내렸다.

즉시, 스트레스를 털어내라.

쌓여 있는 것들을 발산하라.

"진짜 못 해먹겠네에에에에! 한 잔 더!!"
"또?! 완전 끝나는 분위기 아니었어?!"

강철이 격렬하게 마찰하는 소리와 노선의 삐걱거림과 승객의 즐거운 비명이 뒤섞인 공간.

여러 개의 제트 코스터가 인접해 있는 이 구역은 고스트 맨션과는 또 다른, 긍정적인 스릴에 사로잡힌 사람들로 붐비고 있었다.

이 주위의 풍경으로 볼 때, 모티프가 된 원작은 『매우안드로이드』— 게임 여명기에 시리즈 제1탄이 발매된, 머나먼 미래의 우주를 무대로 한 SF 세계관이 독특한 작품이다.

국내뿐만 아니라 해외, 특히 북미에서 꾸준한 인기를 자랑하는 『매우안드로이드』는 텐치도의 해외 평가를 확고하게 만든 작품 중 하나다.

⋯⋯관련 지식 공유는 이쯤만 하겠다.

우주를 누비는 모험보다 심각한 문제에, 나는 현재 직면했으니 말이다.

"선배, 서두르죠! 자, 이쪽이에요!"

구체적으로는, 오른팔에서 부드러운 우주가 말캉거리고 있었다.

저기, 이로하, 너무 가깝다고. 제발 그만해, 부탁이야.

마음속으로 신사인 척을 하면서도 이로하를 뿌리치지 못하는 것을 보면, 나 또한 참 안타까운 생물이라는 생각이 들었다. 하다못해 이로하의 무방비한 모습을 보지 않겠다며, 열심히 눈만 돌리고 있었다.

"보세요, 선배!"

"아니, 안 봐. 나는 안 볼 거라고."

"무슨 소리를 하는 거예요. 농담할 때가 아니라고요!"

"농담하는 게 아니거든? 진짜로 진지하다고. 네가 무슨 소리를 하든, 나는 절대 안 볼 거야!"

"네? 잠꼬대 그만하고, 빨리 보세요. 마시로 선배를 찾았단 말이에요!"

"왜 이 타이밍에 마시로의 이름이 나오는 건데?!"

"그럼 마시로 선배 말고 누구의 이름을 말하냐고요! 우리가 지금 뭐 하는지 잊은 거예요?!"

"……헉."

이로하의 강렬한 딴죽을 듣고 정신을 차렸다.

그렇다. 우리는 지금, 마시로를 찾고 있다. 나는 지금 우주에 남겨져 있을 때가 아니라고.

"그것보다 저기! 들어가고 있어요!"

이로하가 손가락으로 가리킨 우주선 탑승구 같은 곳을 쳐다보니, 마시로가 안으로 들어가고 있었다.

기나긴 대기 행렬 옆을 당당히 나아가면서 말이다.

© tomari

"어, 왜 줄 안 서고 타는 거죠?"

"LVIP의 힘이야."

"LVIP? 그게 뭔데요? 무지 센 느낌의 칭호네요."

"정식 명칭『레전드 VIP 패스』. 특별히 인정받은 사람에게만 전달되는 패스이며, 모든 어트랙션을 대기 시간 제로에 LVIP 전용 출입구로 탑승하는 데다, 특별한 환대까지 받을 수 있나 봐."

"설명 땡큐예요. 마치 최근에 잘 아는 사람한테 이야기를 들은 것처럼 상세하게 아네요."

정답. 실은 오늘, 정보통 느낌의 오타쿠 씨에게 들은 내용이다.

"아무튼 잘 알았어요. 하지만 곤란하게 됐네요. 마시로 선배를 쫓아가고 싶지만, 줄 서서 기다리다간 놓치고 말 거에요. 나올 때까지 기다리는 방법도 있지만, 한꺼번에 사람들이 몰려나올 테니 놓칠지도……."

"그런 걱정은 안 해도 돼. 실은 나도 LVIP거든."

"뭐, 뭐라고요~?! ……그것보다 선배와 마시로 선배는 어째서 그런 걸 가지고 있는 건데요?"

"아, 설명 안 했네. 사실 우리는 오토하 씨한테서ㅡ."

『대기 행렬의 여러분, 오래 기다리셨습니다. 220번 팻말을 지닌 분까지 입장해 주십시오.』

설명하려는 내 목소리를 가리듯, 확성기를 든 직원의 목소리가 울려 퍼졌다.

　이로하는 다급히 내 팔을 잡아당겼다.

　"출발하겠어요! 자세한 이야기는 나중에 해줘도 되니까, 일단 LVIP의 파워로 우리도 타요!"

　"아, 응. 그래. LVIP석로 안내되면 마시로의 옆자리에 앉을 수 있을 거야."

　그래서 합류한다면 목적 달성이다!

　……그렇게 생각하던 시기가 저한테도 있었습니다.

　"왜 이렇게 떨어져 있는 거야?!"

　"고함을 지르면 눈치챌지도 모르지만, 다른 손님들에게 폐가 될 거예요~."

　LVIP 전용 출입구로 들어간 우리가 안내된 차량은 7량 편성의 최후미다. 네 명이 탈 수 있는 차량이지만 나와 이로하 말고는 아무도 타지 않았기에, LVIP가 얼마나 좋은 대우를 받는지 실감할 수 있었다.

　하지만 옆에 아무도 앉지 않는다고 하는 배려를 **마시로 또한** 받은 것이다.

　"정말 죄송합니다. 가장 전망이 좋은 1열 좌석은 이미 다른 LVIP 손님께서 타신지라…… 다음 차량을 타시겠습니까?"

"아, 아뇨. 그냥 같이 탈게요."

"그럴 수는 없습니다! LVIP 님께는 넓고 쾌적한 환경에서 어트랙션을 즐겨주셨으면 합니다! 혹시 1열 좌석의 경치를 즐기고 싶으시다면 다음에 타실 때 우선해드릴 테니, 이번만 양해 부탁드려도 될까요."

"하지만 LVIP가 두 팀이나 타면, 좌석을 너무 많이 점거하는 것 아닌가요?"

"아아, 정말 배려심이 넘치시는군요!"

"어."

"빨리 타고 싶어 하는 다른 손님을 배려해, 차량을 독점하지 않겠다는 제안을 하시다니……. 하지만 그렇게 마음 쓰실 필요 없습니다. LVIP 님께서 마음을 쓰시게 했다간, 저희가 사장님께 혼나니까요."

─그리하여, 나와 이로하는 가장 앞줄에 앉은 마시로와 분단되고 말았다.

나는 휘둘리기보단 휘두르고 싶어 하는 타입이라 여겼지만, 나란 인간은 의외로 휘둘리는 데도 약한 타입일지도 모르겠다.

"하지만, 마시로의 모습이 보이는데도 접촉 못 하는 건 안타깝네. 앞에 있는 사람한테 메시지를 전해달라고 부탁해서 우리의 존재를 알릴까?"

"완전 민폐 그 자체일걸요? 실행에 옮겼다간 우리는 무지 수상해 보일 거라고요."

"그건 네 짜증 스킬로 커버를……."

"아니, 말도 안 돼요. 저는 선배 특화형인걸요. 다른 사람 상대로는 품행 방정에 성실하고 올바른 우등생 님이에요."

"큭, 자기 포지션에 되게 충실한 애라니깐……."

"흥흐흐흥~♪"

왠지 이로하가 기분 좋아 보이는데, 내 착각인 걸까?

마시로와의 합류가 미뤄졌지만, 그래도 어트랙션을 즐기자는 속셈인 걸까.

"그럼 안전 바를 내리겠습니다."

직원의 안내에 따라 머리 위에 있는 강철봉이 내려오더니, 철컥하고 뭔가가 끼워지는 소리가 들렸다.

안전 바가 배에 닿자, 한 80% 정도는 안심했다. ……남은 20%는 이딴 봉으로 튕겨져 날아가는 걸 막을 수 있는지 걱정됐지만, 그런 생각을 했다간 무서워서 내리고 싶어질 것이기에 필사적으로 걱정을 뇌에서 쫓아냈다.

괜찮아. 매년 수백 수천 번은 운행했는데도 사고가 일어나지 않았잖아. 분명 괜찮을 거야.

"선배는 알고 있어요?"

"뭘 말이야?"

"아까 간판을 봤는데, 이 어트랙션의 캐치프레이즈는 『우주를 느껴라!』 같아요."

"과장이 심하네. 뭐, 캐치프레이즈는 대부분 그런 느낌이 겠지만 말이야."

"스페이스 셔틀의 대기권 돌파를 유사 체험하게 해주는 게 핵심이래요."

"과대광고에도 정도라는 게 있잖아. 제1우주 속도에 필적하는 건 무리일 게 뻔해."

"(히죽히죽)"

"무리…… 맞지……?"

"글쎄요? 하지만 그만큼 속도로 정평이 나 있다는 거겠네요☆"

이로하는 치근덕거릴 때의 짜증스러운 말투로 그렇게 말했다.

되게 즐거워 보이는걸.

"여유가 넘치잖아. 너도 남 말 할 때가 아니거든?"

"훗훗훗. 아무래도 선배는 제가 자기와 같은 겁쟁이일 거라고 착각했나 보네요."

"착각은 무슨. 사실이잖아."

"훗. 무르군요."

이로하는 손가락을 까딱거리며 의미심장하게 웃었다.

그와 거의 동시에 엉덩이 아래쪽이 덜컹하며 진동하더니, 차량이 천천히 움직이기 시작했다.

"제가 무서워하는 건 귀신뿐! 높은 곳이나 절규 머신 같은 건 환☆장할 정도로 좋아한다고요~!"

"뭐……? 왜 딱 잘라서 말할 수 있는 건데? 유원지에 와본 적이 그렇게 많진 않을 거 아냐."

"뭐, 유원지하면 리얼충 및 인싸의 통과의례예요. 친구가 많은 애는 그만큼 유원지에 가본 경험도 무지하게 많다고요. 친구가 적은 선배 같은 사람은 좀처럼 올 일이 없겠지만요. 푸푸풉."

"무지하게 많은 거냐……. 나 말고 다른 사람과 함께……."

그럴 만도 했다. 학교에서 인기가 어마어마하게 좋은 미소녀니까 말이다.

유원지에 같이 가자는 말도 수없이 들을 것이다.

그야말로 유원지의 무한 리필 같으리라.

"뭐, 엄마하고 온 거지만요."
"그럴 줄 알았어."

이로하의 이실직고에 「예상했다」 느낌으로 어필했다.

그래, 예상했어. 마음속으로 분통을 터뜨리진 않았다고. 진짜야.

"그런데 오토하 씨도 유원지에는 데려가 줬구나. 오락이란 말이 붙는 건 전부 금지하는 줄 알았어."

"텔레비전이나 스마트폰과 연관된 것 말고는 웬만하면 허락해줘요. ……하지만 초등학교 고학년이나 중학생 같은 사춘기 여자애에게 『부모와 함께 가는 유원지』 이외의 오락이 허락되지 않는 건 좀…… 그렇지만요."

"어찌 보면 궁극의 어린애 취급이네."

"아~, 아~, 안 들려요~. 생각하기 싫어요~."

이로하가 부모의 과보호에 대해 트라우마를 지닌 것이, 설마 풍부한 유원지 경험과 연관이 있을 줄이야.

어떤 복선이 어디서 회수될지 모르는 법이다.

―아, 맞다.

오토하 씨의 이름이 나오자, 나는 생각났다.

그러고 보니 이로하에게 LVIP 패스를 어떻게 얻은 건지 설명하려다 말았다. 좋은 기회이니 이참에 가르쳐주자.

어쩌면 오토하 씨가 이 근처에 있을지도 모르니 말이다. 이로하가 학교를 빼먹고 할리우드 촬영팀과 함께 다닌다는 걸 알면, 방긋방긋 웃는 얼굴로 죽도록 따질 게 틀림없다. ……이 세상의 온갖 압박 중에서, 그게 가장 무시무시했다.

"어이, 이로하. 아까 하던 이야기 말인데―."

"아. 슬슬 출발하나 봐요, 선배."

정보를 전달하려고 입을 연, 직후의 일이었다.

방금까지 머릿속에 있던 모든 생각이, 순식간에, 깨끗하게, 사라졌다.

제1우주 속도에 필적하는(체감상), 초고속 급속 낙하 때문에 말이다.

"우, 우워어어버버버버버버버버버버버버버버버버."

느릿느릿 올라가던 차량이 어느새 정점에 도달한 건지, 잡담을 나누던 내가 마음의 준비를 할 시간도 주지 않으면서 무자비할 정도의 초고속으로 낙하했다.

엄청난 G에 의해 안면이 일그러졌다.

낙하 순간에 몸 아랫부분이 쑥 빠지는 듯한 착각이 들었고, 부질없는 저항이라는 걸 알면서도 하반신에 힘을 꽉 주고 말았다.

소리가, 뒤처졌다.

꺄아아아, 하고 앞 좌석에 앉은 여성 손님이 지른 즐거운 비명 또한, 수면 너머에서 들려온 소리처럼 멀게 느껴졌다.

"꺄아~! 꺄아~! 꺄아아아아아!"

……옆에 있는 이로하의 비명만은 선명하게, 제로 거리에서 들려왔다.

뭐 하는 거야, 이로하. 절규 머신 정도는 여유롭다는 표정 지었으면서, 마구 비명을 지르고 있잖아.

"꺄아~! 엄청 재미있네요, 끼얏호~! 선배도 즐겁죠~? 앗, 혹시 겁먹었어요? 푸푸풉~☆"

아까 한 말은 취소하겠다. 이 자식, 완전 여유롭네.

온몸이 초고속으로 뒤흔들리고 있는데, 용케 남을 놀려대는걸.

제1우주 속도 안에서도 치근덕대다니, 우주비행사 자격시험을 통과하고도 남을 재능이다.

"이딴……! 상황에서……! 어떻게……! 즐기냐고……!"

공기가 얼굴을 때리는 가운데, 나는 기합과 근성을 쥐어짜내서 이로하에게 딴죽을 날렸다.

"안심하세요, 선배! 여기서부터 감속해요. 이지 모드예요!"

"뭐, 정말?!"

"네, 저 앞에 꼬불꼬불~한 장소가 있죠?"

"있어!"

"상식적으로 생각해볼 때, 저런 급커브를 이 속도로 돌 수 있을 리가 없어요!"

"그건 그래!"

"즉, 저기서 감속 확정! 릴랙스 찬스 GET! 인 거죠!"

"만세!"

머신은 최고속도로 코너에 돌입했다.

"속였구나아아아아!!"

"아하하하! 와아~, 속아 넘어갔다~☆"

좌우로 휘둘리며 절규하는 나를 보며, 이로하는 폭소를 터뜨렸다.

"엄청난 속도로 코너에 뛰어드는 게 코스터의 매력인데, 감속할 리가 없잖아요~! 정말~, 겁 되게 먹기는~. 선배는 참 귀엽다니깐☆"

"젠자아아앙, 반박을 못하겠어어어어!"

그러는 와중에 지옥 같은 시간은 순식간에 지나갔고……

"선배~, 살아있나요~?"

"으, 응…… 어찌어찌…… 아, 하지만 기다려…… 발 이……"

코스를 한 바퀴 돌고 차량이 터미널로 돌아왔을 즈음, 나는 완전히 그로기됐다.

직원의 말에 따라 하차한 내가 다리가 풀린 나머지 털썩 주저앉자, 몸을 웅크린 이로하가 손가락으로 나를 톡톡 두드리며 무사 여부를 확인했다.

갓 태어난 사슴 같다는 비유가 나 자신에게 적용되는 날이 올 줄이야…….

떨어지지 않으려고 발에 힘을 너무 준 탓에, 하반신에 괜히 부담을 준 걸지도 모른다.

"주, 죽는 줄 알았어……."

"와아, 얼굴이 되게 창백하네요. 너무 대미지를 입은 것 같아서, 저도 추격타를 날리지 못하겠어요~."

"으으……."

"자~. 심호흡을 해보세요~."

이로하는 몸을 웅크린 내 등을 상냥하게 쓰다듬어줬다.

제트 코스터에 탄 동안에는 그렇게 짜증스럽게 굴었으면서, 내 상태가 심각하니 궤도 수정을 할 줄이야. 치명적인 선을 넘지 않는 것을 보면, 아무리 짜증나게 굴더라도 이로하는 이로하다. 본성은 참 좋은 애라는 느낌이 들었다.

"하아, 하아……. 오, 오케이~. 이제 진정됐어."

"이야~, 선배가 이 정도로 약캐일 줄은 몰랐어요."

"회복의 조짐이 보인다고, 바로 놀림 모드가 될 건 없잖아."

"효율충인 선배의 후배답게, 지극히 효율적으로 치근덕거리고 싶거든요!"

"쓸데없이 후배의 귀감인걸……."

"에헴."

칭찬이 아닌데 말이다. 지금 딴죽을 날리는 건 꼴사나울 것 같으니, 그냥 잘난 척을 하게 두기로 했다. 젠장.

"앗. 저기, 선배. 유감스러운 소식이 하나 있어요."

"뭔데?"

"마시로 선배를 놓쳤어요."

"마시로……? …………."

한순간, 무슨 말을 들은 건지 몰라서 어리둥절하려다…….

"……아앗?!"

"완전히 깜빡했었나 보네요."

"아냐, 나쁜 건 내가 아니라 제1우주 속도라고!"

"무슨 소리를 하는 건지 모르겠거든요?"

젠장, 나는 뭘 위해 제트 코스터에 탄 거냐고! 마시로와 합류 못 하면, 괜히 생고생만 한 게 되잖아!

"이러고 있을 때가 아냐. 마시로를 쫓아가자, 이로하!"

"라저! ……그런데, 괜찮아요?"

"그다지 괜찮지 않아."

내 다리는 아직도 후들거리고 있었다.

＊

그 후, 마시로 수색은 난항을 겪었다.

……아니, 거짓말이다. 수색 자체는 간단했다. 마시로는 근처의 어트랙션부터 차례차례 공략할 생각이라 그런지, 금방 찾을 수 있었다.

하지만 LVIP 패스의 효력으로 대기 행렬을 무시하고 어트랙션으로 안내되는 마시로를 따라잡는 건 어려웠다.

같은 패스의 힘으로 입장하면, 마시로와는 전혀 다른 장소로 안내됐고―.

나와 이로하는 머리를 써서 어트랙션에 타지 않고 출입구에서 마시로를 기다려봤지만, 직원에게 발견되어서 「LVIP 님을 밖에서 멀뚱멀뚱 서 계시게 할 수는 없습니다!」 하며 반강제로 입장을 당하기까지─.

그런 식으로 이로하와 둘이서 여러 어트랙션을 함께 타게 됐다.

반쯤 데이트……하고 도중에 생각할 뻔한 건, 내 마음속에 담아두겠다.

그런 생각으로 돌아다녔다간, 마시로의 얼굴을 볼 면목이 없을 것 같았다.

원치 않게 탄 것이라고는 해도 어트랙션 하나하나의 퀄리티는 높았고, 이로하가 계속 즐거워 보인 것은 참 다행이다. 기왕 타게 됐으니, 즐기는 편이 좋을 테니 말이다.

이로하가 즐거워하는 모습을 보고 있기만 해도, 참 좋다는 생각이 들었다.

그런 우리가 이번에 찾은 어트랙션은 몬스터를 잡는 타입의 RPG를 소재로 한 워터 벌룬이다.

"우랴우랴우랴우랴우랴우랴앗~!"

"어이, 이로하! 전력 질주하지 마! 이상한 방향으로 굴러갈 거란…… 우왓?!"

"꺄아~, 선배가 안겨들었어~☆"

"아니, 이건 불가항력이라고!"

거대한 풍선 안에 들어가서, 물 위에서 노는 어트랙션이다.

둘이서 같은 풍선에 타니 제어가 어려웠고, 균형을 잃은 내가 이로하 쪽으로 쓰러지고 말았는데…….

몸을 밀착시킨 채, 정지된 풍선에서 굴러떨어지듯 나온 나와 이로하는…….

"왜 이로하 양과 단둘이 있는 거야?"

그렇게 염원하던 마시로와의 합류에 성공했다.

……아니, 염원하던 일이기는 해도 하필이면 이 타이밍에…….

＊

"……라는, 우여곡절 끝에 이로하는 여기 있는 거구나."

"넵. 그렇습다."

"그리고 우여곡절 끝에 아키는 이로하 양과 만난 거구나."

"넵. 그렇습니다."

"그리고 또 우여곡절 끝에 단둘이서 유원지 데이트를 즐긴 거구나."

"넵. ……아니, 잠깐만 있어 봐. 즐기진 않았어. 이래 봬도 몇 번이나 죽을 고비를 넘겼다고. 즐겼다는 말로 넘어가면 곤란해."

"뭐? 알아듣지도 못할 말대꾸 하지 말아줄래?"

"잘못했습니다."

워터 벌룬의 출구에서 약간 떨어진 곳에 있는, 등받이 없는 벤치 위.

팔짱을 끼고 화난 듯이 선 마시로 앞에서 나와 이로하는 나란히 무릎을 꿇은 후, 이제까지의 경위를 설명했다.

하지만 이로하가 《5층 동맹》의 성우라는 것은 말할 수 없기에, 미묘하게 두루뭉술 넘어가며 설명을 하게 됐다.

할리우드 영화에 출연하게 된 미즈키 씨에게 아르바이트로 일해달라는 부탁을 받고 왔다, 고 둘러댄 것이다.

연기자가 꿈이라는 점을 빼니, 왜 일부러 이로하에게? 라는 의문에 사로잡히겠지만, 그 부분은 적당히 얼버무렸다.

"이로하 양이 교토에 있는 이유는 너무 아크로바틱해서 잘 모르겠지만……."

"나도 그렇게 생각해."

"네~! 저도 그렇게 생각해요~!"

"네가 할 소리냐."

힘차게 손을 들며 그렇게 말하는 이로하를 내가 손가락으로 톡톡 두드린다고 하는 그런 일상적인 광경을 본 마시로는 하아, 하고 한숨을 내쉬었다.

"뭐, 됐어. 이번에는 폭주한 마시로한테도 잘못이 있는걸. 귀신의 집에서 너무 흥분한 나머지, 주위가 눈에 안 들어왔어."

"아냐. 마시로는 잘못 없어. 잘못이 있는 건 겁쟁이인 나야."

"맞는 말이네. 확 죽어버려."

"인정사정없는걸……."

여전히 그녀의 독설은 날카롭기 그지없었다.

그래도 나는 이번에 한심하기 그지없었던 만큼, 반론할 마음이 들지 않았다.

"……그리고 엄마도 이해가 안 돼. 촬영을 도와줄 사람이 필요하다고, 딸의 친구에게 부탁한다는 게 말이 돼? 게다가 학교도 가야 하는 평일에 말이야."

"그건……."

"이로하 양도 이로하 양이야. 교토에 오고 싶어 했던 걸로밖에 안 보이거든?"

"으윽, 부정 못 하겠어……!"

마시로의 말이 가시가 되어 우리를 마구 찔러댔다. 오늘은 평소보다 훨씬 날카로웠다.

그러던 마시로는 언짢은 듯이 흥 하고 코웃음을 치더니…….

"……뭐, 지금의 마시로에게는 화낼 권리가 없긴 해."

"네?"

이로하가 영문을 모르겠다는 듯이 눈을 깜빡거리자, 마시로는 내키지 않는다는 투로 말했다.

"헤어졌거든. 가짜 연인 관계, 종료."

"어."

이로하는 그대로 얼어붙었다.

"헤어졌거든."

마시로는 똑같은 말을 되풀이했다.

"어. 어. 어?"

이로하는 아직 사태를 파악하지 못한 건지, 눈만 껌뻑거렸다.

"헤어졌거든."

"어…… 어엇~?! 헤어졌어요—?!"

같은 말을 세 번이나 듣고서야, 격렬한 리액션을 보였다.

쌓일 대로 쌓인 후에 터져 나와서 그런지, 목소리가 매우 컸다. 고막이 사라지는 줄 알았다.

"서, 선배, 선배, 선배! 마시로 선배가 저렇게 말하는데, 진짜예요?!"

"그런 것 같아. 오늘 아침에 차였어."

이로하가 어마어마한 기세로 나한테 질문을 던지자, 나는 가벼운 스윙으로 공을 쳐 내듯 간결하게 답했다.

하긴 놀랄 만도 해. 갑작스러운 일이잖아.

당사자인 나도 놀랐으니, 당연하다.

"아키는 여전히 좋아하지만 말이야. ……어차피 언젠가는 진짜 연인이 될 거니까, 가짜 연인 관계는 필요 없어."

"알쏭달쏭하네요. 좋아한다면, 가짜더라도 여친 자리를 계속 차지하고 있는 편이 유리할 것 같은데요."

"살을 내주고 뼈를 자를 거야."

"아하……?"

마시로가 차분한 어조로 답하자, 이로하는 의아하다는 듯이 눈을 가늘게 떴다.

여자 두 명이 즐겁게 이야기를 나누는 건 좋지만, 등장인물에 나도 포함된 사랑 이야기를 내 눈앞에서 나누지 말아 주면 안 될까?

두 사람 다 학교에서 매우 인기 있는, 매력적인 여자애다.

그런 두 사람의 연애 이야기를 나누자, 어젯밤에 자신의 감정을 자각한 나는 마음이 쉴 새 없이 흔들렸다.

"그러니까 질투할 자격은 없어. ……하지만, 이로하 양은 언제까지 이런 데서 농땡이를 부릴 거야? 엄마에게 부탁받은 일을 해야 하지 않아?"

"어? 앗, 아앗~! 맞아요~!"

무릎을 꿇고 있던 이로하가 펄쩍 뛰듯 절묘하게 몸을 일으켰다.

그러고 보니 나도 깜빡했는데, 이로하는 음료를 사러 가던 도중에 이 일에 휘말렸다.

이로하는 힘차게 벤치에서 내려오더니, 멋지게 착지했다.

"저, 그럼 가볼게요."

"응, 그편이 나을 거야. 엄마, 화나면 무섭거든."

"마시로와 비슷하네."

"뭐?"

"……아, 아무것도 아냐."

괜한 소리를 한 바람에, 마시로가 나를 노려봤다.

"아하하♪ 선배, 혼났네요~. 꼴 좋다☆"

"왜 너까지 즐거워하는 건데…… 어, 멀어?! 벌써 저기까지 갔어!"

고양이 만난 쥐 꼴인 나를 놀리는 이로하에게 한마디 해 주려고 고개를 돌려보니, 그녀는 이미 몇 미터 떨어진 곳에서 손을 흔들고 있었다.

"그럼 선배, 마시로 선배. 즐거운 수학여행 되세요~♪ 그럼 저는 이만 실례!"

이로하의 모습이 순식간에 멀어졌다.

보이지 않게 될 때까지 우리를 향해 손을 흔들고 있는데…… 위험하니 빨리 앞을 바라봤으면 좋겠다.

"흐음. 웃으면서 물러나네. 아쉬운 느낌을 드러나지 않는 건, 연기력 덕분인 걸까."

"뭐? ……마시로, 무슨 말 했어?"

"아무것도 아냐. 자, 우리도 가자. 아직 돌아보고 싶은 곳이 더 있어."

"으, 응."

마시로가 손을 잡아끌자, 나도 걸음을 내디뎠다.

이로하가 할리우드 촬영 현장에서 어떤 경험을 하는지도

매우 흥미롭지만, 지금은 수학여행 중이다. 나에게 있어 메인 이벤트는 이쪽이다.

　모처럼 마시로와 함께 시간을 보내고 있는 만큼, 이 시간을 즐겨야 할 것이다.

*

　『아키와 이로하 양의 데이트 신 완전 존귀하네! 안 그래? 오즈마 군?』

　『응. 역시 이 두 사람의 조합이야말로 진리네요.』

　『하지만 마시로 양이 질투하는 모습도 사랑스러워서 최고! 안 그래?! 오즈마 군!』

　『이러쿵저러쿵해도 아키와 츠키노모리 양 조합도 매력적이네요.』

　『나로서는 둘 중 누가 더 나은지 못 정하겠어……. 그냥 확 멀티 엔딩은 어떨까?!』

　『게임이라면 그것도 가능하겠지만, 유감스럽게도 이건 게임이 아니라서요.』

　『끄응, 고민돼애애애애!』

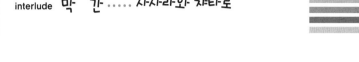
"안녕하세요~. 토모사카 사사라예요. 오늘은 Vlog를 찍을 거야~. 예이, 예이!"

핀스타그램에서 대인기인 카리스마 여고생, 토모사카 사사라의 방과 후는 카메라 앞에서 시작된다.

하지만 장소는 촬영 스튜디오가 아니다. 바로 자기 집이다.

촬영을 위해 꽤 무리해서 인테리어도 신경 썼다. 생활감을 최대한 없애고, 세련된 공간으로 만들었다!

전에 구설수에 오르면서 지명도가 조금 상승해서, 거액의 광고가 들어오게 된 덕분이다. 그때는 진짜 정신적 대미지를 받았지만, 전화위복이랄까? 역경에서 이어지는 대역전을 이뤄낸 걸 보면, 역시 나는 「타고 났다」니깐~.

"내 방과후 루틴은 우선 옷 갈아입기. 갑갑한 교복을 확 벗어던지고, 실내복으로 갈아입어서 릴렉스. 세련된 여자애도 자기 방에서는 편한 옷차림이야~. 경멸했어? 뭐? 이미지대로라고 말한 거 누구야. 시끄럽네~."

팔로워의 반응을 예상하며 미리 딴죽을 날려두는 것이 바로 사사라 테크닉.

생방송이 아니라 녹화지만, 실시간으로 팔로워의 코멘트

와 대화하는 것처럼 연출하는 것도 중요하다.

처음에는 패션 리더나 카리스마적 측면으로 팬을 획득했지만, 요즘 들어 팔로워 숫자의 추이를 보면 약간 「어벙한 면」을 드러내는 편이 좋은 반응을 얻는다는 걸 깨달았다.

존경하는 호시노 씨도 카리스마 다음에는 친근감이 중요하다고 조언해줬다.

그 말에 따라봤더니 진짜로 반응이 좋아서, 역시 프로는 대단해~! 하며 감동했다.

뭐, **얼간이 행세**를 하는 것도 일류의 소임이랄까~? 흐흥.

"……………."

한순간, 자기 생각에 대해 딴죽을 날리는 듯한 환청이 들려왔기에 입술을 살짝 비틀었다.

『맞아, 맞아. 연기네, 연기. 그런 걸로 해줄게~. 응~.』

그렇게 적당히 흘려넘기면서 나를 무시하는, 이로하의 목소리가 환청으로 들려왔다.

이렇게 환영으로 나타나서 짜증나게 굴다니, 대체 나는 그 녀석에게 얼마나 뇌를 오염당한 걸까.

이로하는 교토에 있을 테니, 목소리가 들릴 리가 없는데 말이다.

……이럴 때가 아냐. 지금은 즐거운 Vlog 촬영 시간이잖아. 마음을 다잡고, 힘차고 즐거운 영상을 찍어야 해.

"집에서는 주로 스마트폰이나 만지작거려. 아, 그렇다고 놀기만 하는 건 아냐. 핀스타의 트렌드를 체크하는 거란 말이야!"

소파에서 누워서 스마트폰을 만지작거리는 모습을 카메라에 담았다.

참고로 이 영상은 삼각대에 설치한 다른 스마트폰으로 문앞에서 실내 전체를 담듯이 촬영하고 있다. 뭐, 요즘은 스마트폰 두 대 소지 정도는 필수과목이잖아. 인플루언서라면 당연한 거야.

나는 핀스타 애플리케이션을 켜서 팔로우한 이들이 어떤 걸 올렸는지 확인했다.

"……아. 랜드 마니아 씨가 갱신했네."

전국 각지의 유원지와 테마파크를 돌아다니며, 토막 지식이나 희귀 정보를 사진을 첨부해서 소개해주는 계정이다. 바빠서 그다지 놀러 가지 못하지만, 이 사람이 투고한 글을 보면 마치 현장에 가 있는 느낌이 들어서 즐겁다니깐.

성별과 나이는 비공개지만, 프로필 사진은 장발의 아름다운 언니이며, 글의 말투도 여성스러운 것을 보면 아마 여성일 것이다. 이야, 이 사람이 뒤룩뒤룩 살찐 오타쿠가 아니라 다행이야~. 마니악한 느낌의 매우 긴 글이 이 사람의 특징이지만, 아시안 뷰티 느낌인 사람의 이런 글은 충분히 허용된다.

최근에 간 곳은…… 텐치도 이터널 랜드?! 요즘 완전 핫한 곳이네! 사진빨 정말 잘 받는 곳이야!

『설마 그 전설의 LVIP 님을 이 두 눈으로 보게 되는 날이 올 줄은…… 나는 여자지만, 이번만큼은 진짬 좀 흘렸다니깐.』

호오. 잘은 모르겠지만, 대단한 사람이 왔나 보네.
그렇게 생각하며 흥미 삼아 랜드 마니아 씨가 올린 사진을 보니…….
"어?"
사진 안. 「전설의 LVIP 패스는 바로 이것!」이라는 글자와 함께, 스마트폰으로 대충 편집해 넣은 듯한 빨간색 화살표가 눈에 들어왔다.
그 화살표가 가리킨 패스는, 엄~청 눈에 익은 교복을 입은 남자가 목에 걸고 있었다.
아니, 지금 중요한 그게 아니다.
그 사진에는 다름 아닌…….

"이, 이로하잖아~!!"

어제 내가 교토로 보내버린 친구, 코히나타 이로하가 담겨 있었다.
게다가 LVIP 패스를 목에 건 오오보시 선배와 사이좋게 유원지 데이트를 하고 있었다.
우와. 말도 안 돼.

오오보시 선배가 그리워서 교토에 가더니, 진짜로 표적을 포착했다. 스토커 스킬이 너무 뛰어나서, 살짝 질릴 지경이다.

큰일 났다. 무심코 큰 소리로 고함을 질렀어. 촬영 중인데 말이야.

뭐, 됐어. 편집을 좀 해야겠지만 영상은 써먹을 수 있을 테니까, Vlog를 계속 하자. 카메라 위치를 고정시켜둔 덕분에, 편집점도 그렇게 부자연스럽지 않을 테니까, 이대로……

"누나, 시끄럽다고!"

덜컹~! 콰당~!

"아아아아아아아아아아아아아아아아아아아아아!!"

힘차게 문이 열어젖혀지면서, 삼각대와 함께 촬영용 스마트폰이 튕겨 날아갔다.

실내에 들어온 이는 키가 크고, 어깨도 넓으며, 날라리 같아 보이는 헤어 스타일과 흉악한 갱단 같은 인상을 지닌―내 동생. 정확하게는 못난 동생. 토모사카 챠타로다.

"야! 이 빌어먹을 멍청이야! 무슨 짓을 하는 거야?! 카메라 각도와 위치가 완전 엉망이 됐잖아!"

"시끄러워~! 나는 시험에 대비해 공부 중인데, 혼자서 큰 소리로 좋알대지를 않나, 집이 떠나갈 정도로 딴죽을 날려대지를 않나, 더는 못 참겠다고!"

"끄으으응, 내 Vlog가~!"

"뭐가 Vlog야! 공부나 해! 이렇게 농땡이나 부리며 공부를 안 하니까 코히나타 선배한테 못 이기는 거야!"

"뭐~?! 남자 때문에 눈 돌아간 애와 비교하다니, 너무한 거 아냐?! 걔가 지금 어디서 뭘 하는지 알면서 그딴 소리 해?!"

"모른다고, 멍청아! 코히나타 선배가 지금 뭐 하는데?!"

"말 못 해, 멍청아! 내가 친구를 팔 것 같아?!"

이로하는 짜증나는 애지만, 그래도 친구다. 오오보시 선배를 좋아한다는 사실이나 그 때문에 폭주하고 있는 점, 그리고 평일에 학교를 빼먹은 이야기는 도저히 할 수 없다. 그게 내 나름의 의리다.

아무튼, 오래간만에 완전히 뚜껑 열렸어. 이 망할 동생, 남의 Vlog 촬영을 방해하기는…….

부릅뜬 두 눈이 살의로 가득 찬 나는 엄지로 방 밖을 가리키며 고함을 질렀다.

"밖으로 나와! 장기로 결판을 내자고, 짜샤!"
^{거실}

"좋아! 동굴곰의 폭력을 똑똑히 맛보여주마, 짜샤!"

이리하여 본편과 전혀 상관없는 남매 용왕전이 발발했지만, 그것은 별개의 이야기다…….
^{싸움}

하늘이 석양에 붉게 물들자, 텐치도 게임의 전통적인 적
캐릭터 전시물의 그림자가 쑥 늘어났다.

바람은 더욱 차가워졌고, 시간의 흐름이 아주 약간 느려
지면서, 아동용 BGM의 음량에는 변함이 없는데도 묘하게
애수가 어렸다.

옆에서 걷고 있는 마시로의 얼굴을 쳐다봤다.

도중에 매점에서 산 크림소다 용기에 꽂힌 빨대를 문 채,
조용히 음료를 빨아 마시고 있었다.

석양의 붉은 빛이, 은색 머리카락을 아름답게 조화를 이
뤘다.

그 후로 몇 개의 어트랙션을 탔고, 매점을 돌아봤으며, 텐
치도의 마스코트 캐릭터들과 놀기도 했지만······.

내 기억에 남아 있는 건, 마시로의 얼굴 뿐이다.

그래서 눈치채고 말았는데, 어찌 된 건지 마시로는 오늘
쭉 진지했다.

데이트를 하는 여자애, 란 분위기가 아니었다. 굳이 따지
자면, 확대경을 들여다보는 연구자 같았다.

나와 함께하는 시간을 그다지 즐기는 것 같지 않았다. 이

런 생각을 하는 것 자체가 실례란 생각도 들지만 말이다.

"저기, 아키. 마지막으로 저것을 타지 않을래?"

마시로가 그렇게 말하며 가리킨 것은⋯⋯.

유원지 안에서 가장 눈길을 끄는 장소에 있는, 가장 눈에 띄는 거대 어트랙션.

어느 유원지에도 꼭 하나는 있는, 왕도 중의 왕도. 수많은 커플을 이어주는, 유원지 데이트계의 거물.

"관람차?"

"응, 관람차. 마지막에 어울리는 장소야."

"그건 그래. ⋯⋯좋아, 타자."

거절할 이유가 없었다.

LVIP 패스 덕분에, 나와 마시로는 바로 관람차에 탈 수 있었다.

석양과 밤의 경계, 밤의 퍼레이드를 앞둔 이 시간에는 좋은 장소를 확보하려는 사람과 그렇지 않은 사람으로 나뉘는 것 같았다.

눈앞에 텐치도 캐릭터의 얼굴이 프린트된 곤돌라가 도착하자, 나와 마시로는 직원의 도움을 받으며 탑승했다.

곤돌라 안은 꿈의 왕국다운 활발한 색상으로 꾸며져 있으며, 말 그대로 꿈만 같은 공간이었다.

내 맞은편, 눈앞의 좌석에 체구가 조그마한 마시로가 앉으니 동화속 세계의 공주님 같았다.

마시로는 정말 한 폭의 그림 같은 귀여운 여자애라고 생각한다.

덜컹, 하는 소리가 들렸다.

곤돌라가 천천히 움직이기 시작하더니, 하반신에서 둥실 떠오르는 듯한 감각이 느껴졌다.

창밖을 보니, 1초 간격으로 서서히 지면에서 벌어지고 있었다.

"어땠어?"

마시로가 느닷없이 그렇게 물었다.

그 목소리를 듣고 돌아보니, 마시로도 창밖의 지상을 내려다보고 있었다.

주어가 부족하다고 여긴 건지, 곧 이어지는 말이 들려왔다.

"여러 장소를 돌아본 감상 말이야."

"아……."

텐치도 이터널 랜드— 이 환상적인 꿈의 왕국을 높은 곳에서 내려다보자, 오늘 하루 동안의 기억이 되살아났다.

하지만 아무리 기억을 떠올려봐도, 역시 생각나는 건 마시로의 얼굴뿐이다. —고스트 맨션에서의 강렬하기 그지없는 공포 체험과, 이로하와 만났던 기억은 예외지만 말이다.

"미안해. 솔직히 말해 집중을 못 했달까, 얼이 나가 있었어."

진짜 이유를 솔직하게 말하는 게 부끄러운 나머지, 일단 그런 식으로 둘러댔다.

"흐음……."

마시로는 약간 질렸다는 듯한 눈길로 쳐다봤다.

그리고 어쩔 수 없다는 듯이 한숨을 내쉬면서 스마트폰을 꺼내더니…….

"정신 좀 차리라고, **프로듀서.**"

직함으로, 나를 불렀다.

─별일이 다 있는걸. 마시로가 이런 식으로 나를 부르다니 말이야.

내가 《5층 동맹》을 이끌고 있다는 것은 마시로도 물론 알고 있다. 츠키노모리 사장과의 교환 조건은 《5층 동맹》을 전제로 한 이야기이니 당연했다.

게다가 일전에 무라사키 시키부 선생님이 쓰러지는 소동이 벌어졌을 때도 『검은 새끼 염소가 우는 밤에』의 DL 수를 늘릴 기획을 함께 밤새도록 생각해줬다.

나를 프로듀서로 인식하고 있는 건, 어찌 보면 당연했다.

그렇게 생각하니, 그 호칭으로 불리는 것에 위화감을 느끼는 게 이상할지도 모른다.

"마시로가 곰꼼해서 다행이라니깐."

"대체 무슨 소리야? ……앗."

"확인해도 돼. 그거, 내가 보낸 거야."

대화 도중에 내가 호주머니에서 진동하고 있는 스마트폰을 신경 쓰는 걸 눈치챈 건지, 마시로가 그렇게 말했다.

나는 그 말에 따라 스마트폰을 꺼내서 화면을 확인했다.

LIME 착신이었다.

마시로에게서 온 것이었다.

애플리케이션을 켜서, 마시로가 보낸 메시지를 확인해보니, 거기에는……

"텐치도 이터널 랜드의 감상? 아니, 이건……"

화면을 가득 채운, 글자, 글자, 글자.

메시지 하나 분량으로는 부족한지, 몇 개로 나눠서 보낸 글자, 글자, 글자.

이모티콘 같은 건 없다. 스탬프도 섞여 있지 않았다.

여자애가 보낸 LIME으로 보이지 않을 만큼, 철저하게 글자, 글자, 글자로 구성되어서 시꺼멓게 보일 정도다.

이것에 가장 가까운 일본어로 표현하자면…….

"……리포트?"

"응. 텐치도 이터널 랜드를 돌아보면서 눈치챈 점이나, 시선 유도, 모티베이션의 컨트롤. 그 귀신의 집에서도 맵 구성이나 게임 디자인에서 참고가 될 만한 것을 메모해뒀어. 캐릭터의 이용법과 활용법도 포함되어 있어. 자료로 찍어둔 사진도 보낼게."

"아, 응……. 고마, 워……?"

유능한 비서처럼 담담히 그렇게 말한 마시로는 스마트폰을 계속 조작했다.

데이트 중인데도 즐겁지 않은 듯한 그녀를 보고, 역시 가짜 연인 관계를 끝낸 것과 관계가 있을 거라고 생각하며 마음이 쓰였는데……

"마시로, 이건, 설마……."

"콘솔판 『검은 염소』의 자료야. 텐치도는 가정용 게임으로 옛날부터 정평이 나 있잖아. 그러니 분명 배울 게 많을…… 거야."

"나를, 위해서?"

"응. ……그래서 텐치도 이터널 랜드에 온 건데, 대체 뭐 때문이라고 생각한 거야?"

"어. 아~, 저기…… 데이트?"

"뭐?"

참 매몰찬 「뭐?」를 들었습니다. 정말 감사합니다.

일단, 해명을 했다.

"아니, 수학여행 동안에는 일을 잊고 추억을 만들자고 생각했거든. 게다가, 뭐랄까, 저기…… 마시로에 대해서만 계속 생각했더니, 일 생각을 완전히 구석에 처박아뒀던 것 같아."

"뭐. 마, 말도 안 돼."

얼굴이 빨개진 마시로가 좌석에서 살짝 엉덩이를 들었다.

"내가 얼마나 열심히 생각했는데……. 뭐가 아키에게 도움이 될지…… 《5층 동맹》을 위해 뭐가 최선일지 엄청, 엄청, 생각했는데……!"

격한 어조로 그렇게 말한 마시로는 공기 빠진 풍선처럼 비틀거리며 그 자리에 주저앉았다.

그리고 머리를 감싸 쥐더니, 혼잣말을 계속 중얼거렸다.

"그래서 마음이 딴 데 가 있는 것 같았구나……. 정말, 마시로는 이렇게 진지하게 『검은 염소』를 생각했는데……. 아니, 평소에는 항상 일 생각만 하면서 왜 하필 오늘은 마시로 생각을…… 정말."

"미, 미안해. ……나를 위해 이렇게까지 해줄 줄은 몰랐어. 저기, 뭐랄까, 고마워, 마시로."

나는 스마트폰을 호주머니에 집어넣은 후, 감사의 말을 입에 담았다. 스마트폰을 손에 쥔 상태에서— 언제든 시선과 의식을 마시로에게서 돌릴 수 있는 상태에서 이야기를 나누는 건 실례라고 생각할 만큼, 진심 어린 감사 인사였다.

그 정도로 마시로의 마음이 순수하게 고마웠던 것이다.

하지만 마시로는 심정이 약간 복잡한 것처럼 눈길을 돌리더니, 고개를 저었다.

"……아냐. 아키를 위해서가, 아냐."

"뭐?"

"고스트 맨션은, 배울 게 참 많았어. 일부러 문장으로 설명하지 않더라도, 건물의 외관과 분위기만으로 유저에게 무시무시하고 위험한 딴 세상에 실수로 발을 들였다는 인식을 줬어. 스토리의 도입부는 우스꽝스러운 캐릭터가 최소한의 룰을 간략하게 설명해준 후에 충격적인 연출로 퇴장하고, 입구가 닫혀. 지극히 자연스럽게 나아갈 길 쪽으로 시선을 유도한 후, 요소요소에 효과적으로 배치된 망령과 은근슬쩍 놓인 소도구로 주민들의 스토리를 유추하게 해서 고찰충의 마음을 자극해. ……시나리오와 게임 디자인이 이상적으로 맞물린, 이상적인 구성이야. 무한한 평행세계와 이어진 저택, 이란 폐쇄 공간을 무대로 하면서도 확장성도 있는 특징을 지닌 『검은 염소』의 세계관이라면 적절히 도입할 수 있을 거야."

"꽤 본격적으로 게임에 대해 생각했구나. 『검은 염소』에 대해서도 잘 알고 말이야."

이렇게 말이 자연스럽게 흘러나온다는 건, 그만큼 심사숙고를 했다는 증거다.

머릿속으로 항상 작품에 대해 생각하지 않는다면, 이 정도로 스무스하게 이야기하지 못하리라.

하지만 마시로가 왜 이렇게까지 『검은 염소』에 대해 생각한 걸까? 란 의문이 머릿속에 떠올랐다. ……작가 지망생이라서일까?

"시나리오 담당이 문장만 휘적휘적 써대선 갓겜을 만들 수 없거든."

"시나리오…… 마시로도 도와줄 거야?!"

"싫어."

"그럴 줄 알았어~."

딱 잘라 거절당했다.

어쩔 수 없다. 학교에 다니면서 자기 응모 원고도 써야 하니, 게임 시나리오 같은 부담스러운 일을 담당할 여유는 없을 것이다.

솔직히 말해, 인기 작가인 마키가이 나마코 선생님이 협력해주고 있는 현재 상황이 비정상적인 것이다.

"그게 아니라— 이미 하고 있어."

"하고 있다니, 뭘 말이야?"

"시나리오."

"어. 아니, 잠깐만, 그 말은……."

마시로가 한 말의 의미를 파악하기 위해, 뇌를 회전시켰다.

머릿속에 떠오른 것은, 여러 가능성이다.

마키가이 나마코 선생님은 담당 편집자인 카나리아가 돌보는 작가 지망생인 마시로를 어시스턴트로 소개받아서 『검은 염소』 시나리오를 돕게 한다거나 말이다.

담당 편집자가 같은 마시로가 나와 인연이 깊은 인간이라는 걸 알게 된 후라면, 그럴 가능성도 있다.

내가 그런 생각을 하면서도 답을 내놓지 못하며 딱딱하게 굳어 있자, 마시로는 더는 못 기다려주겠다는 듯이 입을 열었다.

진지한 눈빛을 머금고…….

어찌 된 건지 이마에 커다란 땀방울이 맺힌 채······.

마치 서스펜스 드라마의 끝부분, 벼랑 앞에서 모든 사건의 흑막이라는 것을 밝히는 범인처럼 각오에 찬 표정으로······.

"마키가이 나마코. 그게 마시로의 펜네임이야."

그런 소리를 늘어놨다.

마키가이 나마코.

이 세상에 단 한 명뿐인, 대작가의 펜네임.

UZA문고 신인상에서 대상을 수상했고, 데뷔한 지는 얼마 안 됐지만 자기를 좋아하는 수많은 독자를 팬으로 삼고 있는, 현대 최후의 천재라 불리는 라이트노벨 작가의 이름이다.

그게 자신의 이름이라고 마시로가 밝히자, 나는······.

"아하하! 심각한 표정으로 무슨 소리를 하나 했네. 그럴 리가 없잖아~."

하하하 하고 웃음을 터뜨린 나는 수다 중인 사모님들처럼 손을 내저었다.

"······어."

마시로의 얼굴이 딱딱하게 얼어붙었다.

"이런 말도 안 되는 농담에 속을 것 같아? 마키가이 선생님은 대학생이라고."

"그건…… 내가 그렇게 자칭했을 뿐이야. 실은 그렇지 않아."

"카나리아 씨도 마키가이 선생님과 마시로가 동일 인물이라고는 말하지 않았잖아."

"비밀로 해달라고 부탁했어. 들키고 싶지 않았거든."

"애초에 성별이 달라. 마키가이 선생님은 중성적인 느낌의 쾌활한 청년이야."

"얼굴은 본 적 없잖아?"

"목소리는 들었어! 미남 보이스의 형이 분명했어!"

"하아, 되게 끈질기네……. 증거도 얼마든지 있거든?!"

"어, 마시로?!"

발끈한 마시로는 자리에서 일어나더니, 엉금엉금 기듯이 내 발 사이로 몸을 집어넣었다.

"위치! 머리 위치!"

"잔말 말고 움직이지 마. 딱히 이상한 짓은 안 할 거야."

"그건 하는 녀석들이 지껄이는 소리라고! 진정해, 마시로! 우리한테 이런 짓은 아직 일러! 앗, 하지 마. 아앗~!"

하반신에 얼굴을 파묻는 듯한 자세가 너무 센시티브한 탓에, 나는 몸을 비틀며 도망치려 했다.

하지만 좁은 곤돌라 안에는 도망칠 곳이 없고, 거칠게 저항할 수도 없다. 산적에게 능욕당하는 마을 처녀의 심정을 맛보며, 그저 당하고 있을 수밖에 없었다.

마시로가 대체 왜 이러는 걸까. 이렇게 야생적으로 덮친다는 게 말이 돼?! 설마 야생 타입 소녀, 타카미야에게 영향을 받은 건가?!

혼란에 빠진 탓에 머릿속으로 이상한 생각을 하고 있을 때, 바지 안의 내용물이 쑥 빠져나왔다. —정확히는, 바지 호주머니 안의 내용물이다.

"빌릴게."

"빌린다니…… 어. 내 정조 말이야?"

"스마트폰. ……은근슬쩍 무슨 소리를 늘어놓는 거야? 저질."

마시로는 차가운 눈길로 나를 날카롭게 노려봤다.

그녀는 아까 대화에 집중하려고 호주머니에 넣어둔 내 스마트폰을 손에 쥐고 있었다.

아무래도 내가 착각을 한 것 같았다.

"자, LIME의 통화 기능으로 마키가이 나마코한테서 전화가 올 테니까, 이야기를 나눠봐."

"으, 응. ……어, 진짜네!"

마시로한테서 스마트폰을 넘겨받은 직후, 그녀가 자기 스마트폰을 조작하는 것과 동시에 내가 손에 쥔 스마트폰이 진동했다.

통화. 상대는, 마키가이 나마코.

식은땀이 나기 시작했다.

떨리는 손으로 수화기 아이콘을 터치했다.

그리고 머뭇머뭇, 금방이라도 바스라지는 물건을 다루듯,

천천히 스마트폰을 귀에 댔다.

"믿기지 않는 것도 어쩔 수 없지만, 받아들이라고. 내가 마키가이 나마코란 말이야, 바보야~."
『믿기지 않는 것도 어쩔 수 없지만, 받아들이라고. 내가 마키가이 나마코란 말이야, 바보야~.』

현실의 마시로가 한 말이 정면에서 들려왔고, 이어서 스마트폰에서는 미남 보이스가 흘러나왔다.

틀림없다. 이제까지 몇 번이나 들었던, 마키가이 나마코 선생님의 목소리다.

"보이스 체인저. 최근의 애플리케이션은 엄청 성능이 좋아. 자기 목소리가 자연스러워지는 음역을 찾는 건, 어려웠지만……."

확실히 요즘은 실제로는 남성인데 일러스트가 여성인 Vtuber— 흔히 버미육 아저씨란 존재도 있는 시대다.

그러니 기계를 이용해서 여성이 남성의 목소리를 내는 것도, 어렵지 않을 것이다.

왜 이제까지는 거기까지 생각이 미치지 않은 것일까.

아니, 거기까지 생각이 미치는 것 자체가 아무리 생각해도 이상하잖아.

서점에서 우연히 발견한 화제작을 읽다 보니, 내 심금을

울렸고, 우연히 팬레터에 권유 문장을 적어서 보냈더니, 우연히 연락이 됐다고 하는 우연에 우연을 거듭한 결과가, 나와 마키가이 나마코 선생님의 만남이었다. 그런데, 그런 상대의 정체가 어릴 적부터 자주 함께 놀았던 사촌이라고?

마치 복권에 2년 연속으로 당첨된 후에 돌린 10연 랜덤 박스에서 SSR이 여덟 개나 나온 것 같은 일이잖아.

아무리 생각해도 확률 조작이 당했거나, 아니면 교통사고로 죽을 일이라고.

—그렇게 생각하면서도…….

나는 그녀의 말을 완전히 부정하지는 못했다.

다시 생각해보니, 그녀의 말을 뒷받침하는 증거가 많은 것이다.

마시로와 마키가이 나마코 선생님이 되풀이 자리에 함께 존재했던 적이 한 번도 없다.

정확히는 예전까지는 음성만으로 참석했었던 마키가이 나마코 선생님이, 마시로가 참석하게 된 후로는 텍스트 채팅으로만 대화를 나누게 됐다.

카나리아가 마시로를 통조림 여관에 가둬둔 것도, 생각해보면 부자연스러웠다. 신인상에 맞춰 육성하고 있다는 것도 말은 되지만, 아마추어가 마감 안에 원고를 완성하게 만들어봤자 의미가 없다. 하지만 그것도, 마시로가 마키가이 나마코 선생님이라면 앞뒤가 맞았다.

─그것만이 아니다.

그래. 마키가이 나마코 선생님과 처음으로 접촉했을 때…….

그날에, 답은 이미 나와 있었던 것이나 다름없잖아.

*

1년 전…… 아니, 이제는 그보다 더 오래된, 그 날…….

컴퓨터의 이메일 프로그램을 켜서 수신함에 도착한 메일 한 통의 발신인과 제목을 확인한 순간, 내 온몸의 모공에서 땀이 뿜어져 나왔다.

발신인 : 마키가이 나마코 (작가)

제목 : 팬레터에 기재된 내용에 관해

왔다! 라는 고양감과, 거절 연락이면 어쩌지……라는 불안이 뒤섞이면서, 내 자율신경은 일시적으로 엉망진창이 됐다고 생각한다.

솔직히 말해, 고양감과 불안 중에서 불안 쪽이 조금 더 강했다. 비율로 보자면 99% 정도다.

그것도 그럴 것이, 프로 작가에게 권유한 건 처음이었다.

고등학생─ 그것도 아직 중학교에서 고등학교로 막 진학한 인간이 느닷없이 전국에 있는 서점의 책장에 자기 책이

진열되는 유명 작가에게 오퍼를 넣는 건, 오만하기 그지없는 짓이다.

마음속으로 훈훈한 미소를 머금으며, 인자하게 타이르듯 기절할 게 뻔하다.

아무리 생각해도, 그렇게 될 확률이 높았다.

마우스를 쥔 오른손의 떨리는 검지로 메일을 클릭한 순간을, 지금도 기억한다.

발신인 : 마키가이 나마코 (작가)
제목 : 팬레터에 기재된 내용에 관해

오오보시 아키테루 님.

처음 뵙겠습니다. UZA문고에서 책을 출판하고 있는 작가, 마키가이 나마코라고 합니다.

팬레터에 기재된 내용과 연락처를 보고, 연락을 드립니다.

우선 팬레터를 보내주셔서 감사합니다. 주인공과 등장인물의 감성에 당신이 깊이 공감해준 점이 참 기쁘며, 격려가 됩니다. 소설을 계속 쓸지 말지 고민한 시기도 있습니다만, 덕분에 긍정적으로 생각할 수 있게 됐습니다. 정말 감사합니다.

자, 서두가 길어졌습니다만, 저라도 괜찮다면 인디 게임 제작에 부디 참여시켜주셨으면 합니다.

소설을 쓴 경험은 있습니다만 게임 시나리오는 첫 도전인지라 꽤 시행착오를 겪을 거라고 생각합니다만…… 도움이 될 수 있도록 최선을 다할 테니, 긴 안목을 가지며 함께 해주신다면 기쁘겠습니다.

—신이다.

정중한 답장을 보내준 것만으로도 감사한데, 설마 오퍼를 받아줄 줄이야!

과장도 뭐도 아니라, 당시의 나는 「우오오오오오! 해냈어! 해냈다고, 젠장!」 하고 혼자 큰 소리를 지르며 방 한복판에서 무릎 슬라이딩을 했다. 그리고 골을 넣은 직후의 축구 선수처럼 두 손을 하늘로 치켜들며 몸을 젖혔다.

……나, 꼬맹이 시절로 돌아간 거냐고.

아무래도 어릴 적에 마시로, 마시로의 오빠와 놀던 시절에 자주 취했던 포즈를 몸이 기억하고 있는 것 같았다.

마침 텔레비전에서 월드컵 중계를 하던 시기여서, 이런저런 영향을 받기 쉬운 남자애 두 명은 미친 듯이 이 포즈를 취했다. 최종적으로는 마시로도 세뇌되어서— 아니, 영향을 받아서 기쁜 일이 있거나 크나큰 달성감을 느꼈을 때면 같은 포즈를 취하게 됐다.

아무튼…….

마키가이 나마코 선생님이 시나리오를 맡아준 것이, 진짜로 기뻤다.

딱히 유명 작가 선생님의 지명도를 이용할 수 있어! 끼얏호~!

……란 이유만이 아니었다. 물론 그런 생각도 안 한 건 아니다. 무지막지하게 했다. 하지만, 이유는 그것만이 아니다.

주인공인 여자애—의, 곁에서 함께 하는 남자 캐릭터에게, 나는 어마어마하게 공감했다.

왜냐하면, 내가 이제까지의 인생에서 소중히 해온 것—.

이제부터, 내가 하려고 하는 것—.

그 모든 것을 통째로 긍정해주는 느낌이 들어서, 구원받은 기분이 들었다.

마침, 고민하던 시기였다.

오즈의 인생을 위해 행동을 시작하려는 자신이 정말 올바를까?

괜히 오지랖을 부리는 게 아닐까?

그저 지옥행 편도 티켓을 끊는 게 아닐까?

……그런 느낌의 온갖 불안에 휩싸여 있던 내가, 자신의 모든 것을 긍정해주는 듯한 내용에 마음이 흔들리지 않을 리가 없었다.

단언할 수 있다.

그날, 그때, 그 문장을 읽은, 그 순간에—.

마키가이 나마코란 작가를, 나는 사랑하게 된 것이다.

*

"아키……?"

"아, 으음, 죄송해요. 정신 차렸어요."

"그, 그래……?"

내가 과거의 추억에 잠기며 입을 다문 탓에, 불안을 느낀 걸까.

마시로는 거북한 듯이 눈을 내리깔고 있었다.

"……아키를 이제까지 계속 속여서 미안해."

"아, 아니, 속였다니요. 으음, 저기, 마키가이 선생님께는 정말, 신세를 졌으니까요. 그런 말씀을 하시면 제가 오히려 난감해요."

"존댓말 쓰지 마. 겸연쩍단 말이야."

"어, 아, 으응, 그러신— 그렇구나, 마시로."

웃음이 날 정도로 말투가 어색했다.

목이 갑자기 녹슨 것만 같았다.

눈앞의 인물이 츠키노모리 마시로일까, 마키가이 나마코일까. 머릿속에서 두 사람의 실루엣이 겹쳐지더니, 하나의 형태를 이루지 못하며 흐릿해졌다.

아직 머릿속이 멍했지만, 나는 어찌어찌 질문을 이어갔다.

"어째서 이제까지 숨긴 거야?"

"어, 어떻게 말해. ……그, 소설을 읽으면, 마시로의 머릿속을 들여다본 거나, 마찬가지인데……."

"하지만 나는 마키가이 선생님의 소설을, 진짜로 좋아하는데—."

"알아."

마시로는 내 말을 끊으며 그렇게 말했다.

"그래서, 무리였던 거야."

"그래서라니…… 그게, 무슨……."

"정체가 마시로라는 걸 알면 경멸할지도 모른다고 생각했어. 약은 짓을 했는걸."

"약은 짓……."

"마키가이 나마코 작품에 공감했지? 재회하고 얼마 안 됐을 때, 영화관에서, 그렇게 말했잖아."

"응. 진담이었어."

예전에 자신을 괴롭히던 상대와 마주친 마시로가 영화관에서 B급 영화를 보며 풀이 죽어 있을 때, 나는 소설의 위대함을 이야기했다. 자기가 쓴 소설을 무시당해 마음이 상한 마시로에게, 마키가이 나마코 작품이 얼마나 좋은지 이야기했다.

지금 생각해보면, 작가 본인 앞에서 우쭐대며 그런 이야기를 하는 건 참 건방진 행위다. 부끄러움의 극치라고 해도 과언이 아닌 흑역사다.

"그러는 게 당연해. 왜냐하면…… 마시로의 관점에서 본,

아키의 멋진 부분을 가득 담았거든."

"…………윽."

그것은, 너무나도 당연한 논리다.

내 마음에 깊이 와닿은 건, 나를 잘 아는 인간이 써서다.

너무 단순해서, 미스터리의 반전으로 써먹었다간 독자가 화낼 듯한 진실이다.

『주인공과 등장인물의 감성에 당신이 깊이 공감해준 점이 참 기쁘며, 격려가 됩니다.』

메일에 담겨 있던 문장의 의미를, 이제야 눈치챘다.

초면인 내가 공감해준 게 왜 기뻤던 것일까?

당시에는 일을 맡아줬다는 사실에 흥분한 나머지, 그 문장의 위화감을 눈치채지 못했다.

나는 어처구니없을 만큼 둔해 빠진 남자야.

"다시 한번, 확인할게."

"응."

"네가, 아니, **당신이**, 마키가이 나마코 선생님인가요?"

"그래."

한치의 주저도 없는 단언, 그리고 머뭇거림이 섞이지 않은 당당한 눈동자…….

나는 안다.

마시로는 거짓말을 이렇게 천연덕스럽게 할 수 있는 타입이 아니다. 이런 농담으로 남을 놀리는 타입의 여자애도 아니다.

"알았어."

그 말을 입에 담자, 나는 납득했다. 그리고 그 납득하자, 갑자기 다양한 감정이 가슴에서 치밀어 올랐다.

마키가이 나마코 선생님과 직접 만났다.

만나면 하고 싶은 일이, 있었다.

"어."

마시로의 깜짝 놀란 목소리가 들려왔다.

어느새, 나는 마시로의 손을 양손으로 움켜쥐었다. 그리고 그 손에 이마를 대며, 오랫동안, 정말 오랫동안 쌓아뒀던 감정을 토해냈다.

"감사…… 합니다……! 만나게 되면, 직접 감사의 마음을 전하고 싶다고, 전부터 생각해왔어요……!"

"어? 저기, 아키. 우는, 거야……?"

"안 울어!"

눈시울이 약간 뜨거워졌고, 볼을 따라 축축한 무언가가 흘러내렸지만, 고등학생이나 되어서 질질 짜는 남자의 모습은 나에게 안 보이니 세이프다.

마시로의 표정이 평소와 다르게 상냥하고, 자애에 가득 찬 것처럼 보이는 것은 내 정서가 불안정한 탓일까.

"놀랐어. 아키가 이렇게 감정적인 모습은, 거의 못 봤거든."

"쭉 감사의 마음을 전하고 싶었어. 『검은 염소』를 수많은 유저가 즐기고, 《5층 동맹》이 어른들에게 먹힐 정도의 교섭력을 획득한 건 마키가이 선생님 덕분이잖아. 원래라면 포기할 수밖에 없었을 그런 뜬구름 같은 길을, 우리가 걸어갈 수 있는 포장도로로 바꿔준 사람은 바로 마키가이 선생님이야."

"아키……."

"어떻게든 『검은 염소』를 키워야만 했어. 여러 사람의 인생을 주제넘게도 무책임하게 짊어지려 했다가, 이제 틀렸다는 생각에 짓눌리며 포기할 뻔했어……. 마키가이 선생님이 손을 내밀어주지 않았다면, 앞으로 나아가는 걸 포기했을지도 몰라."

"그랬……구나……."

"웃기지? 마시로와 재회했을 때, 작고, 연약하며, 위태로워 보였어. 내가 손을 뻗어줘야, 지탱해줘야 한다고 필사적으로 생각했던 상대가…… 실은 나를 물심양면으로 도와준 사람이었던 거야. 누가 누구를 도우려고 한 거냐고. 주제넘게 말이지."

"아냐. 마시로는 구원받았어. 마키가이 나마코로서 아키를 돕긴 했어. 하지만 그걸로 아키가 마시로에게 해준 일에 보답했다고 생각하진 않아. 그걸 부정하는 건, 용납 못 해."

"응, 알아. 알지만……."

"……후훗."

"어…… 마시로?"

지금이, 웃을 타이밍이야?

꽤 진지한 이야기를 하고 있었는데 말이다.

"미안해. 하지만 우습거든. 역시 아키에게 《5층 동맹》의 동료는 특별한 거구나. 솔직히 말해 이렇게까지 생각해주고 있는 줄은, 온라인상으로는 알 수 없었어."

"그, 그야 그렇겠지."

작금에는 SNS의 유행과 리모트 회의용 서비스의 보급에 따라, 전혀 얼굴을 맞대지 않고 커뮤니케이션을 취하는 게 당연시되고 있다.

하지만 그런 시대에도, 역시 얼굴을 마주하며 이야기를 나눈다면 표정과 목소리를 통해 얻을 수 있는 정보량도 불가사의할 정도로 많게 느껴지며, 서로의 존재를 통해 온기를 느낄 수 있는 것이다.

진정한 효율충이라면, 시대에 순응하지 못하는 낡은 가치관이라며 웃을지도 모른다.

하지만 나로서는, 이런 식의 교류가 가장 편하다.

"이 정도로 생각해주고 있었다면, 더 빨리 고백할 걸 그랬어."

"맞아! 내가 얼마나 마키가이 선생님을 만나고 싶었는데……. 뭐, 결국은 만났지만 말이지. 정체가 마시로라서 놀랄 리가…… 아, 놀라기는 했지만, 경멸할 리가 없잖아."

설령 정체가 어떻든 간에, 마키가이 나마코 선생님을 향한 내 인상이 달라질 리도 없다.

존경의 대상에, 마시로도 포함될 뿐이다.

"하지만, 왜 오늘 이 타이밍에 나한테 정체를 가르쳐준 거야?"

"그건……."

이제까지 무서워서 입 다물고 있었단 말은, 이제 무섭지 않으니까 진실을 밝혔다─.

그렇게 추측하는 건 너무 경솔하다는 생각이 들었다.

"정정당당히 아키에게 다가서는 애들을 보니…… 보험을 들어두는 내가 참 못났다는 생각이 들었어."

"정정당당히, 다가서는…… 혹시, 미도─."

바로 그때, 마시로가 내 입술에 손가락을 대면서 말을 막았다.

나는 반성했다.

어젯밤에 미도리가 한 고백. 그것을 마시로가 알든 모르든, 지금 그 일을 언급하는 건 매너 위반일 것이다.

"만약 아키에게 차이더라도, 정체를 계속 숨겨두면 계속 곁에 있을 수 있어. 이런 보험을 들어두는 건, 아키를 좋아하는 다른 애들에게 실례일 테고, 《5층 동맹》을 위해 전력을 다하는 아키를 볼 면목도 없어."

그래서 진실을 이야기하자고 생각한 거야, 하고 마시로는 말했다.

"가짜 연인 관계를 끝낸 것도 그래서야?"

"응. 《5층 동맹》의 다른 멤버에게도 정체를 밝혀서 비밀을 전부 없애고, 가짜 관계도 끝내는 거야. 그런 깨끗한 나 자신이 되어서 앞으로 나아가고 싶어."

"……잠깐만 있어 봐. 그럼……."

불길한 예감이 들었다.

일류 경영자인 츠키노모리 사장이 교환 조건을 완화해주는 그런 물러터진 짓을 할 리 없다.

가짜 연인 관계와 《5층 동맹》의 허니플레 합류 약속은 세트였다.

관계를 끝냈는데도 《5층 동맹》의 합류 약속이 유지되는 건 말도 안 된다. 어떤 교환 조건을 제시해야 그 사람이 인정해줄지 상상이 안 됐지만, 마시로의 정체를 알게 되니 간단히 결론에 도달할 수 있었다.

"설마, 마키가이 나마코 선생님의 작품을, 교섭 재료로—."

"썼어."

내 예상은 적중했다.

"『백설공주의 복수교실』의 미디어믹스를 허니플레 주도하에 진행하는 걸 허락했어. 카나리아 씨도 이미 허가했으니까, 결정된 사항이야."

"괜찮아? 그 작품의 애니메이션화가 진행되지 않은 건, 나름의 신조가 있어서 아냐?"

"신조가 있는 게 아니라, 그냥 무서웠을 뿐이야. ……자기 내면에서 나온 것을 타인이 뜯어고치는 게, 소설보다 더 많은 대중의 눈에 들어가는 게 무서웠어."

"그럼……!"

"하지만, 각오를 다졌어. 더욱 큰 각오를, 유명해지겠다는 각오를……. 아키가 목표로 한 세계도, 그런 세계잖아?"

"그건……."

콘솔 레벨의 높은 완성도를 지닌 게임을 만들면, 정식으로 허니플레의 퍼블리싱을 받아서 세계와 승부할 수 있다. 그런 생각은 가지고 있었다.

만약 한정된 코어 팬에게만 호응을 받으면 된다고 생각한다면, 일부러 콘솔판을 만들 필요는 없다. 스마트폰으로 즐기는 현재 유저에게만, 새로운 콘텐츠를 계속 제공하면 된다.

그러지 않는 건, 그것만으로 만족하지 못하는 건, 더욱 앞으로 나갈 생각이기 때문이다.

오즈, 무라사키 시키부 선생님, 그리고— 이로하. 그들이 활약할 수 있는 장소를 더욱 넓혀나가기 위한 한 수를 계속 모색해온 끝에 선택한 길이다.

"그러니 마시로도 더욱 커다란 존재가 될 거야. 대중 앞에 자신을 드러낸다면, 아마 이제까지보다 더 비판을 당하거나, 두들겨 맞거나, 상처 입을 거라고 생각해. 하지만 아키의 옆에서 걷고 싶으니까, 계속 걸어 나가고 싶으니까, 그런 것도 전부 받아들이기로 각오했어."

"마시로…… 아니, 마키가이 나마코 선생님, 거기까지……."

마음은 기쁘다. 그렇다고 계속 신세를 지기만 할 수는 없다.

여기서부터는 내가 힘내야만 한다. 그렇게 생각하니까…….

"아냐. 마시로를 움직인 사람은 아키야. 아키가 있으니까 마시로는…… 마키가이 나마코는, 움직인 거야. 이건, 아키가 해온 일이 맺은 결실에 지나지 않아. 다른 사람들과 마찬가지야."

"……. 그렇구나."

마시로의 올곧은 눈동자가 참 눈부셨다.

그렇기에, 가슴 속 깊은 곳에서 응어리 같은 떳떳하지 못한 감정이 존재했다.

"미안해, 마시로."

"영문을 모르겠네. 마시로가 사과해야 하는데, 왜 아키가 멋대로 사과하는 건데?"

"그게 말이야. 이렇게 마음을 열고 모든 걸 밝힌 마시로에게, 나는 아직도 숨기고 있는 것이 있어."

"……!"

마시로의 어깨가 흠칫했다.

이 사실을 이야기해도 될까, 안 될까. 잠시 망설였지만, 마시로라면 괜찮을 것이다. 그런 생각이 들었기에…….

나는 《5층 동맹》의 최대이자 최후의 비밀을— 판도라의 상자 안에 든 내용물을, 그녀에게 보여줬다.

"《5층 동맹》의 성우 담당— 그 정체가 이로하라는 걸, 나는 쭉 동료들에게 숨겨왔어."

"…………."

"놀라지 않는구나."

"응……. 알고, 있었어."

"그래. 뭐, 눈치챌 만도 해. 《5층 동맹》 멤버 말고는 친구나 동료가 없는 내 집에, 그렇게 눌러앉아 있잖아. 우리의 활동에 대해서도 잘 아는 데다, 연극부를 가르칠 정도의 연기력도 지녔어. ……정체불명의 성우집단X와 아무 상관없을 거라고 생각하는 게 어렵겠지."

"그것만이 아니라…… 미안해. 오토이 씨한테서 아키의 스마트폰으로 온 LIME 메시지가 우연히 눈에 들어왔어. 여행에서 돌아오던 차 안, 다들 잠들어 있었을 때야. 무, 물론 고의로 본 건 아닌데…… 그래도 본 건 사실이니까, 저기…… 미안해."

"아냐, 괜찮아. 원래라면 《5층 동맹》의 동료들과 공유해야 할 정보인걸. 게다가 마시로는 다른 사람에게 그 이야기를 하지 않았잖아."

"……왜, 동료들에게도 말 못 한 거야?"

"만에 하나라도, 그 사실이 알려지면 안 되는 상대가 있거든."

"그 사람은……."

"이로하의 어머니. ……코히나타 오토하. 또 하나의 이름은 아마치 오토하. 이 이터널 랜드를 운영하는, 텐치도의 사장이야."

"그 사람이……? 하지만, 왜……."

관람차의 곤돌라 안. 공중 밀실에서 단둘이 나누는, 비밀의 대화.

마치 악의 조직이 뒷거래를 하는 듯한 시추에이션이지만…….

실제로는, 그저 옛날이야기를 나눌 뿐이다.

"제대로 설명하려면, 마시로와 재회하기 전— 아니, 마키가이 나마코 선생님과 만나기 전으로 거슬러 올라가야 하는데……."

"들려줘!"

"으, 응. 그렇게 몸을 내밀지 않아도 되는데……."

마시로가 예상 이상으로 관심을 보이자, 나는 무심코 몸을 뒤편으로 젖혔다.

하지만 그러는 것도 당연할까…….

지금의 나는 이해할 수 있었다.

연애 감정을 자각한 지금이라면 이해할 수 있다. 마시로에게 있어 내 과거— 그것도, 분명 연적으로 여기고 있을 이로하와 내가 어떻게 가까워지게 된 건지가, 신경 쓰이지 않을 리가 없다.

이로하의 비밀을 지키기 위해서라고 해도, 마시로에게 그것을 비밀로 할 마음은 들지 않았다.

"중학생 시절의 흑역사라, 머릿속으로 떠올리는 것도 금지했지만……."

각오를 다졌다.

왜 내가 이로하의 비밀을 한사코 지키는 건가.

애초에 나와 이로하가 어떻게 만났고, 어떤 관계를 거쳐서, 《5층 동맹》을 만든 끝에, 지금에 이르렀는가.

일부 정보는 몇몇 사람에게 조금씩 제공했다. 하지만 지금의 마시로에게는, 숨김없이 모든 사실을 해줘야 한다는 의무 같은 것이 느껴졌다.

그래서 기억의 상자를 열었다.

흑역사만 가득 들어있는, 판도라의 상자를…….

"나는, 그 날…… 이로하한테서 소중한 것을 빼앗고 말았어."

*

『의미심장한 장소에서 끊기! 앞으로의 전개를 신경 쓰이게 하는 이 수작! 크으, 악랄해!』

『하지만 그런 전개를⋯⋯?』

『좋아 죽어어어어! 망상에 빠지게 하는 이 시간조차 즐겁단 말이야아아아!』

『역시 무라사키 시키부 선생님, 창작자라면 당연히 그래야죠.』

『이제부터 아키와 이로하의 과거를 날조하는 일러스트를 그려도 될까?!』

『참고로 저도 등장해요.』

『정말?! 어, 뭐야. 오즈, 아키, 이로하의 BL 노멀 커플링의 삼각관계?! 잠깐만 있어 봐! 그건 컨트롤이 무지 어렵지 않아?!』

『참고로 오토이 씨도 등장해요.』

『카오스!!』

『아하하. 무라사키 시키부 선생님이 예상하는 대로의 전개일지는⋯⋯ 뭐, 아무튼 기대해주세요☆』

부탁받은 미네럴 워터와 크림소다(거기에 내가 마실 토마토 주스)를 매점에서 산 후, 나는 종종걸음으로 고스트 맨션에 돌아갔다.

귀신의 집을 헤매고, 선배와 마시로 선배를 쫓으며 시간을 보낸 탓에 꽤 늦고 말았다.

미즈키 씨는 좀 늦는다고 화낼 사람이 아니지만, 그래도 좀 죄송했다.

오토이 씨는‥‥‥ 화낼 거야.

언성을 높이지는 않겠지만, 무표정한 얼굴과 무덤덤한 목소리로 「늦어~」 하고 말할 것 같다.

나올 때에 비해 들어갈 때는 꽤 편했다.

뒤편의 스태프 출입구로 들어가면서, 마주친 스태프분에게 할리우드 촬영팀이 있는 회의실 장소를 알려달라고 했다.

"으음~, 관계자인 걸 증명해주는 걸 가지고 있나요? 게스트용 태그가 있을 텐데요."

"어? 아‥‥‥ 있어요! 있어요!"

한순간 무슨 말을 하는 건지 몰랐지만, 곧 그 말을 이해한 나는 호주머니 안을 뒤졌다.

그리고 『GUEST』라고 적힌 스티커를 꺼내서 보여줬다.

"이거죠?"

"네. 확인했어요. 안내해드릴게요."

그렇게 말한 스태프 언니는 회의실 앞으로 안내해줬다.

"괜찮으시다면 게스트용 스티커를 옷의 어깨 부분처럼 눈에 띄는 장소에 붙여주세요. 그러면 스태프가 바로 알아볼 테니까요."

"아~, 네. 나중에 붙일게요. 아하하."

나는 쓴웃음을 흘리며 그렇게 말했다.

붙이는 편이 낫다는 건 알지만, 옷의 섬유가 상할 것 같으니 가능하면 붙이고 싶지 않네요~. 모처럼 교토 관광에 맞춰 세련된 옷을 입고 와서 더 그런 것 같아요.

신분을 증명할 필요가 있을 때만 꺼내서 보여주면 되지 않으려나요.

나쁜 애라 죄송해요, 스태프 언니!

마음속으로 그렇게 사과한 나는 반쯤 열린 문을 어깨로 슬며시 밀었다.

그러자 방 안에서의 대화가 들려왔다.

"After all Tenchido is wonderful. I'm so proud of you(역시 텐치도는 끝내줍니데이. 사장님, 당신은 참 존경스럽니더.)"

"What a relief! I am honored to receive such a

comment.(어머나. 그리 말씀해주시니 저야말로 영광입니데이.)"

―회의 중인가?

영어라서 내용은 이해가 안 되지만, 방 안쪽에서 잡담보다 약간 예의를 차리는 듯한 대화가 들려왔다.

방해하면 안 될 것 같았기에, 소리를 내지 않으며 방 안으로 숨어든 후에 구석에 있는 의자에 절묘하게 거리를 벌리며 앉아 있는 미즈키 씨와 오토이 씨에게 부리나케 다가갔다.

"땡큐메르시. 목 말랐는데, 구원, 살았어요."

"오~, 땡큐~. ······쪼르륵."

"하다못해 넘겨받은 후에 마시는 게 어때요?!"

"이야~, 손을 뻗는 게 귀찮거든~. 맛있어~."

오토이 씨는 고개만 쑥 내밀어서 크림소다 용기에 꽂힌 빨대를 입에 물었다.

음료를 넘겨받지도 않고 마시다니, 나태함의 극치다. 오토이 씨, 정말 무시무시해.

"정말······ 그런데 오토이 씨는 달콤한 건 한도 끝도 없이 들어가네요······."

내가 어처구니없어 하고 있을 때, 갑자기 누군가가 내 어깨를 손가락으로 두드렸다.

고개를 돌려보니, 내 어깨를 두드린 사람은 미즈키 씨였다.

"이로하 양. 뭔가 눈치 못 챘어, 요?"

"어, 으음, 뭘 말인가요?"

나는 그 말의 의미를 이해하지 못해서 고개를 갸웃거렸다.

미즈키 씨는 눈을 가늘게 떴다.

마치 뭔가를 시험하는 듯한, 그런 장난기가 담겨 있는 듯한 눈빛이었다.

마치 흑표범 같다는 생각이 들었다.

"어머? 거기 있는 사람은 혹시…… 이로하?"

……어?

그 목소리를 들은 순간, 나는 얼어붙고 말았다.

미즈키 씨의 몸에 가려서, 모습이 보이지 않았다. 하지만 나를 「이로하」라고 부르는 이 목소리를, 내가 못 알아들을 리가 없었다.

태어나서 지금까지 수도 없이, 애정을 담아 자신을 부른 이의 목소리.

"어머. 어머어머어머. 곤란하네. 설마 이런 모습을 딸에게 보여주게 되다니 말이야. ……하지만, 이게 대체, 어떻게 된 걸까~."

"어, **엄마**……."

왜 바로 눈치채지 못했을까.

바로 눈치챘다면, 들키기 전에 방을 뛰쳐나가서 모습을

감출 수 있었을 것이다.

영어로 이야기를 나누는 사람 중 한 명— 아마 영화감독으로 보이는 외국인 남성의 옆에는, 집에서와는 전혀 다르게 완벽한 비즈니스 모드의 정장 차림을 한 내 어머니가 있었다.

코히나타 오토하. 또 하나의 이름은 아마치 오토하.

평소에는 상냥한 인상의 실눈을 반쯤 뜬 채, 엄마는 나에게 다가오고 있었다.

—어쩌지. 분명, 화났을 거야.

언성을 높이지 않는다. 꾸짖지도 않는다.

그저 눈동자에 안타까움이, 슬픔이 어렸을 뿐이다. 그 눈을 차마 볼 수 없어서, 뱃속 깊은 곳이 묵직해지는 감각이 괴로워서, 나는 눈을 꼭 감았다.

"……아~, 이 사람, 혹시…… 맙소사……."

근처에 있는 오토이 씨가 머리를 감싸 쥐는 기척이 느껴졌다. 오토이 씨는 우리 집 사정— 내가 연기자를 꿈꾸고 있단 사실을 어머니에게 들키면 안 된다는 것까지 알고 있지만, 애초에 내 어머니가 텐치도의 사장인 아마치 오토하라는 것을 모른다. 엄마가 어떻게 생겼는지도 당연히 모른다.

그래서 이제까지 눈치 못 챈 것이다. 만약 회의실에 들어온 어른이 내 어머니라는 것을 알았다면, 즉시 나에게 연락을 줬을 것이다.

―이미, 틀린 걸지도 몰라.

할리우드 영화 촬영의 동행. 이건 변명의 여지가 없다. 누가 봐도 연예인의 길― 엔터테인먼트의 길에 발을 들인 인간의 행동이다.

엄마의 발소리가 내 눈앞에서 멈췄다.

무슨 말을 들을까? 그런 생각을 하며, 오들오들 떨고 있을 때…….

"대체, 무슨 속셈이죠? ……미즈키 씨?"

……어?

내가…… 아냐……?

"평일 낮에 남의 딸을, 머나먼 교토까지 데려오다니 말이죠. 웬만해선 할 수 없는 일이 아닐까 싶군요~."

"여자 고등학생. 자립한 어른. 문제없어, 요."

"법적으로는 아직 미성년자이니 부모의 동의 없이 노동을 시키는 건 아웃 아닐까요~?"

"급료 제로. 시급 0엔. 자원봉사니까 괜찮아, 요."

"그건 노동 기준법에 저촉될 것 같군요~."

내 옆에서, 대외적인 미소를 머금은 엄마와 미즈키 씨 사이에서 보이지 않는 불꽃이 튀고 있었다.

분노의 창끝이 향한 건 내가 아니라, 나를 이 일에 끌어

들인 어른인 것 같았다.

순수하게 나를 걱정해주는 마음으로, 화를 내는 것이다.

—이런 면만 보면, 정말 좋은 엄마라니깐······.

하지만.

······아니, 그래서일까.

나는 아무 말도 못 하게 됐다.

"이로하."

"아, 응."

이번에야말로, 엄마가 나한테 말을 걸었다.

나는 등을 쫙 펴며, 딱딱한 목소리로 대답했다.

"대체 왜 이런 곳에 온 거니? 그리고 학교를 함부로 빼먹으면 어떻게 해."

"자, 잘못했어. 하지만······."

"하지만, ······뭐니?"

"으윽."

엄마가 조곤조곤 캐묻자, 나는 궁지에 몰렸다.

말문이 막혔다. 거울로 볼 것도 없이, 내 어깨가 한껏 움츠러들었다는 것을 알 수 있었다.

내가 한 걸음 물러서려 하자, 그런 내 어깨를 누군가가 부드럽게 감싸 쥐었다.

"Non. 도망치면 안 돼, 요."

"미즈키 씨······?! 하, 하지만······."

"좋은 기회, 찬스예요. 딱 잘라서 단언, 필요할 때도 있어요. 이로하 양이, 어쩌고 싶은지를, 본심을 말이에요."

"……윽! 혹시 오늘, 엄마가 오는 걸―."

"Oui. 물론 알고 있었어요, 지식 있어요. 당신이 껍질을 깨고, 한 걸음 나아갈 장소를 준비하고, 저, 등을 밀어주려는 것, 이에요."

"아니……."

전부, 하나부터 열까지, 그녀의 손바닥 위였다.

곰곰히 생각해보니 이해가 됐다. 할리우드 영화 촬영팀과의 콜라보는 테마파크의 책임자만으로 대응할 일이 아니다. 그 위― 사장이 직접 얼굴을 비추면서, 인사해야 할 안건이다.

어른인 미즈키 씨라면, 오늘 이 자리에 텐치도의 사장이 올 것을 예상해도 전혀 부자연스럽지 않다.

너무해. 이렇게 강압적인 짓을 벌이다니…….

―그런 원망이 옳지 않다는 건, 나도 안다.

언젠가는 엄마와 마주해야만 했다.

선배에게 보호를 받으며 익명으로 활동하는 건 고등학생 때까지― 어린애로 있을 수 있는 동안만이다.

연기자의 길을 걷고 싶다면, 엄마에게 사실대로 밝히고 설득해야만 한다.

"할리우드, 일류의 현장, 본 감상. 자기 마음, 물어봐요. 답, 거기 있어요."

미즈키 씨의 말이 옳다.

기온에서의 촬영에서, 나는 여배우 츠키노모리 미즈키가 뿜는 빛을 봤다.

촬영팀 사람들의 프로 의식 넘치는 촬영 현장, 그리고 연기자들의 본격적인 연기를 보고 매우 감동했다. 그리고 연기자가 되고 싶어! 온 힘을 다해 이런 일을 하고 싶어! 하고, 생각했다.

"남은 건 용기를 내는 것뿐. 자, 어머니에게, 말하는 거예요."

그렇다. 답은 정해져 있다.

지금이라면 자기가 어떤 일을 하고 싶은지, 엄마의 눈을 보며 주장할 수 있다.

"엄마. 나……."

온 마음을 담아, 커다란 목소리로 말했다.

그리고 그 순간…….

엄마의, 조용한— **슬픈 듯한** 눈을 보고 말았다.

"나……는……."

처음에 컸던 목소리가 데크레셴도(decrescendo). 점점 잦아들더니…….

"나…………."

쉴 대로 쉰 끝에, 그 성량은 한없이 제로에 가까워졌고…….

© tomari

"…………."

그리고, 아무 말도 못 하게 됐다.

"이로하 양?"

귓가에서 미즈키 씨의 당혹스러운 목소리가 들려온 듯한 느낌이 들었다. 하지만 그 목소리는 이제, 머릿속으로 들어오지 않았다.

모처럼 선배가 응원해줬고, 일류 여배우가 신경을 써줬는데, 여전히 가슴을 펴고 반항하지 못하는 나 자신의 한심함이라든가…….

앞으로 어떻게 될까, 꿈을 포기해야만 하는 걸까, 선배와 함께 쌓아온 것이 사라져버리는 걸까, 같은 공포라든가…….

그런 온갖 감정이 태어났다 사라지기를 되풀이하더니…….

머릿속이 엉망진창으로 헝클어진 끝에…….

결국, 내가 내린 결론은…….

"……! 코히나타!"

"이로하 양?!"

나를 부르는 두 사람의 목소리가, 이미 멀리서 들려왔다. 오토이 씨와 미즈키 씨가 반응을 보였을 때, 나는 이미 회의실을 뛰쳐나가기 직전이었다.

나 스스로도 놀랄 정도로, 몸이 빠르게 움직였다.

얼굴을 숙인 채, 곁눈질 한 번 하지 않으며…….

엄마와, 다른 사람들을 내버려 둔 채…….

―도망쳤다.

이게, 내 대답.
미안해요, 선배, 오토이 씨. 미즈키 씨.
모처럼 응원해줬는데…….
제멋대로인 저를 받아줬는데…….
역시 엄마 상대로는, 제멋대로 굴 수가 없나 봐요.

안녕하세요. 안녕주르. 츠키노모리 미즈키예요.

프랑스인과 일본인 부모님을 둔, 지극히 평범한 브로드웨이 여배우. 다른 사람과 좀 다른 점이 있다면, 사랑하는 남편과 아이들을 뒀다는 걸까요.

현재 저는 「뮤지컬 영화의 촬영이니 할 수 있지?」라는 엉성한 이유로 할리우드의 팀으로부터 오퍼를 받고, 재미있을 것 같다는 엉성한 이유로 승낙을 해서 현재 일본의 교토에 와있어요.

겸사겸사 최근에 발견한 황금알, 재능 넘치는 지니어스 걸의 서포트, 등 푸시도 하고 싶다, 싶었는데…….

아마치 오토하— 그녀의 어머니가 연기자의 길을 막으려 하는 이유 또한, 저는 이해하고 있어요.

하지만 어머니는 어머니, 딸은 딸.

부모가 자식의 인생을 속박하는 건 말이 안 되며, 자신의 의지로 운명은 얼마든지 개척할 수 있어요.

사춘기 여자애, 마음의 흔들림, 부모에게 숨기는 일, 당연히 있어요. 마음을 굳게 먹으면, 부모의 곁을 떠나, 자신의 인생을 걸어 나간다…… 그렇게 생각했죠.

저는 마시로를 그렇게 길렀고, 그 아이는 자신의 인생을 걸어가고 있어요……. 상처 입고, 방에 틀어박혔을 때마저도, 마음의 버팀목이 되어주되 과보호는 하지 않으려 하며, 스스로 다시 일어날 마음이 들 때까지 지켜보고 있었어요.

자신의 길은 자신이 선택한다. 저도 그랬으니, 마시로도 그랬으면 해요. ……장남인 미코토는 너무 방치한 바람에 타락했지만요.

그러니…….

도망치듯 회의실을 뛰쳐나가는 이로하 양의 등을 보면서, 저는 얼이 나가서, 입을 멍하니 벌린 채, 바보 같은 표정, 사고회로가 정지되고 말았어요.

"당신, 사고 제대로 쳤어."

"…………윽."

강한 힘으로 어깨를 잡히자, 저는 무심코 얼굴을 찡그렸어요.

눈앞에서 저를 노려보는 사람은 도중에 합류해서 여기까지 함께 온, 수학여행 중인 고등학생. 이름은 오토이 양.

아까까지 나른한 표정으로 크림소다만 마시던 게으름쟁이걸이었다는 게 믿기지 않을 만큼, 온몸으로 살기를 뿜고 있어요. 눈빛, 귀신, 군인, 킬러, 대량 학살자의 예리한 살의가 느껴져요.

"쫓아가자. 너도 도와."

"아, 네……. 저도 걱정, 마음 쓰여, 요. 미아 되면 안 돼요."

"그래. ……쪼옥!"

힘차게 빨대를 빨면서 괴물 같은 폐활량으로 남아 있던 크림소다를 순식간에 비우더니…….

플라스틱 용기를 으스러뜨린 후에 회의실의 쓰레기통에 스리 포인트 슛, 던져버린 후에 서둘러 회의실을 나섰어요.

저도 그녀를 뒤따르려다, 한순간 오토하 씨를 돌아봤어요.

"당신은 안 갈 건가, 요?"

"네~. 그 애가 지금, 가장 보고 싶지 않은 건 저일 테니까요."

"알면서, 왜 인정해주지 않는 거죠?"

"설명할 필요가 있을까요? 타인…… 그것도, 저와 다른 길을 걸어온 당신에게요."

보이지 않지만, 높이 솟아 있는 벽, 느껴져요.

더는 무슨 말을 해도 마이동풍, 헛수고, 호박에 침주기, 이해한 저는 아무 말 없이 돌아섰지만―.

마지막으로 한 마디, 툭, 비아냥거림, 남겼어요.

"과거, 질질 끌기. 타인의 인생, 강요. 당신이 싫어하는 어른의 방식, 그 자체예요."

"네. 알고 있답니다."

대답은, 적반하장.

그렇다면 더는 그녀와 나눌 이야기, 진짜로 더는 없어, 요.

저는 오토이 양을 쫓아, 회의실을 뛰쳐나갔어요.

　저는 내려가는 계단 앞에서 오토이 양을 따라잡았어요.

　지나가는 스태프에게 목격 정보 물으며, 이로하 양이 도주한 방향 추정해, 대략적인 경로를 도출했어요.

　아무래도 고스트 맨션을 나가서, 밖으로 도망친 것 같아요.

　"쳇. 뛰어다니는 건 딱 질색인데 말이야~."

　"동감이에요. 어른, 멋진 레이디가 되어서, 평생 여유롭게 살 거라, 생각했어요. 땀 삐질삐질, 숨 헉헉거리며 뛰는 거, 고등학생 이후로 처음이에요."

　"자고 있으면 목적지에 도착시켜주는 신발 같은 게 발매되면 좋겠어~."

　"그러면 운동 부족, 비만 직행, 위험해요."

　대화가 제대로 이어지고 있는 건지 모르겠지만, 아무튼 그런 이야기를 나누는 사이에 밖으로 나왔어요.

　달리면서 오토이 양의 얼굴을 쳐다보며 질문, 퀘스천, 물어봤어요.

　"오토이 양. 이로하 양에 관해 잘 아는, 현자, 틀림없죠?"

　"뭐~, 일단은 말이야~."

　"저, 설령 반발하더라도, 부모와 자식, 가치관 다를지라도, 가족이라면 이야기로 풀 수 있다, 고 생각했어요. 멍청한, 얕은꾀, 머릿속 꽃밭이라 부끄러워요. 죄송해요."

"맞는 말이네. 당신, 진짜 괜한 짓을 벌였어."

"저는 오토하 씨에 관해서는 잘 안다고, 자부해, 요. 하지만, 모녀 관계는 비기너, 처녀, 지식 부족해요."

"여배우면서, 그런 것도 모르는 거야?"

"네? 무슨 의미죠?"

"코히나타는 말이지. **남의 마음을 너무 잘 알아.**"

"아하. 완전 몰입형 연기의 재능, 지녀서군요."

납득하는 데는 1초도 불필요. 충분했어요. 뛰어난 여배우 중에는 마치 배역이 빙의된 것 같은 연기를 선보이는 사람이 있어요. 저도 그런 편이지만, 이로하 양의 몰입은 저보다 훨씬 대단하면서도, 심각해요.

그것은 그녀의 재능이자 약점이기도 해요. 너무나도 「자기 자신」이 없는 연기에, 저는 아쉬움을 느껴서, 그녀를 이끌어주자고 생각했으니까요.

"하지만, 아무리 그래도 저건 비정상, 이레귤러, 아닌가요? 어머니의 본심, 깨닫고, 감정 이입하더라도 자기한테는 자기가 하고 싶은 게 있을 거예요. 사람, 그렇게 이타주의적일 수 있나요?"

"바보 아냐?"

"OH……. 매우 심플, 단언."

너무 딱 잘라 말하니, 듣는 사람도 개운할 정도예요. 여배우로 활동하다 보면 제 눈치를 살피는 사람만 주위에 몰려

들어, 알랑방귀, 아첨, 곡학아세(曲學阿世). 에코 체임버, 조장하는 환경 갖춰져요. ……일본어 어려워서 제대로 쓰고 있는 건지 모르겠지만, 제가 하고 싶은 말은 얼추 이런 느낌이에요.

아무튼 오토이 양처럼 까놓고 말하는 사람, 오래간만이라 기분 좋아요.

"코히나타가 그런 녀석이 아니었다면, 나나 아키도 이렇게 고생하진 않을 거야."

"아키…… 친근한 호칭, 의미심장, 느껴져요."

"뭐~, 걔와는 오래 알고 지냈거든~. 이러쿵저러쿵 해도 중학생 때부터 어울렸어~."

"오오보시 군과 깊은 관계, 흠. 섹파, 전 여친, 원 찬스 있나요?"

"아~, 없어 없어. ……아…… 정확히는, 니얼리 이퀄일지도 모르겠네~."

"OH. 사춘기, 풋풋한 충동, 음란해요."

"그딴 거 아냐~."

볼을 손으로 누른 채 몸을 꼬물거리며 발정 댄스를 추고 있을 때, 오토이 양의 손날치기가 제 정수리에 떨어져서 두 개골이 갈라졌어요.

아, 갈라졌다는 건 물론 비유 표현이에요.

농담은 그만하기로 하고……

저는 한없이 제로에 가깝던 진지함을 30% 정도까지 끌어올리며, 물었어요.

"자세한 이야기, 묻는 거, 허락인가요?"

"으음…… 뭐, 그다지 떠올리고 싶진 않지만~."

입술을 비틀자, 입에 문 막대 사탕이 지렛대 원리에 따라, 각도가 올라갔어요.

그리고 어딘가 먼 곳을 쳐다보듯 눈, 가늘게 뜨며, 입, 열었어요.

"걔는 말이지. 재능이 있기만 한 게 아냐. ─자기도 눈치 채지 못하는 사이에 재능에 휘둘린, 불쌍한 애야."

　수학여행의 자유행동 날은 본성이 은둔형 외톨이인 게으름쟁이 교사에게 있어서도 절호의 쉬는 날이다.

　왜냐하면, 호텔에서 한 걸음도 안 나가도 되니까!

　이제까지는 얼추 관광 코스가 정해져 있어서, 교사 한 명한 명이 맡은 관광지에서 학생들을 살펴야만 했다. 하지만 오늘은 다르다. 긴급 연락을 받을 수 있도록 스마트폰만 소지하고 다니면, 기본적으로 어디에 있어도 괜찮다.

　숙박하는 호텔의 근처 한정이지만 말이다.

　거꾸로 말하자면, 호텔에 계속 틀어박혀 있어도 불평을 듣지 않는 절호의 타이밍이다.

　게다가 타이밍 좋게도, 다른 선생님들은 방에 틀어박히거나 호텔 주위에 외출했기에 1층 라운지에는 없었다. 수학여행 중이라도 일반 손님의 출입이 잦아서 꽤 붐비기 때문에 피하는 것 같지만. 후후후. 바로 나, 카게이시 스미레, 아니, 무라사키 시키부 선생님으로서는 나이스 오브 나이스!

　사적인 볼일을 몰래 처리하도록 할까!

　"후후, 으흐흐흐흐……."

　"뭘 그렇게 히죽거리는 거야. 정말 여전히 징그러운 애데이~."

"흐흐…… 우읍?! 콜록, 콜록…… 언제 온 거야?!"

갑자기 진한 사투리를 쓰며 누군가가 말을 걸어오자, 나는 사레가 들렸다. 음료를 마시고 있는 것도 아닌데, 침 같은 게 기도로 들어간 것이다.

"방금 온 기다. 학교 선생님이 됐대서 조금은 어른의 색기라는 것도 생겼나 했는디~. 너무 변함 없는 거 아이가?"

상대방은 내 반응을 재미있어하며 정면에 앉았다.

고불고불한 머리카락이 인상적인, 안경을 쓴 여성이었다.

기품 있는 성인 여성 같은 고급스러운 옷을 입고 있지만 색상이나 피부 노출은 자제하고 있었다. 그 외에 세세한 부분에서 자기긍정감이 낮다는 게 드러나고 있었기에, 사회인이 되면서 데뷔한 전직 아싸인 게 명백했다. 다른 사람을 속여도, 내 눈은 못 속여.

……뭐, 사회인이 되기 전의 그녀를 아니까 이런 소리를 할 수 있는 거야!

아무튼…….

"으으~. 만나고 싶었어, 나고~!"

"어, 뭐 하는 기고~! 이런 세련된 라운지에서 끌어안지 말그라!"

몸을 쑥 내밀면서 테이블 너머로 끌어안으려 하자, 그녀는 내 얼굴을 사정없이 밀어냈다.

으으~, 너무해.

하지만, 이런 행동은 매우 친한 사이이기에 가능한 것이기도 했다.

"정말, 생긴 것만 완벽한 쿨뷰티인 건 여전한 기가."

"나고도 검 안 매고 있으니 위화감 쩔거든?!"

"멍충아. 이벤트도 아닌데 코스프레 하고 다니는 아가 어디 있겠노. ……그것보다 아까부터 나고, 나고 하는데, 내 HN은 ^{핸들 네임} 다이나곤 키미코데이."

"에이~, 길어서 부르기 어렵단 말이야~."

"그럼 내도 니를 사키라 불러도 되긋나?"

"으음~, 무라사키 시키부 선생님의 약칭이 아니라 평범한 이름 같아서 좀 알아듣기 어렵지 않아?"

"니는 진짜 제멋대로데이. ……뭐, 됐다, 시키부 씨."

이렇게 서로의 이름을 부르니, 반가운 느낌이 들었다.

왜냐하면, 그녀는……

"그건 그렇고, 참 오래간만이야. 갑자기 불러서 미안해!"

"괜찮데이. 어차피 점심시간에는 밖에 나가서 밥 묵는다 아이가. 여기서 먹든 회사 근처에서 먹든 별 차이 없는 기다. ―요즘 서클 신간 거의 안 내서 얼굴 못 본지 꽤 됐제? 쓸쓸했데이."

"정말?! 대쪽 같은 성격인 나고가 쓸쓸해하다니, 갭 모에 쩌네!"

"거짓말이다, 거짓말. 그럴 리 없다 아이가, 멍충아."

"그냥 츤데레인 걸로 플리즈!"

"내 데레는 비싸데이. 백억만 엔은 될끼다. 히히히♪"

―뭐, 이런 사이다.

대학생 때부터 알고 지냈으며, 내 오타쿠 본성을 아는 몇 안 되는 동지 중 한 명. 무라사키 시키부 선생님으로서 동인지를 그려서 이벤트에 나갈 때, 판매원으로 도와준 이도 바로 이 다이나곤 키미코― 나고다.

대학 졸업 후, 나는 칸토에서 교사가 됐다. 그리고 나고는 칸사이에서 게임 크리에이터가 됐다.

"텐치도에서의 일은 어때? 역시 천국이야?!"

"아~ 응~. 다들 그렇게 말한데이. 남들이 보기엔 매상 호조에 순풍에 돛단 듯한 화이트 기업 같아 보일 기다."

"아닌 거야?"

"그렇데이. 여기도 굴곡이 심한 기다. 내가 UI 디자이너 일을 한다는 이야기는 했제?"

"응. 취직 축하 술자리에서 말이야."

그렇다. 나고의 본업은 UI 디자이너. 대학 시절에 코스플레이어를 하면서 내 그림 작업을 도우려고 그래픽 소프트를 다루거나 취미 삼아 프로그래밍 공부를 하던 그녀에게 딱 맞는 직업이라고 생각한다.

참고로 UI라는 건 유저 인터페이스의 줄임말이며, 게임을 쾌적하게 즐기게 하기 위해서는 그런 디자인에 대한 명확한 지식에 기반한 요소가 필요하다.

시인성(視認性)이라든가, 시선 유도 같은 것 말이다.

게임이 세상에 나올 때는 프로듀서, 디렉터, 캐릭터 디자인, 음악, 시나리오 등이 완성도를 좌우한다고 주로 여겨지지만, 실은 이 UI도 게임을 쾌적하게 즐길 수 있느냐에 영향을 끼치고 있다…….

참고로 『검은 염소』의 UI는 나와 아키, 오즈마 군이 각자의 지식과 지혜를 합쳐서 만들었다.

"그른데, 최근에 UI로서 어사인된 프로젝트가 타사와의 협업 안건이었다 아이가. 소셜 게임을 주로 만드는 회사인데, 그쪽 엔지니어가 골 때리는 자식이었데이. ……UI 관련 프로그램이 전부 엉망진창인기다."

"히익."

"그래서 캐물어 보니, 실무 경험은 거의 제로. 같은 팀에 속했을 뿐 해본 적도 없는 일을 했다고 우기며 이직을 되풀이한 지뢰 인재였데이. 그런 주제에 콧대는 높아서 갑질을 해대는 기다. 그래서 더는 못해 먹겠데이~! 하며 오래간만에 뚜껑 열린 기다."

"아차~. 텐치도도 고생이 많네. ……그래도 다른 회사 사람이구나."

"그렇데이. 유일한 구원은 그게 우리 회사 사람이 아닌 기다. 우리 회사는 참 화이트하데이. 갑질하는 놈은 사장이 절대 용서 안 하그든."

"사장…… 아…… 아마치 사장?"

"응! 미인일 뿐만 아니라, 경영자로도 초일류! 완전 멋지데이~."

최근에 같이 술 한잔했지…….

그런 대단한 사장이 이로하의 어머니이며, 내 이웃사촌이라니……. 세상 참 좁다는 느낌이 들었다.

뭐, 일단 그 일은 덮어두자. 내가 사장의 이웃사촌이라는 걸 알면, 성가신 반응을 보일 것 같으니 말이다.

"참고로 거래처의 갑질 자식도, 사장이 압력을 가해서 다른 부서로 보내버렸다 아이가. 진짜 확 반해버릴 만큼 멋지데이."

"히이이익……."

남의 일이지만 소름이 돋았다.

못난 인간을 바로 제거해버리는 인물은 누군가에게 있어 영웅일지도 모르지만, 그 창끝이 자신을 향할 거라고 상상하기만 해도 무섭기 그지없다.

그런 사람을 상대로 마감을 어기면 어떻게 될까. 나는 텐치도에는 절대 취직 못할 거야.

"뭐, 회사 안에서 짜증나는 자식은 산더미처럼 있데이. 하지만 그 이 정도는 다른 회사도 마찬가지, 라 생각하며 넘어가는 기다. ……짜증나는 늙다리 영감들은 머릿속으로 찌~

인하게 능욕해주고 있어서, 실질적 스트레스 프리다 아이가. 이 자식, 어젯밤에 내가 엉덩이를 마구 개발해줬지~ 하고 생각하면, 어지간해선 화 안 난데이."

"풉, 아하하하하하! 무슨 그런 스트레스 발산법이 다 있어?! 그래도 나고답네!"

"그렇제? 추천한데이. 히히히♪ ……앗, 점원분~. 주문 부탁하니데이~."

구김 없는 미소를 머금은 나고가 단골 선술집에 온 듯한 느낌으로 점원을 불렀다.

그러면서도 주문한 메뉴가 샌드위치인 점에서는 강력한 여자력이 느껴졌다.

그리고 주문한 요리가 나올 때까지, 우리는 못 만난 시간을 메우려는 듯이 BL토크를 즐겼다. 물론 샌드위치가 이 토크를 더욱 흥겹게 만들어준 것은 말할 필요도 없을 것이다.

커피와 샌드위치가 나와서 서로가 식사를 시작했을 때, 나는 본론을 꺼내기로 했다.

"저기, 부탁 하나만 해도 돼?"

"냠…… 음, 뭐꼬. 오래간만에 만나고 싶었던 것만이 아니라, 다른 꿍꿍이도 있었던 기가?"

"응. 완전 꿍꿍이 중의 꿍꿍이야!"

"숨길 생각이 없는 기가. ……우물."

어처구니없다는 듯이 그렇게 말한 나고는 입 안에 있던

샌드위치 조각을 삼킨 후……

"뭐, 좋데이. 절친의 부탁 아이가. 들어는 보게."

"나, 실은 동료들과 함께 인디즈에서 스마트폰 게임을 만들고 있어."

"아~, 그건 안데이. 부스에 왔던 그 애의 서클이제? 《5층 동맹》."

"맞아."

"그때는 아무리 생각해도 영락없는 워너비 같아 보였데이. 그런 애가 어느새 많이 컸다 아이가. 솔직히 말해 진짜 놀랍데이. 무라사키 시키부 선생님도 지금은 『검은 염소』로 대활약 중이고 말이제."

"가장 놀란 사람은 나야. 설마 대기업의 퍼블리싱 없이 여기까지 올 줄은 몰랐다니깐."

"아하~. 쇼타와의 2인 3각. 이미 맛은 본 기가?"

"푸웁! 그, 그럴 리가 없잖아?!"

커피를 뿜었다.

이 절친은 툭하면 실존 인물을 가지고 음담패설을 늘어놓기 때문에 방심할 수가 없다.

"그리고 아키는 연령적으로 쇼타가 아냐."

"아웃인 건 마찬가지 아이가."

"정론 늘어놓지 마! ……아무튼, 그런 사이 아니니까 놀리지 마."

"와하하~. 시키부 씨를 곤란하게 만드는 건 참 재미있데이."

이 타고난 사디스트 자식.

너의 그 남에게 말 못 할 성적 취향을 내가 속속들이 알고 있다는 걸 잊은 건 아니겠지?! 주간지나 폭로 스트리머에게 정보 제공하면 네 인생은 바로 끝나! 그런 짓 할 생각 없지만!

"그런데, 그 스마트폰 게임이 어쨌다는 기고?"

"이번에 『검은 염소』의 콘솔판을 만들게 됐어."

"호오~. 인디즈인데 그런 것도 하는 기가. 그렇게 판을 키울 거면, 차라리 대기업의 퍼블리싱을 받는 편이 낫지 않긋나?"

"그것도 진행하고 있어. 그러니까 나고. 내가 부탁하려는 건—"

"안 되데이."

"아직 아무 말도 안 했거드으으으은?!"

"이야기의 흐름만으로 얼추 감이 온데이, 멍충아. 내한테 도와달라는 기제?"

"끄응…… 그렇긴 한데……."

정말 눈치 빠른 동포다.

그런 점도 믿음직하다니깐.

"콘솔 관련 지식이 있는 동료가 있으면 믿음직할 것 같은 데…… 안 될까?"

"안 되데이. 텐치도는 부업 금지인 기다."

"교사도 부업 금지야!"

"내도 안데이, 멍충아! 니가 완전 아웃인 애라 그런 거다 아이가!"

푸욱! 하며 날카로운 딴죽이 내 마음에 꽂혔다.

칸사이에서 태어나, 칸사이에서 자랐고, 대학 시절에만 칸토에서 지낸 이 칸사이 토박이는 역시 딴죽이 날카롭기 그지없었다.

"그래…… 오래간만에 나고와 함께 활동하는 걸 기대했는데 말이야……"

"윽……"

나는 촉촉하게 젖은 눈으로 나고를 올려다봤다.

이것이 바로 카게이시 가문 비전의 인술(忍術)— 똑 부러지는 절친의 가슴에 꽂히는, 필살의 동술(瞳術)이다!

……실은 그딴 건 없지만 말이다!

하지만 효과는 끝내주는지, 나고는 관자놀이를 주무르면서 하아 하고 한숨을 내쉬더니……

"어쩔 수 없데이. 협력해주께."

"정말?!"

"내가 스태프로 합류하는 건 무리데이. 하지만 믿을 수 있는 외주처 정도를 소개해주께. ……코어 멤버는 《5층 동맹》의 주요 스태프가 맡더라도, 대규모 게임을 만들려면 UI나 이벤트 등의 양산에 외부 업자를 쓰는 편이 나은 순간이 올

기다. 괜찮은 스튜디오를 소개해줄 테니까, 힘내그라."

"나고오오오오오오! 고마워어어어어!"

"알았으니까, 끌어안지 좀 말그라."

"외주처, GET이야!"

"몬스터 잡고 할 법한 대사 늘어놓지 말그라~. 사장과 법무팀한테 혼날 것 같아 진짜로 무섭데이."

　

그 후로 옛날 일로 이야기꽃을 피우거나 BL담화로 장미꽃을 피우다 보니 점심시간이 끝났고, 나고는 직장이라는 전장으로 돌아갔다.

나는 라운지에 남아서, 긴급 사태에 대응하기 위해 스마트폰을 들고 SNS를 훑어봤다.

……그냥 노는 게 아니거든? 유행하는 작품과 색감, 2차 창작되기 쉬운 특징적인 캐릭터 디자인을 공부하고 있는 거야. 진짜로 노는 게 아니란 말이야.

뭐, 교사 업무 중에 무슨 일을 하냐는 딴죽이라면 감수할게.

그러는 사이에 창밖은 점점 어두워졌고…….

"자유행동 시간도 곧 끝나네. 학생들에게 아무 일도 없어서 다행이야."

무소식이 희소식.

손에 쥔 스마트폰이 울리는 일 없이 하루가 끝나려 하자, 솔직히 안도했다.

하지만 방심은 금물이다.

이겼다고 생각한 순간에 승리는 물거품처럼 사라지고, 패배가 안녕~ 하면서 다가오는 게 이 세상의 섭리다.

끝까지 방심하지 말자!

위잉~! 위잉~! 위잉~! 위잉~!
"방심 안 했는데에에에에에!"

꼭 짜기라도 한 것처럼 이래야 하는 거야?!

보고 있던 SNS화면이, 강제적으로 착신 화면으로 바뀌었다.

전화번호가 표시됐지만, 등록 안 된 번호이기에 누구인지 알 수 없었다.

학생의 전화번호를 전부 등록할 수는 없기에, 기본적으로 학생들에게 긴급 연락용으로 교사의 전화번호를 알려주기만 한다. 하지만 이 타이밍에, 연락처를 등록해두지 않은 상대에게서 전화가 온다면, 용건은 하나뿐이다.

"부디, 큰일은 아니기를!"

나무아미타불! 하고 하느님과 부처님께 기도드리는 심정으로 통화 버튼을 눌렀다.

『여보세요~. 선생님이야~?』

"이 목소리는…… 으음, 오토이 양?"

『맞아~. 지금~, 시간 좀 있어~?』

"응, 물론이야."

목소리에 어린 긴장감은 유지하면서도…….

나는 내심 안도했다.

오토이 양의 느긋~한 어조로 볼 때, 그렇게 큰 사건은 아닐 것 같았다.

분명 자유행동 막바지에 디저트 가게에 한 곳 더 들르고 싶으니 추천하는 가게가 있으면 알려달라, 같은 평화로운 상담일 게 틀림없다.

『실은 말이지~.』

"그래."

『코히나타가 행방불명됐어~.』

"……뭐?"

얼굴에서 피가 싹 빠져나가는 것이 느껴졌다.

행방불명? 진짜로? 트러블 중에서도 꽤 심각한 안건이잖아?!

이럴 때의 대처법을 떠올리기 위해, 방심하고 있던 사고회로를 급속도로 가동하면서 머릿속의 매뉴얼을 검색했다. 우선 경찰? 아니, 스마트폰으로 당사자에게 연락? 동료 및 학년 주임과 정보를 공유하는 게 먼저? ……틀렸어. 생각을 정리할 수가 없어!

하지만, 어떻게 된 것일까. **오즈마 군이 행방불명되다니**…….

똑 부러지는 성격을 지녔고, IT 쪽으로도 해박한 그가 길을 잃을 리가 없다.

애초에 오토이 양은 자유행동 날에 오즈마 군과 함께 행동한 걸까? 어, 내가 모르는 사이에 새로운 커플링이 탄생한 거야? 으음, 오토이 양이라면 아키나 이로하나 미도리와의 조합이 맛깔날 것 같다는 내 해석이 틀린 걸까. 어쩌면, 다른 매력을 개척할 수 있을지도 모르지만—.

　"……어, 어라?"

　머릿속으로 커플링 고찰을 하면서 시선을 돌린 순간, 마침 호텔에 돌아온 오즈마 군의 모습이 눈에 들어왔다.

　로비에 와서 라운지 좌석에 있는 나를 발견한 그는 가볍게 고개를 숙였다.

　"오즈마 군, 호텔에 돌아왔거든?"

　『아~, 그쪽이 아닌데~.』

　"그쪽이 아냐? ……그럼 어느 쪽인데?"

　코히나타 같은 희귀한 성을 지닌 사람이 오즈마 군 말고 있었나?

　『여동생 쪽. 코히나타 이로하~.』

　"어, 이로하? 뭐? 잠깐만. 어? 왜 이로하가 교토에 있는 거야?"

　『귀찮으니까 설명 좀 시키지 마~. 잠자코 찾는 거나 도와줘~.』

　"어엇, 잠깐만, 그걸 설명 없이 받아들이는 건 난이도가 너무 높지 않아?! 튜토리얼은 친절하게 만드는 게 게임에 있어서 기본 중의 기본이잖아?!"

『아무튼, 텐치도 이터널 월드로 오면 알아~. 그럼, 잘 부탁해~.』

뚜욱.

일방적으로 전화를 끊었다.

"어어어……."

이로하가 교토에 있고, 행방불명?

너무 설명이 부족했다. 뭐가 어떻게 된 건지 영문을 모르겠다.

애초에 이건 인솔 교사가 처리할 안건일까. 으음, 으음, 수학여행 중에 원래 수학여행에 참가하지 않은 하급생이 행방불명 됐을 경우의 행동 지침은…… 아니, 그딴 건 매뉴얼에 없거든?!

—뭐, 됐어.

전례가 없다면, 뭐가 옳은지 알 수 없다면, 내가 취할 행동은 단 하나다.

이로하가 걱정되니까, 빨리 찾으러 가는 것이다. 당연하잖아!

"어라, 어디 가세요?"

벌떡 일어선 내가 라운지에서 로비로 나가자, 오즈마 군이 말을 걸어왔다.

마침 잘 됐어. 이건 그에게도 전해야 할 사안이잖아.

"행방불명된 이로하를 찾으러 갈 거야. 오즈마 군도 같이 갈 거지?"

　　"……………………네?"

　　응, 나도 그게 정상적인 반응이라고 생각해.

"카나리아 님의 담당 작품, 배틀도 전기도 러브코미디도, 팍팍 포교 부탁해☆"

자택의 방 하나를 개조해서 만든 특설 스튜디오.

방음&반향 방지 설비 완벽에 최고급 기자재를 완비한 넘치는 퍼펙트함, 그리고 그와 상반되는 듯한 미소녀 캐릭터의 포스터가 마구 붙어 있는 오타쿠스러움. 그리고 그런 방 한가운데, 컴퓨터 모니터 앞에서 포즈를 취하고 있는 천사 같은 여자애 한 명.

YES! 모두가 좋아하는 키라보시 카나리아 17세. 한창 스트리밍쨕♪

"그럼 다음에 또봐쨕! 바이바이~!"

—인 것은 방금까지다.

시청자들에게 귀엽게 인사를 한 후에 스트리밍 종료 버튼을 눌렀다.

오프 모드의 텐션으로 되돌······리기 전에, 스트리밍이 제대로 종료됐는지를 컴퓨터와 스마트폰을 이용해 이중으로 확인했다. 실수로라도, 방송 사고를 일으키지 않는다. 그것이 프로 아이돌이야쨕. 때때로 일부러 스트리밍 끄는 것을 깜빡하기도 하지만, 그건 계산된 행동이니까 괜찮아!

"휴우, 무사히 스트리밍은 끝. 자~, 다음에는 회의야쨱."

혼잣말을 하면서도 말버릇은 유지했다.

이것이야말로 만의 하나라도 실수를 허용하지 않는, 일류의 방식이다. 아이돌이 직업인 사람의 스타일이야쨱.

의자에서 일어난 후, 특설 스튜디오에서 빠져나왔다.

당연하겠지만, 업무용 컴퓨터와 방송용 컴퓨터는 따로 있다.

요즘은 원격 화상 회의가 사회에 침투하면서, 비밀 정보 유출이 허락되지 않는 대규모 프로젝트의 회의조차도 자택에서 하는 경우가 늘었다.

아이돌로서도 사회인으로서도 일류이기 위해, 리스크는 최대한 줄여야 한다.

고급 타워맨션의 압도적인 방 숫자, 만세~.

그런 고로, 편집 업무를 위해 만든 방으로 이동해서 노트북 컴퓨터를 켠 후, 회의용으로 발행해둔 URL에 액세스. 그것도 예정 시간에 딱 맞춰서 말이다.

『이야, 안녕. 혹시 기다리게 한 건가?』

"수고 많으세요, 츠키노모리 사장님. 저도 막 들어왔답니다."

화면에 표시된 건 최근 자주 보는 댄디즘. 귀족 같은 수염을 지닌 장년의 남성.

출판, 게임, 애니메이션 등, 온갖 콘텐츠 관련 비즈니스를 하는 거대 엔터테인먼트 기업, 허니 플레이스 워크스 대표

이사 사장─ 츠키노모리 마코토다.

『참, 그러고 보니 방금까지 스트리밍을 했었지. 카나리아, 짹짹.』

"아앙, 안 돼~. 카나리아 님을 바보 취급하지 마~. 장난 치면 죽여버릴 거야짹☆"

『목소리와 행동은 귀여운데 눈은 웃고 있지 않군……. 하지만 스트리밍 직후에 바로 회의라니, 꽤 대담한걸. 비장의 기밀을 실수로 전 세계에 공개하면 어쩌려는 거지?』

"안심하세요♪ 컴퓨터 및 작업실은 스트리밍용과 업무용이 따로 있거든요짹. 게다가, 만약 배상 청구를 받게 된다면 한 10억까지는 문제 낫띵, 포켓 머니로 지불할 수 있어요짹~♪"

『이 부자 아가씨는 참 문제라니깐~.』

"츠키노모리 사장님한테는 그런 말 듣고 싶지 않네요짹."

『그것도 그런가. ……아~, 그건 그렇고─.』

츠키노모리 사장은 손가락 끝으로 수염을 매만지더니, 그 댄디한 얼굴의 주름을 더욱 깊게 만들면서 씨익 웃었다.

『모니터 너머로도 자네의 미모는 전혀 퇴색되지 않는걸.』

그 말을 듣고, 이쯤에서 모드를 변경하기로 몰래 결심했다.

가벼운 태도도 중요하지만, 그게 길어지다간 분위기가 해 이해지면서 일에 나쁜 영향을 줄 가능성이 있는 것이다.

카나리아 님은 아이돌 모드에서, 호시노 카나 모드로 전 환했다.

"칭찬 감사해요. ……그럼 이만 『백설공주의 복수교실』에 관해 논의할까 합니다."

『오우…… 그래. 본론으로 들어갈까.』

한순간 당황한 듯한 반응을 보인 건, 내가 칭찬을 가볍게 흘려넘겼기 때문이다. 츠키노모리 사장은 전형적인 **구시대적 아저씨**다.

존경할 부분도 많지만, 여성을 대하는 부분에 있어서는 요즘 시대에 맞지 않는 부분이 있다.

무언의 압력으로 거부하거나, 너무 심하다 싶으면 적절히 꾸짖는 것도 비즈니스 파트너로서 올바른 태도라고 생각한다.

『이제까지 원작 측이 한사코 고개를 끄덕이지 않아서 진행하지 못했던 애니메이션화 및 게임화. 이번에 마시로가 승낙해준 덕분에 한꺼번에 진행할 수 있을 것 같거든. 덕분에 이쪽은 난리도 아니지.』

"저희 쪽도 마찬가지랍니다. 급히 미디어믹스용 편집 부원의 리소스…… 뭐, 저지만 말이죠. 제 작업을 서포트해줄 인재를 확보할 필요가 생겼고, 판매 계획도 재검토가 필요해지는 등, 여러모로 조정할 필요가 생겼죠. 뭐, 기쁨의 비명이지만요."

『하하하. 휘둘리고 있나 보군. ―우리는 이런 일도 있을까 싶어, 미리 실력 있는 스튜디오와 스태프를 확보해뒀지.』

"부끄럽기 그지없군요."

은근슬쩍 늘어놓는 자랑에, 시끄러워 짜샤~ 란 마음이 담긴 미소로 응대했다. 이것도 잘나가는 사회인의 예의범절이려나☆

실은 나도 언젠가 진행된『백설공주의 복수교실』의 미디어화에 맞춰 인원 보강이 필요하다고 회사 안에서 어필해왔다. 머릿속이 딱딱한 높은 양반들은 작가가 영원히 승낙하지 않으면 불필요한 인재가 되잖아? 같은 소리를 늘어놔서 어쩔 수 없이 포기했지만 말이다.

언젠가 다가올 재해에 대비해 여유롭게 리소스를 확보해두지 않고, 일이 터진 후에 급히 보충하려고 해봤자 불가능하다는 걸 경영진은 모르는 거냐고, 바보~ 바보~! 하고 마음속으로 저주해둔 기억이 아직도 생생하다.

아이돌 활동과 출판을 접목하는 전략을 펼칠 때는 결과를 꾸준히 내놔서 전례가 있니 없니 하며 떠드는 자식들을 입 다물게 했지만…… 인원 고용 관련으로 회사의 뜻을 꺾는 것은 차원이 다를 정도로 어려웠다.

즉, 네가 멋대로 하는 짓거리는 안 말리지만 회사의 리소스가 필요한 일은 하기 싫다는 것이다. 진짜 죽여버리고 싶어쩍☆

허니플레의 사장처럼 자유롭게 회사의 돈을 쓸 수 있는 사람이 우쭐대니, 좀 짜증이 치솟네☆

뭐, 물론 나도 잠자코 손가락만 깨물고 있을 생각은 없다.

"저의 아이돌 사업을 법인화하고 있는 만큼, 그쪽을 법적으로 정비한 후에 어시스턴트를 개인적으로 고용하기로 했어요. 다행히 유망한 인재를 발견해서 침을 발라뒀고요."

『대단한걸. 준비가 다 되어 있는 거군.』

"네. ……그런데, 오늘 할 이야기는 뭐죠? 『백설공주의 복수교실』 애니화와 같은 타이밍에 진행하고 싶은 게 있다고 하셨죠?"

『그래. 그 이야기 말인데, 애니메이션은 기획에서 방송까지 연 단위의 시간이 걸리잖아?』

"그야 그렇죠."

『실은 애니메이션이 방송될 시기에는 아마 그들—《5층 동맹》의 작품도, 허니플레의 퍼블리싱을 받게 될 테지.』

"……아! 『검은 염소』…… 말이군요."

『그래. 아이러니하게도, 아니, 필연적으로 말이지. 메인 시나리오는 양쪽 다 마키가이 나마코가 맡았잖아? 그러니 한꺼번에 밀어줄까 하거든.』

"아하. 작풍도 비슷한 만큼, 궁합이 좋을 것 같군요."

하지만 솔직히 말해 평범한 콜라보 아이디어다.

같은 작가가 참여했으니 이참에 한데 묶어보자, 란 제안은 그렇게 드물지도 않다.

정식으로 이야기를 진행하기 전에, 나와 직접 논의하고 싶은 이야기인 걸까?

혹시, 논의하려는 안건은 이것만이 아니라…….

『물론, 논의하려는 건 이게 전부가 아니지.』

"……엔터테이너군요. 너무 심술을 부리진 말아 주셨으면 해요."

『실은 말이지. 두 작품 사이에 공통점을 하나 더 만들고 싶어. 마키가이 나마코 작품이라는 점 말고도, 하나 더 말이야.』

"하나, 더……."

『그래. 《5층 동맹》의 성우를 맡은 인물― 정체불명의 성우 집단X로서, 대외적으로는 여러 명의 성우 유닛으로 위장하고 있는 소녀. 자네도 알고 있나?』

"아, 역시 한 명이었나요. 어렴풋이 눈치는 채고 있었어요."

이래 봬도 나는 아이돌이다. 연기와 가창 레슨을 본격적으로 받은 사람이라면, 미세한 위화감을 느낄 수 있을 것이다.

『바로 그녀는 애니메이션의 주역으로 발탁할까 해.』

"『백설공주의 복수교실』의, 주역인가요?"

『그래. 인디즈 작품의 메이저화라는 뉴스에 맞춰 이제까지 비밀로 해둔 성우 정보를 단숨에 해방, 게다가 라이트노벨 업계 기대의 초신성인 작품의 애니메이션 주역에 발탁…… 화제성이 끝내줄 것 같지 않나?』

"확실히 그렇겠죠. 실력도 나무랄 데 없을 테니, 새로운 스타의 탄생까지 덧붙여서 밀어준다면 IP의 열량도 어마어마할 테니까요. 게임에서의 연기만으로는 애니메이션 현장에 적합한지 판단하기 어렵지만 말이에요."

『그 부분은 이제부터 차근차근 익혀나가면 돼. ─일단 자네가 동의해줘서 고맙군. 이걸로 계획을 구체화할 수 있겠어.』

"하지만, 신경 쓰이는 점이 있어요."

『뭐지?』

"정체불명의 성우집단X…… 정체를 알아낼 수 있을까요? 프로듀서인 아키 군에게는 정체를 숨기고 싶은 이유가 있지 않을까요? 특별한 사정이 있는 게 아니라면, 보통은 성우를 공표할 거라고 생각하는데 말이죠."

『그래, 바로 그 점이야. ……여러모로 조사해본 결과, 매우 그럴 듯한 가설을 세울 수 있었지.』

시리어스한 미남 중년 얼굴로 그렇게 말한 츠키노모리 사장은 컴퓨터의 카메라에 자신의 스마트폰을 비췄다.

스마트폰의 화면에는 **한 커플**의 사진이 표시되어 있었다.

"도촬인가요?"

『지금은 진지한 이야기 중이거든……? 이건 얼마 전에 열린 문화제의 한 장면인데, 아키테루 군과 어느 여학생이 춤을 함께 춤을 추고 있는 모습이지.』

"아키 군과 여자애? 으음, 이 잘생긴 남자애는 명백하게 아키 군이 아닌데, 대체 그게 무슨…… 앗!"

나는 말을 이으려다, 문득 떠올렸다.

그러고 보니 문화제 시기에 그로부터 여장을 하고 싶단 상의를 받았다. 그때 토모사카 양을 소개해줬고, 그 후의 일은 못 들었다. 그럼 혹시…… 여자 쪽이, 아키 군!

"그럼, 이 상대방이 성우를 맡은 여자애인가요? 어, 그러고 보니 이 애는—."

『그래. 자네도 아마 면식이 있을 테지. 코히나타 이로하. 아키테루 군, 마시로와 같은 맨션에서 사는 여자애야.』

"코히나타, 이로하…… 그 애가……?"

확실히 귀여운 애였다.

하지만 크리에이터로서는 그리 강렬한 인상은 남아 있지 않았다. 아니, 강한 자아를 느끼지 못했다.

귀엽지만, 그게 전부란 인상이었다.

『이제까지는 교내에 밀정을 보낼 수가 없어서 아키테루 군들을 살필 수가 없었지. 하지만 문화제는 외부인이 학교에 들어갈 수 있는 몇 안 되는 기회거든. 그들의 실제 관계를 살피는 것과 동시에, 다른 학생들에게 그들의 인상을 물어보기도 했지.』

"반쯤 범죄군요."

『애처가 겸 딸 바보라고 불러줬으면 좋겠군.』

"정의의 사도도 정의를 위해 사람을 죽인다면 범죄자예요."

무슨 일이든 도가 지나치면 범죄자가 된다.

『아무튼, 좀 신경 쓰이는 정보도 얻었지. 아무래도 코히나타 이로하 양은 과거에 연극부의 도우미로 지역 대회에 나가서 우승했다더군. 무대를 직접 본 학생의 말에 따르면, 상당한 실력을 지녔다던 걸.』

"그랬군요. ……확실히 파볼 가치는 있겠어요."

애초에 아키 군은 인맥 만드는 능력은 초고교급이지만, 그는 아직 고등학생이다.

성우 담당으로 유명한 실력자를 데려왔다고 추측하는 것보다, 주위에 있는 재능 있는 인물을 기용했다고 생각하는 게 자연스럽다.

『하지만 만약 성우의 정체가 코히나타 이로하 양이라면, 문제가 하나 발생하지.』

"어떤 문제죠?"

『이로하 양을 전력으로 스타로 만드는 계획을 실행에 옮긴다면, 그녀의 어머니— 텐치도의 아마치 사장이 완전히 적으로 돌아서.』

"네?"

느닷없이 텐치도의 이름이 언급되자, 나는 얼이 나갔다.

왜 이 타이밍에 허니플레의 라이벌 기업이 언급되는 걸까?

『아마치 오토하의 아마치는 옛날 성이야. 그녀의 현재 이름은 코히나타 오토하. 즉, 이로하 양의 모친이지.』

"뭐…… 어라, 하지만 아마치 사장님은 분명—"

『그래. 업계 내부에서는 유명해. 그 사람은 연예계를 혐오해. 비즈니스적으로 필요하다면 손을 잡지만, 압도적인 IP 자산과 특허, 제작력, 브랜드 파워, 재력, 법무, 온갖 무기를 동원해 우위에 서지. 연예계에 대해서는 그 압력이 더 강해. 그런 그녀는 자기 딸이 연기자의 길을 걷는 걸 반기지 않을 거야.』

"……충분히 상상이 되는군요."

나도 온몸을 부르르 떨었다.

비즈니스에 있어서 텐치도의 방식은 직접적인 거래가 없는 우리 출판사까지 들려왔다.

세간의 일반적인 유저들은 알 리 없고, 주간지나 미디어에서 다뤄지지도 않지만, 업계 교류회에 참가해보면 소문을 얼마든지 듣게 된다.

하지만 아마치 사장이 그렇게까지 연예계를 적대시하는 이유까지는 알 수 없었다.

"츠키노모리 사장님은 잘 아시는 것 같군요. 저는 아마치 사장님과 일을 한 적이 없어서 잘 모릅니다만……. 과거에 무슨 일이 있었던 건가요?"

『………….』

한동안, 망설임 어린 침묵이 이어졌다.

모니터 너머로도, 구겨진 인상을 통해 이게 얼마나 어려운 사태인지 짐작할 수 있었다.

츠키노모리 사장이 천천히, 입을 열었다.

『……그래. 이로하 양이 만약 성우를 꿈꾸고 있으며,《5층 동맹》성우의 정체가 진짜로 그녀라면……. 그녀를 스타로 만들기 위한 작전을 짜기 위해서라도, 아마치 사장의 과거를 이야기해둘 수밖에 없겠지.』

그 목소리에서는 이제까지의 장난기나, 의기양양하고 즐거운 분위기가 전혀 느껴지지 않았다.

체념한 듯한, 내키지 않는 듯한, 그런 느낌만이 감돌았다.

츠키노모로리 사장에게 있어서도, 어쩌면 떠올리기 싫은 과거일지도 모른다.

"혹시, 그녀도……?"

『그래, 새내기 연기자였지.』

그는, 아무렇지 않게 그렇게 말하더니…….

『재능 넘치는, 누구보다 장래를 촉망받던 새내기 연기자였어.』

그렇게 말을 이었다.

그리고.

마치 무언가를 증오하듯.

마치 무언가에 참회하듯.

입술을 깨물며, 분한 듯이.

주먹마저 떨며.

기억에 목이 졸리고 있는 듯한 표정으로.

이렇게 말했다.

『어른들에게 배신당해, 허드레 물건 취급을 당한 끝에, 버려진 거야.』

■작가 후기

　안녕하세요, 작가인 미카와 고스트입니다. 독자 여러분은 『친구 여동생이 나한테만 짜증나게 군다』 최신간인 9권을 이미 즐기셨는지요?

　수학여행 편의 후편인 이번 권에서는 지난 권에서 분량이 작았던 이로하가 이때라는 듯이(1학년인데도) 합류해 종횡무진으로 데이트를 합니다. 물론 지난 권에 이어 마시로의 공세도 이어지니 마시로 팬 여러분도 만족하셨을 거라고 생각합니다. 그 외에도 오토이 씨, 미즈키, 오토하, 카나리아, 사사라, 미도리 등, 수많은 캐릭터도 뒤엉켜서 『동생짜증』 세계를 재미있게 꾸며줬습니다. 앞으로 그녀들의 활약이 더욱 늘어날 예정이니, 다음 권 이후로도 기대해 주십시오.

　그런데 이번 유원지 편에서는 다양한 어트랙션을 즐기거나 유원지 데이트를 하는 장면이 그려졌습니다.

　예전에 후기에서 고급 프랑스 요리점에 혼자 취재하러 갔다고 밝혔다시피, 저는 필요하다면 취재를 하러 가는 작가라서 유원지에 갈 수밖에 없나…… 물론 연인은 없으니 데이트하러 갈 수는 없어서 솔로 유원지인가~ 허들 높네~ 하고 생각했습니다. 하지만 유감스럽게도『동생짜증』9권 집필하던 시기에는 전국적으로 외출이 장려되지 않는 시기였습니다. 그래서 취재를 위해 혼자 유원지에 갈 수 없었죠.

정말 아쉽습니다. 하지만 어쩔 수 없죠. 유원지 솔로 플레이라는 지옥에 두려움을 느낀 건 아닙니다만, 상황이 상황이니까요. 변명하는 게 아닙니다. 정말이에요.

감사 인사를 드립니다.

일러스트를 담당해주신 토마리 선생님. 이번에도 최고의 일러스트를 그려주셔서 감사합니다! 활발한 이로하 뿐만이 아니라 다른 캐릭터들도 매력적으로 그려주셔서, 가능한 한 많은 캐릭터를 등장시키고 싶어 거꾸로 고민했을 지경입니다. 앞으로도 다양한 캐릭터들의 다양한 측면을 선생님께서 그려주시도록 장면 하나하나에 신경을 쓸 테니, 앞으로도 부디 잘 부탁드립니다.

코미컬라이즈를 담당해주신 만화가, 히라오카 히라 선생님. 만화도 매번 즐겁게 읽고 있습니다. 앞으로도『동생짜증』시리즈를 함께 키워나갑시다!

담당 편집자이신 누루 씨, GA문고 편집부 및 관계자 여러분, 그리고 무엇보다도 독자 여러분! 어느새 연재를 시작하고 2년 이상 흘렀으며, 3년차에 돌입하게 됐습니다. 이 긴 시간 동안 함께 해주셔서 감사합니다. 앞으로도『동생짜증』

을 잘 부탁드립니다!

벌써 주어진 페이지를 다 채웠군요. 그럼, 미카와 고스트 였습니다!

■역자 후기

    안녕하십니까. 근로청년 번역가 이승원입니다.

    『친구 여동생이 나한테만 짜증나게 군다』 9권을 구매해주셔서 진심으로 감사드립니다.

    올해 여름은 폭우와 폭염이 번갈아 찾아오는 느낌입니다.

    폭염 때문에 으으, 더워~ 하다 보니 하늘에 구멍난 것처럼 비가 쏟아지네요.

    게다가 올해는 외국인 불법 체류자의 해외 야반도주(?!)라는 희귀 이벤트까지 터졌습니다.

    나름대로 사회 경험을 많이 해왔다고 생각했는데, 이런 신선한(ㅠㅠ) 이벤트가 남아 있다는 사실에 충격마저 받았습니다, AHAHA.

    좋은 경험했다고 생각하며 넘어……가기엔 당한 게 너무 열받아서, 어떻게든 잡을 생각을 하고 있습니다. 마감 스트레스로 폭주 중인 역자의 분노를 보여줄까 합니다.^^

    그럼 『친구 여동생이 나한테만 짜증나게 군다』 9권에 관해 이야기를 좀 해볼까 합니다.

스포일러가 포함되어 있을 수도 있으니 본편을 안 읽으신 분은 유의해주시길!

지옥의 수학여행편 PART 2!

그 무대는 바로 유원지!

게다가 이로하 참전!

수학여행 자유행동 날에 학교 빼먹고 찾아온 미모의 친구 여동생과 유원지에서 데이트! 그것도 다른 여자와 데이트 중에!

……누가 제발 이 주인공에게 천벌을 내려주소서! 하고 외치고 싶어지는 9권이었습니다.

그래도 메인 히로인인 이로하가 등장하니 작품 전체가 화사해지는 느낌이라 좋았습니다. 오래간만에 이로하와 아키의 짜증꽁냥을 번역하면서, 저도 무심코 히죽히죽거렸죠.^^

카페가 아니라 작업실에서 혼자 작업해서 다행이었습니다. 또 정신 나간 놈 취급당할 뻔했네요.^^

9권에서는 마시로와 이로하에게 휘둘리는 아키가 그려졌습니다만, 이야기 전체를 뒤흔드는 엑시던트 또한 벌어집니다. 본작의 양대 비밀인 마시로의 펜네임, 그리고 이로하의 성우 활동이 폭로된 거죠. 아키는 마시로가 마키가이 나마코라는 것을 알게 되지만, 그런 그녀에게 고마워하며 진실을 받아들입니다. 하지만 어머니에게 자신의 비밀을 들킨 이로하는…… 그 상황을 견디지 못하고 도망치고 말죠.

그렇게 충격적으로 끝난 9권에서 이어지는 10권에서는 과연 어떤 이야기가 펼쳐질까요. 저 또한 팬으로서 정말 기대됩니다!

그럼 이만 줄이겠습니다.

언제나 재미있는 작품을 맡겨주시는 L노벨 편집부 여러분에게 진심으로 감사드립니다. 앞으로도 잘 부탁드립니다!

요즘 막노동 다니느라 정신없는 악우여. 일 열심히 하는 건 좋지만 더위 조심해. 또 쓰러질까 걱정된다.ㅜㅜ

마지막으로 언제나 제게 버팀목이 되어주시는 어머니와 『친구 여동생이 나한테만 짜증나게 군다』를 읽어주신 모든 분께 진심으로 감사드립니다.

친구 여동생이기 이전의 이로하와 오빠 친구이기 이전의 아키가 그려질 10권 역자 후기 코너에서 다시 뵙겠습니다!

2023년 8월 말
역자 이승원 올림

친구 여동생이 나에게만 짜증나게 군다 9

초판 1쇄 발행 2023년 10월 10일

지은이_ mikawaghost
일러스트_ tomari
옮긴이_ 이승원

발행인_ 최원영
편집장_ 김승신
편집진행_ 권세라 · 최혁수 · 김경민 · 최정민
편집디자인_ 양우연
관리 · 영업_ 김민원

펴낸곳_ (주)디앤씨미디어
등록_ 2002년 4월 25일 제20-260호
주소_ 서울시 구로구 디지털로 26길 111 JnK디지털타워 503호
전화_ 02-333-2513(대표)
팩시밀리_ 02-333-2514
이메일_ lnovellove@naver.com
ㄴ노벨 공식 카페_ http://cafe.naver.com/lnovel11

TOMODACHI NO IMOUTO GA ORENIDAKE UZAI 9
Copyright ⓒ 2022 mikawaghost
Illustrations copyright ⓒ 2022 tomari
All rights reserved.
Original Japanese edition published in 2021 by SB Creative Corp.
This Korean edition is published by arrangement with SB Creative Corp., Tokyo
in care of Tuttle-Mori Agency, Inc., Tokyo.

ISBN 979-11-278-7210-6 04830
ISBN 979-11-278-5641-0 (세트)

값 8,500원

*이 책의 한국어판 저작권은 Tuttle-Mori Agency를 통한 SB Creative Corp.와의
독점 계약으로 (주)디앤씨미디어에 있습니다.
저작권법에 의해 한국 내에서 보호를 받는 저작물이므로 무단전재와 복제를 금합니다.

*잘못된 책은 구매처에 문의하십시오.

L NOVEL

15세 미만 구독 불가

4

의
매
생
활

미카와 고스트
지음 Hiten

Days with my Step Sister

presented by
ghost mikawa

NOVEL

ⓒGhost Mikawa 2021 Illustration : Hiten
KADOKAWA CORPORATION

의매생활 1~4권

미카와 고스트 지음 | Hiten 일러스트 | 박경용 옮김

고교생 아사무라 유우타는 부모의 재혼을 계기로,
학년 제일의 미소녀 아야세 사키와 남매로서 한 지붕 아래 살게 됐다.
너무 다가가지 않고, 대립하지도 않으며, 적절한 거리감을 유지하자고 약속한 두 사람.
가족의 애정에 굶주린 고독 속에서 노력을 거듭해왔기에
다른 사람에게 어리광 부리는 방법을 모르는 사키와,
그녀의 오빠로서 어떻게 대해야 할지 몰라 당황하는 유우타.
어쩐지 닮은 구석이 있는 두 사람은,
같이 생활하면서 차츰 편안함을 느끼게 되는데…….
이것은 언젠가 사랑에 빠질지도 모르는 이야기.

완전한 남이었던 남녀의 관계가 조금씩 가까워지며
천천히 변해가는 나날을 적은, 연애 생활 소설.

라이트노벨의 새로운 빛! L노벨의 신간은 매월 10일에 발매됩니다. http://cafe.naver.com/lnovel11

새 엄마가 데려온 딸이 전 여친이었다 1~8권

카미시로 쿄스케 지음 | 타카야Ki 일러스트 | 이승원 옮김

어느 중학교에서 어느 남녀가 연인 사이가 되고,
꽁냥꽁냥거리다, 사소한 일로 엇갈리더니,
두근거림보다 짜증을 느낄 때가 더 많아진 끝에…… 졸업을 계기로 헤어졌다.
그리고 고등학교 입학을 코앞에 둔 두 사람은—
이리도 미즈토와 아야이 유메는, 뜻밖의 형태로 재회한다.
"당연히 내가 오빠지.", "당연히 내가 누나 아냐?"
부모 재혼 상대의 딸이, 얼마 전에 헤어진 전 연인이었다?!
부모님을 배려한 두 사람은 「이성으로 여기며 의식하면 패배」라는
「남매 룰」을 만들지만—
목욕 직후의 대면에, 둘만의 등하교……
그 시절의 추억과 한 지붕 아래에 산다는 상황 속에서,
서로를 의식하고 마는데?!